Karina Ewald

STURZWASSER

Karina Ewald

STURZWASSER

Ein Bad-Gastein-Krimi

Servus

Diese Geschichte ist frei erfunden. Tatsächlich existierende Personen und Firmen wurden verändert und/oder von der Autorin ausgedacht, Geschehnisse anderen und/oder fiktiven Personen zugeordnet. Verbleibende Übereinstimmungen mit etwaigen realen Personen wären somit rein zufällig und sind nicht gewollt.

Sämtliche Angaben in diesem Werk erfolgen trotz sorgfältiger Bearbeitung ohne Gewähr. Eine Haftung der Autoren bzw. Herausgeber und des Verlages ist ausgeschlossen.

1. Auflage 2023

Dieses Werk wurde vermittelt durch die Michael Meller Literary Agency, München.

Medieninhaber, Verleger und Herausgeber:
Red Bull Media House GmbH
Oberst-Lepperdinger-Straße 11–15
5071 Wals bei Salzburg, Österreich

Satz: MEDIA DESIGN: RIZNER.AT
Gesetzt aus der Palatino, Courier, Bauer Bodoni
Umschlaggestaltung: www.b3k-design.de, Andrea Schneider, diceindustries
Umschlagmotive: © Erwin Hayden-Hohmann; © SolidMaks / shutterstock.com
Karte Innenklappe: Nina Andritzky
Printed by CPI books GmbH, Germany
ISBN: 978-3-7104-0320-0

Tod auf der Alm

»Ist das schön.«

Unwillkürlich war Carolin stehen geblieben. Der Almboden erstreckte sich vor ihr in saftigem Grün. Die sanft gewellten Matten zogen sich rundherum die Hänge empor, nur unterbrochen von den hellen Abbruchkanten des darunterliegenden Gesteins. Zahllose Rinnsale rieselten die Bergflanken herab. Ganz hinten, am jenseitigen Ende der Alm, erhob sich eine steingraue Felswand, durchzogen von einem mächtigen Band aus Schnee, das weitere Bäche in die Tiefe entließ, die sich in silberhellen Kaskaden zu einem Bachlauf vereinten. In sanften Mäandern aus kristallklarem Wasser durchfloss er den Wiesengrund, um am jenseitigen Ende abrupt über die Kante zu verschwinden.

Bruno hatte wahrlich nicht zu viel versprochen, als er an diesem herrlichen Julitag einen Ausflug zur Wiesneralm vorgeschlagen hatte. »Wirst sehen, das lohnt sich«, hatte er gesagt, und er hatte uneingeschränkt recht behalten. Carolin konnte sich nicht erinnern, schon einmal so etwas … Schönes gesehen zu haben.

»Es ist unfassbar schön«, wiederholte sie flüsternd. Es gab kein anderes Wort dafür.

Bruno war ebenfalls stehen geblieben und legte ihr den Arm um die Schultern. Anders als sonst ließ sie ihn diesmal gewähren.

»Das da hinten ist das Wiesner Kees«, meinte er und deutete auf das Schneefeld mitten im Steilhang. »Früher war das viel größer, da hat man kaum was vom Fels gesehen. Heut ist das nur noch ein Bruchteil von dem, was es war, wie ich zum ersten Mal als Bub da heroben war.« Er lachte leise. »Das war Anfang der Neunziger. Unglaublich, wie lang das her ist.«

Carolin atmete tief ein. Die Luft war von einer Klarheit, die man sich im Tal gar nicht vorstellen konnte. Eine überraschend bunte Vielfalt an Blumen hatte sich an die stattliche Höhe von knapp zweitausend Metern angepasst, und selbst die Insekten schienen damit weniger Probleme zu haben als Carolin, der die dünne Höhenluft zu schaffen machte. Sie fuhr sich durch die kurzen schwarzen Haare, strich sich eine verschwitzte Locke aus der Stirn und sah sich um. An dem großen Felsen neben ihr hatte jemand ein metallenes Gestell angeschraubt, das ein einfaches Holzkreuz hielt. »Offenbar hat dieser Ort auch für andere Menschen eine Bedeutung«, stellte sie fest.

Bruno nickte. »Die Leut hier sind sehr gläubig«, sagte er. »Ich erinner mich noch dran, früher ist an dem Kreuz sogar ein g'schnitzter Christus g'hangen. Aber der hat wahrscheinlich das Wetter net überlebt. Im Winter liegt da der Schnee meterhoch.«

Carolin löste sich von Bruno und ging um den Felsblock herum. Einer der Bäche bildete hier einen kleinen Teich, und einen Moment lang bedauerte sie, keine Schwimmsachen mitgebracht zu haben. Ein erfrischendes Bad im Angesicht der Berge, das wäre die Krönung ihrer Wanderung gewesen und der perfekte Ausgleich zu der anstrengenden Arbeitswoche, die hinter ihr lag.

Bruno schien ihre Gedanken zu erraten. »Das Wasser hat höchstens zehn Grad«, rief er ihr zu. »Da drin willst net baden.«

Carolin ging in die Hocke und hielt die Hand ins Wasser. »Das stimmt nicht, es ist ganz warm.«

»Nur ganz oben. Drunten am Grund is es eiskalt.« Bruno winkte ihr zu, er wollte weitergehen.

Sie richtete sich auf. »Das klingt, als hättest du es schon ausprobiert.«

Er grinste. »Eh klar. Mit zwölf probiert ma doch alles aus.«

Carolin musste lachen. Bruno in den Bergen war ein anderer Bruno als im Tal: Mit seinen zweiundvierzig war er gerade einmal zwei Jahre älter als sie, aber hier oben wirkte er jünger, fast lausbubenhaft, was ihm deutlich besser stand als die Rolle des ernsthaften Arztes, die er in Bad Gastein zur Schau trug. Sie waren so etwas wie Freunde geworden, seit sie ihm vor einigen Wochen buchstäblich vor die Füße gefallen war. Genau genommen war sie mit ihrem Fahrrad gestürzt, als sie seinem Auto ausweichen wollte. Dabei hatte sie sich den Knöchel verstaucht, und er hatte fachmännisch Erste Hilfe geleistet. Seit damals hatte Bruno sie immer wieder mit in die Berge genommen und ihr gezeigt, wie atemberaubend schön ihre neue Heimat tatsächlich war.

Er wandte sich zum Fluss und schritt kräftig aus. Sie folgte ihm ein wenig langsamer, denn der Boden war feucht, vermutlich eine Folge des Regens in der letzten Nacht, und nur ein schwach ausgetretener Pfad war zu erahnen. Fliegenumschwirrte Kuhfladen zeugten davon, dass es eher die vierbeinigen Bewohner der Alm waren, die ihn benutzten: große rotbraune Tiere mit einem auffallenden weiß geschecktten Streifen an Rücken und Bauch. »Pinzgauer« hatte Bruno sie genannt, junge Milchkühe, die den Sommer hier oben mehr oder weniger unbeaufsichtigt verbrachten, seit die Alm nicht mehr bewirtschaftet wurde.

Der Pfad zog sich den Flusslauf entlang und traf bald auf einen etwas breiteren Wanderweg. Zur Rechten überspannte eine einfache Holzbrücke ohne Geländer den Fluss, keine fünf Meter weiter verschwand das gurgelnde Wasser über eine Felsplatte in die Tiefe. Bruno stand schon auf der Brücke und winkte sie heran. »Komm, du magst doch sicher fotografieren!«, rief er.

»Lieber würde ich mich irgendwo setzen und Pause machen«, gab Carolin zurück. Der Aufstieg zur Alm war anstrengend gewesen. Der markierte Weg wand sich in steilen Kehren nach oben, immer wieder den herabstürzenden Fluss überquerend. Ihre Füße schmerzten in den neuen Schuhen. Fast zwei Stunden hatten sie gebraucht, wovon natürlich die halbe Stunde hinter dem Schleierfall abzuziehen war, wo sie auf der schmalen Bank gesessen und den stiebenden Wassertropfen zugesehen hatten, die sich wie ein silberner Vorhang vor das Bergpanorama des Gasteinertals legten. Carolins Handy hatte nur noch fünfzig Prozent Akku, so viele Fotos hatte sie schon geschossen.

Bruno lachte. »Kommt gleich.« Er deutete auf den Weg, der von der Brücke zurück zur Almhütte führte. »Da hinter dem Mugel ist ein Bankerl, da gibt's auch was zu trinken.«

Carolin trat zu ihm. Jenseits der Brücke wurde der Weg breiter und war offenbar besser befestigt – grobe Reifenabdrücke im feuchten Untergrund zeigten, dass auch Mountainbiker hier heraufkamen. Sie wandte sich zur Talseite um und schaute fasziniert nach unten. Genau vor ihr sammelte sich das Wasser des kleinen Flusses in einem steinernen Becken, schimmerte grünlich und geheimnisvoll und schien einen Moment innezuhalten, bevor es über die Kante … verschwand. Da war kein spektakulärer Wasserfall oder rauschender Donner, der ihn verriet, das Wasser floss wie beiläufig über den flachen Stein, der die äußerste Grenze des Almbodens markierte. Carolin hob ihr Handy und fotografierte den Anblick, aber schon während sie die Fotos schoss, war ihr klar, dass die Bilder diesen Moment nie so einfangen konnten. Nicht ohne das Plätschern des strömenden Wassers, nicht ohne die kalte, feuchte Luft, die ihr von der Kante entgegenwehte.

Schließlich stieg sie von der Brücke, folgte einem kaum sichtbaren Pfad, der zu der Kante führte, und starrte mit angehaltenem Atem in die Tiefe. Ungebremst fiel das Wasser senkrecht nach unten. War der Fluss oben noch eine grünliche Welle aus glasklarem Wasser, zerstob er nach wenigen Metern zu der weißen Gischt, die sie von unten schon gesehen hatte. Aber von hier aus war das noch um ein Vielfaches eindrucksvoller. Der Blick stürzte ebenso in die Tiefe wie das Nass, ein schwindelerregendes Gefühl, und rasch trat sie einen Schritt zurück. Bruno stand hinter ihr und umfing sie mit den Armen. »Pass bitte auf, Caro«, sagte er in ihr Ohr. »Fall mir nur net runter.«

»Natürlich nicht.« Sie lachte. »Keine Sorge, ich stürze nicht ab.«

»Das will ich hoffen.« Er ließ sie los und reichte ihr die Hand. »Komm, ich hab Durst.«

»Sofort. Ich mache nur noch ein Video.«

Ein deutlich ausgetretener Weg führte sie zurück in Richtung Hütte. Links von ihnen erhob sich ein kleiner

Hügel, der die Sicht auf den Bach versperrte und auch das Rauschen des strömenden Wassers dämpfte. Dafür erklang ein Gluckern, der Boden wurde auf einmal schwarz und tief und fast morastig – Wasser floss über den Pfad und versickerte glitzernd im Gras.

Die versprochene Bank kam in Sicht, es gab sogar einen Tisch dazu, beides aus grau verwittertem Holz gezimmert. Erleichtert legte Carolin die letzten Schritte zurück.

Bruno deutete mit dem Kinn nach vorn. »Ich hoff, es ist noch was zum Trinken da«, sagte er.

»Was meinst du?« Carolin ließ sich erleichtert auf die Bank fallen und sah ihn fragend an. Jetzt erst fiel ihr Blick auf das kleine Schild, das an einem Pfosten neben der Bank befestigt war: »Almdudler 2,50 Euro, Wasser 1 Euro«, stand darauf geschrieben. Darunter hing eine einfache Metallkiste mit einem Schlitz. Suchend schaute sie sich um. Tatsächlich, ein stabiler Bottich aus quietschblauem Plastik stand ein Stück oberhalb der Bank am Fuß des grasigen Buckels, den sie soeben umrundet hatten. Ein schwarzes Kunststoffrohr ragte aus dem Boden, ein dünner Wasserstrahl plätscherte hinein, das überlaufende Wasser floss über ein paar Steinplatten herab und versickerte in der Erde.

Bruno war schon hochgestiegen zu dem Behälter und wandte sich zu ihr um. »Was magst denn?«, fragte er. »Almdudler oder lieber ein Wasser?«

Carolin grinste. Im Almwasser gekühlte Getränke, das war ein unerwarteter Service. »Almdudler bitte. Wasser habe ich selbst.«

Bruno nickte und drehte sich um. Im nächsten Moment schnappte er nach Luft. »Jessasmaria!«, rief er. »I glaub, i spinn!«

Carolin schrak auf. »Was ist los?«

»Da liegt einer im Wasser!« Bruno war blass geworden unter der Sonnenbräune. Entsetzt starrte er sie an. »Caro, da drin is ein Toter!«

Unwillkürlich war Carolin aufgesprungen. »Was sagst du da?« Mit großen Schritten eilte sie an Brunos Seite. Sie warf einen Blick über seine Schulter und zuckte zurück. Bruno hatte recht, natürlich hatte er recht, warum sollte er so etwas sagen, wenn nicht … Sie atmete tief durch, beruhigte ihre flatternden Nerven und beugte sich über den Rand. Im Wasser dümpelten mehrere Kunststoffflaschen. Sie drehten sich träge in der Strömung des einlaufenden Wassers und verdeckten fast den Körper eines Mannes, der mit verdrehten Gliedmaßen auf dem Boden des Bottichs lag. Blicklos starrten seine Augen nach oben. An seinem rechten Nasenloch hing eine Luftblase, ganz so, als ob er nur kurz die Luft anhalten würde, doch das saubere Loch in seiner Stirn sprach eindeutig dagegen. Carolin registrierte jede Einzelheit: schütteres dunkles Haar, das sich sachte in der Strömung bewegte, ergraute Schläfen, ein rundes Gesicht mit hohen Wangenknochen, ein voller Mund, ein Grübchen im Kinn. Dunkler Anzug, schwarze Lederschuhe, die denkbar ungeeignet schienen für den Aufstieg zur Alm.

Bruno atmete tief durch. »Ich glaub, auf Erste Hilfe kann ich bei dem verzichten.«

Carolin riss sich von dem Anblick los. »Da hast du bestimmt recht.« Sie zog ihr Telefon aus der Tasche. »Ich rufe Herrn Herzinger an.«

Carolin hatte sich auf eine Wartezeit von mindestens zwei Stunden eingestellt, doch zu ihrer Überraschung dauerte es keine dreißig Minuten, bis Revierinspektor Herzinger hinter dem Buckel auftauchte. Er war nicht allein, ein kräftig gebauter Mann folgte ihm mit zwei Schritten Abstand. Er war einen ganzen Kopf größer als der schlanke Polizist, hatte breite Schultern und ein kräftiges Kreuz, doch seinen Bewegungen nach waren es eher Muskeln als Fett, die seine Silhouette bestimmten. Sein Gesicht wirkte kantig und irgendwie verwittert mit tief eingeprägten Falten und einem eckigen Kinn, obwohl Carolin ihn nur wenige Jahre älter schätzte als sie selbst. Keine fünfzig jedenfalls. Er trug ein kariertes Hemd zu ausgeblichenen Jeans, einen ledernen Hut auf dem Kopf und feste Schuhe an den Füßen und wirkte insgesamt so, als ob er die meiste Zeit im Freien verbrachte. Hinter den beiden tauchte ein großer, zotteliger Hund auf, die rotbraune Nase auf dem Boden. Der Mann pfiff durch die Zähne, und der Hund sprang herbei.

Carolin hatte sich von der Bank erhoben und ging den beiden ein paar Schritte entgegen.

»Grüß Ihnen, Frau Halbach«, sagte Herzinger. Er schüttelte ihr die Hand und nickte Bruno grüßend zu. »Mir treffen uns scheinbar immer nur, wann's a Leich gibt.« Er nahm die Dienstmütze ab und fuhr sich durch die rötlichen Haare, dann setzte er sie wieder auf und sah sich um. »Wo liegt er denn?«

Carolin deutete auf den improvisierten Kühlbehälter. »Da drin«, sagte sie.

»Was …« Der andere Mann war mit wenigen Schritten am Bottich und starrte hinein. »Kreizkruzifix, des gibt's do net!« Er war blass geworden. »Des is der Rubinsky!« Der Hund machte Anstalten, am Rand des Behälters hochzuspringen, doch der Mann packte ihn am Halsband und zog ihn weg.

»Wer?« Carolin war ebenfalls herangekommen.

»Na, der Russ, der unser Alm kaufen will.« Der Mann warf ihr einen finsteren Blick zu, als ob sie jeden der vielen Immobilienhaie in und um Gastein kennen müsste. Dann wandte er sich an Herzinger. »Des is der Goscha Rubinsky. Dem g'hört des Hotel Persipan in Gastein. Und no so einiges mehr, was ma so hört.« Er schnitt eine Grimasse.

»Hat der net auch die Finger im Spiel g'habt bei die Sabotagen am Kulturzentrum?«, fragte Herzinger und sah Carolin an.

»Ja, kann sein.« Sie hob die Schultern. »Da war ein Russe, das stimmt. Aber ich habe ihn nie gesehen und mir auch den Namen nicht gemerkt.«

»Is ja egal.« Herzinger winkte ab. »I ruf jetzt in Salzburg an, da müssen die vom LKA die Spurensicherung herschicken. Ihr greifts da jetzt nix mehr an.«

Bruno hob die Hände. »Natürlich net. Was glauben S' denn.«

»Und du, Lois, nimm den Hund an d'Leine, bevor der no alle Spuren vernichtet.« Herzinger warf seinem Begleiter einen strengen Blick zu, bevor er sein Telefon aus der Tasche zog und sich ein paar Schritte entfernte.

Der Mann gehorchte und leinte den Hund an, dann schien er sich an seine Manieren zu erinnern und streckte Carolin die Hand entgegen: »Tschuldigen S', i hab mi gar net vorg'stellt. I bin der Grassl Alois. Mir g'hört die Alm, z'sammen mit meim Bruder und meim Onkel. I hab den Valentin aufferg'fahren.«

Carolin erwiderte den Händedruck, er war kräftig, fast schon zu fest. »Carolin Halbach«, stellte sie sich vor.

»Man kann hier mit dem Auto hochfahren?« Vorwurfsvoll sah sie Bruno Hunold an. »Wieso sind wir dann gelaufen?«

Grassl lachte und deutete mit der Hand über die Schulter. »Da hinten is a Forststraßen. Aber man braucht an Schlüssel für die Schranken.«

»Ach so.« Carolin grinste schief. »Außerdem sieht man dann natürlich auch den Wasserfall nicht.«

»Den Schleierfall, genau.« Grassl musterte sie aus sehr blauen Augen. »Sie san aber net von da, oder?«

»Nein.« Carolin schüttelte den Kopf. »Ich komme aus Düsseldorf und leite die Bibliothek im Kulturzentrum von Bad Gastein.«

»Ah, Sie san des.« Ein Lächeln blitzte auf, plötzlich wirkte er zehn Jahre jünger. »I hab Sie …«

»… in der Zeitung gesehen«, ergänzte Carolin. »Wie wahrscheinlich neunzig Prozent der Einwohner von Bad Gastein.«

»Ich wohn in Bad Hofgastein. Aber die Zeitung kriegen mir natürlich a.«

Bruno war herangekommen und legte Carolin die Hand auf die Schulter. Eine besitzergreifende Geste, die Carolin plötzlich störte. So nett der Arzt aus der Kurklinik auch war, zu mehr als einer lockeren Freundschaft, die sich auf gemeinsame Bergtouren beschränkte, konnte und wollte sie sich nicht aufraffen. Mit einem leichten Schuldgefühl schüttelte sie seine Hand ab und ging Herzinger entgegen, der sein Telefonat beendet hatte und zu ihnen trat. »Wie lange müssen wir noch bleiben?«, fragte sie ihn.

Herzinger steckte das Telefon weg. »I muss nur noch Ihnere Aussagen aufnehmen. Die vom LKA werden sich dann morgen bei Ihnen melden wegen dem Rest. Aber wenns so lang warten wollts, könnts nachher mit dem Lois obifahren.« Er schaute fragend von Carolin zu Hunold.

Bruno schüttelte vehement den Kopf. »Naa, mir gehen z' Fuß. Des wär ja no schöner.«

Carolin verzog das Gesicht. Wenn sie an ihre schmerzenden Füße dachte, insbesondere an den linken kleinen Zeh, der sich anfühlte, als würde da gerade eine dicke Blase entstehen, dann hatte sie ganz und gar nichts dagegen, sich den Abstieg zu ersparen. Brunos Reaktion war zu erwarten gewesen, schließlich war er Bergsteiger. Sie allerdings nicht, und sie hatte auch nicht vor, sich von ihm bevormunden zu lassen. Sie nickte dem Revierinspektor zu, der sie jetzt auffordernd ansah. »Danke für das Angebot. Das nehme ich gern an.«

Herzinger grinste und blinzelte ihr zu, als wüsste er, dass nicht nur ihr Zeh, sondern auch Brunos bestimmende Art zu ihrer Entscheidung beigetragen hatte. Sie grinste zurück, plötzlich erfreut über das Gefühl von kameradschaftlicher Nähe, das seine Miene vermittelte.

Bruno Hunold zuckte mit den Schultern und wandte sich ab. »Brauchen S' mich überhaupt?«, fragte er. »Weil sonst tät i schon gehen.«

»Net wirklich.« Herzinger wedelte ihn weg. »Ihnere Personalien kann mir bestimmt auch die Frau Magister Halbach geben, und g'sehen werden S' ja des Gleiche haben wie sie.«

»Zumindest kann i feststellen, dass der tot ist«, gab Bruno Hunold zurück. »Immerhin bin i Arzt.«

»Scho recht.« Herzinger machte eine beschwichtigende Geste. »Nur wird si des die Spurensicherung anschauen wollen, bevor a Doktor was untersucht.«

»Wie S' meinen.« Hunold wandte sich ab. »I geh dann.«

»Tschüss, Bruno«, rief ihm Carolin hinterher.

Er hob die Hand, doch er wandte sich nicht mehr um. Carolin biss sich auf die Unterlippe. Nun bereute sie ihre harsche Reaktion – vermutlich würde er sie so schnell nicht noch einmal zu einer Bergtour mitnehmen, und das tat ihr leid. Sie seufzte. Männer. Warum mussten die immer so kompliziert sein?

Als sie den Kopf hob, sah sie, dass Herzingers Begleiter zu ihr herübersah. Er tätschelte den Kopf seines Hundes, seine Augen funkelten vergnügt. »Machen S' Ihnen nix draus«, meinte er. »Der kommt bestimmt wieder. Und wann net, dann is er selber schuld.«

Carolin musste lachen. »Hoffentlich«, sagte sie. »Als Bergführer ist er nämlich erstklassig.«

»Da is er aber net der einzige im Goschdeinertal.« Der Mann zwinkerte ihr zu. »Wann S' Bedarf haben – Sie dürfen si gern bei mir melden.« Er deutete auf den Hund. »Mir san oft in die Berg unterwegs.«

Carolin zog die Brauen hoch. »Vielleicht komme ich darauf zurück«, antwortete sie leichthin. Tatsächlich hatte sie nicht vor, auf dieses Angebot einzugehen – die Mühe, Bruno Hunold auf Abstand zu halten, reichte ihr eigentlich. Nein, nicht noch ein Mann, schon gar nicht ein Almbauer aus Bad Hofgastein mit einem viel zu großen Hund – so hübsch seine blauen Augen auch waren.

Herzinger hatte ihren Wortwechsel mit belustigter Miene verfolgt. »Können mir dann anfangen mit der Befragung?«, wollte er wissen.

»Ja, natürlich.« Carolin wandte sich ihm zu. »Entschuldigen Sie bitte.«

»Is schon gut.« Herzinger wies auf die Bank. »Sollen mir uns hinsetzen?«

Dankbar nickte Carolin.

Der andere Mann – Grassl – deutete den Hang hoch. »I schau schnell nach'm Vieh«, erklärte er. »Oder brauchst mi grad, Valentin?«

»Naa«, antwortete Herzinger. »Kannst ruhig gehn. I fahr nachher mit die Kollegen vom LKA z'ruck. Nur denk dran, dass d' die Frau Magister glei mit obinimmst.«

»Scho klar.« Er hob die Hand und verschwand hinter dem kleinen Hügel in Richtung Bach. Nach wenigen Schritten leinte er den Hund ab, der mit weiten Sätzen davonsprang.

»Dann schaun mir amal.« Herzinger zog ein zerknittertes Blatt Papier aus der Brusttasche seines Uniformhemds und angelte einen Kugelschreiber aus der Hosentasche. »Personalien kann i mir ja sparen bei Ihnen. Aber wann S' mir bittschön sagen, wer Ihr Begleiter war?«

»Das ist Dr. Bruno Hunold, er ist Arzt in der Kurklinik«, antwortete Carolin. »Er wohnt in Kötschachdorf, in der Sonnleitenstraße 28.«

Herzinger schrieb mit, und nicht zum ersten Mal fragte sie sich, ob er diese hieroglyphenartigen Kürzel später noch würde lesen können.

»Also, erzählen S'. Was is passiert?«

»Okay.« Carolin holte Luft. »Eigentlich gibt es nicht viel zu erzählen. Wir haben eine Wanderung zur Alm gemacht. Wir waren erst an der Hütte, dann sind wir weiter zum Bach und am Ufer zurück zu der Brücke dort hinten. Danach sind wir hierhergekommen, und als Bruno etwas zu trinken aus dem Bottich holen wollte, hat er den Toten gesehen.«

»Hm.« Herzinger kritzelte auf seinem Papier. »Haben S' unterwegs irgendwen 'troffen?«

»Nein.« Carolin schüttelte den Kopf. »Weiter unten hat auf einer Bank eine Gruppe Wanderer gesessen. Hier oben sind wir niemandem begegnet.«

»Okay.« Herzinger nahm die Kappe ab und kratzte sich am Kopf. »Ich trau mir net zu, zu sagen, wie lang der schon tot ist«, meinte er. »Des muss nachher der Arzt feststellen.«

»Ich finde, er sieht noch recht … frisch aus.« Carolin schluckte und versuchte, das Bild der durchs Wasser starrenden Augen zu vertreiben, das sich unwillkürlich wieder aufdrängte. »Aber natürlich ist das Wasser kalt.«

»Recht haben S', Miss Marple.« Herzinger grinste schief. »Deswegen wart ma auf die Spusi. Vorher brauch ma gar net drüber nachdenken.« Er faltete das Blatt Papier zusammen und schob es zurück in die Brusttasche seines Hemds. »I schau amal, wo der Lois steckt. Der kann Sie glei runterfahren.«

Carolin nickte. »Das wäre sehr nett, danke.«

»Wohnen S' immer no bei der Rosi?«, fragte er. »Oder san S' scho umzogen?«

»Ich bin noch im Haus Sonnenschein«, antwortete Carolin. »Frau Krauskopf zieht erst Ende September aus, und dann muss ich das Haus wohl noch ein bisschen renovieren.«

»Ah so.« Er stand auf. »Dann sag i dem Lois, dass er Sie glei bis zur Rosi fahren soll. Oder wollen S' lieber den Postbus nehmen?«

»Eigentlich nicht.« Carolin seufzte erleichtert. »Danke.« Als sie Grassls Angebot, sie mit nach unten zu nehmen, so spontan zugestimmt hatte, hatte sie keinen Gedanken daran verschwendet, wie sie vom Startpunkt des Wanderwegs zurück nach Bad Gastein kommen sollte. Bruno Hunold würde heute wohl kaum auf sie warten.

Grassls Geländewagen stand ein Stück hinter der Brücke, an der Carolin zuvor mit Bruno Hunold gewesen war. Genau da, wo sich der sandige Wanderweg zu einer geschotterten Straße verbreiterte, parkte ein schwerer Land Rover, ein älterer Defender mit großer Ladefläche, auf der sich Werkzeug und alles Mögliche an Material stapelte. Carolin erblickte mehrere Eimer, eine große Autobatterie, eine Werkzeugkiste, ein ordentlich aufgerolltes Seil und einen großen Rucksack, aus dem der lange Lauf eines Gewehrs ragte. Der zottige Hund sprang mit einem Satz auf die Ladefläche und legte sich auf eine Decke.

»Sie sind Jäger?«, fragte sie, während sie auf den Beifahrersitz kletterte. Ihren eigenen Rucksack stellte sie zwischen ihre Beine auf den gummierten Boden.

»Klar«, antwortete Grassl und ließ den Wagen an. »Die Jagd g'hört ja mir, also uns dreien, denen die Alm g'hört. Aber meistens geh i nur schauen und schieß mehr Fotos als aufs Wild.«

»Aber wozu dann das Gewehr?«, wollte Carolin wissen.

»Manchmal rennt mir ja doch was übern Weg.« Er hob die Schultern. »Hirsch und Reh muss ma dezimieren, sonst machen s' die Vegetation kaputt. Außerdem kommen manchmal Gäst, die Gams und Mankei jagen wollen.«

»Mankei? Was ist das?«

Belustigt sah er sie an. »Murmeltier. Die graben Gänge und Löcher, und die san g'fährlich fürs Vieh, deswegen dürfen s' net z'viel werden. Verstehen S'?«

Carolin nickte. So richtig verstand sie zwar nicht, warum man Tiere in ihrem angestammten Lebensraum nicht in Frieden leben lassen konnte. Aber ein Bauer, der von der Bewirtschaftung ebendieses Lebensraums lebte, sah das natürlich anders.

Grassl setzte zurück bis zu einer Stelle, an der sich die Fahrspur verbreiterte, wendete das Auto und steuerte es die Schotterpiste hinunter. Seine Miene wirkte konzentriert, er fuhr nicht schnell, sondern ließ den schweren Wagen in einem niedrigen Gang hinunterrollen, bremste nur sanft vor den scharfen Haarnadelkurven, ehe er ihn wieder freigab. Die Forststraße verlief in langen Schwüngen quer zum Hang, holte weit nach Süden aus, bevor sie sich wieder dem herabstürzenden Bach näherte, nur um sich in einer weiteren scharfen Kehre, in der die Piste steil abfiel, zurückzuwenden bis zur nächsten Kurve. Obwohl die Straße neu und gut befestigt schien, war sie ohne Allradantrieb wohl kaum zu bewältigen.

Carolin sah aus dem Fenster und bewunderte das Panorama. Beim Aufstieg hatte sie kaum einen Blick für die herrliche Kulisse der Bergwelt gehabt, zu sehr war sie mit sich selbst und ihrer Atemlosigkeit beschäftigt gewesen. Das holte sie nun nach und erfreute sich an der sich ständig ändernden Aussicht ins Tal.

Endlich wurde der Hang ein wenig flacher, die Kurven etwas weniger eng. Die ersten Häuser kamen in Sicht, eine Schranke versperrte den Weg. Grassl hielt an, stieg aus und hob den Schlagbaum. Der Hund hatte sich aufgesetzt, doch eine Handbewegung seines Herrn brachte ihn wieder zum Liegen. Grassl fuhr den Wagen hindurch, stieg wieder aus und schloss die Schranke sorgfältig. Das Vorhängeschloss ließ er geöffnet hängen.

»Der Valentin sperrt nachher wieder ab, wann s' fertig san«, erklärte er. »Des brauch i nämlich net, dass da die Touristen mit ihre Autos auffifahren.«

»Wer tut denn so etwas?« Carolin grinste schief. »Wo es doch einen so schönen Wanderweg gibt.«

Grassl schien ihre Ironie nicht zu verstehen. »Wenn Sie wüssten, auf was für Ideen d'Leit kommen, wann ma s' net dran hindert.«

Nun ging es schnurgerade auf die ersten Häuser zu, und Carolin erkannte das Wirtshaus, auf dessen Parkplatz Bruno seinen Wagen abgestellt hatte. Der kleine Audi stand noch immer hier; Bruno brauchte für den Abstieg vermutlich länger als sie mit dem Auto. Kurz dachte sie daran, Grassl zu bitten anzuhalten und sie aussteigen zu lassen, damit sie auf ihn warten konnte, doch Grassl wurde nicht einmal langsamer, dann waren sie auch schon vorbei, und sie sagte nichts.

»Was denken Sie denn, wer den Russen erschossen hat?«, fragte sie stattdessen, als sie an der Kreuzung der Bundesstraße standen. Bis eben war es ihr gelungen, alle Gedanken an den Toten auf der Alm aus ihrem Kopf zu verdrängen, aber nun, während sie sich wieder der Zivilisation näherten, kamen sie mit aller Macht zurück.

»Wos woaß i.« Grassl hob die Schultern. »Der wird si schon genug Feinde g'macht haben.«

»Meinen Sie?« Carolin hob die Brauen. »Kennen Sie ihn denn näher?«

»Naa, net wirklich.« Eine Lücke im Verkehr tat sich auf, Grassl fuhr an und bog auf die Bundesstraße ein. »Der Rubinsky g'hört zu an Konsortium von russischen Investoren«, fuhr er fort. »Wer woaß, was da bei denen alles an G'schäftln im Hintergrund rennt.«

»Sie denken an illegale Machenschaften?« Carolin sah ihn überrascht an. »Aber wieso wurde er dann ausgerechnet auf Ihrer Alm erschossen?«

Er zuckte erneut mit den Schultern. »Waß i do net. Interessiert mi a net.« Sein Gesicht hatte sich verfinstert.

»Aber immerhin ist es Ihre Alm«, warf Carolin ein.

»Net nur. I hab do g'sagt, dass uns die Alm z'sammen g'hört. Vielleicht woaß mei Onkel was. Der hat mehr mit eam z'tuan g'habt als wie mei Bruder und i.«

»Ach so.« Carolin biss sich auf die Unterlippe. Tatsächlich ging sie das auch gar nichts an. Sie hatte nur den Toten gefunden – mit den Ermittlungen hatte sie nichts zu tun. Auch wenn es sie noch so sehr interessierte.

Nächtliche Geister

Die Sonne verschwand gerade hinter den Gipfeln, als Carolin vor Haus Sonnenschein aus dem Auto kletterte. Sie schulterte ihren Rucksack und wandte sich noch einmal zu Lois Grassl um. »Danke fürs Bringen.«

»Gern g'schehn«, antwortete er und grinste. »Und gern amal wieder, wann S' mögen.«

Sie lächelte unverbindlich und hob die Hand zum Abschied. »Mal sehen.«

Er winkte zurück, wendete in der Einfahrt und fuhr davon.

Carolin drückte das Gartentor auf. Rosi Brunneder, ihre Zimmerwirtin, stand in der Haustür und blickte ihr entgegen. »Wer war denn des?«, fragte sie und stemmte die Hände in die Hüften. »Wo hast denn dein Doktor 'lassen?«

»Er ist nicht mein Doktor, Rosi«, antwortete Carolin und verzog das Gesicht. »Das war Herr Grassl aus Bad Hofgastein.« Sie schloss sorgfältig das Gartentor, dann wandte sie sich zu Rosi um, die in der Zwischenzeit herangekommen war. »Stell dir vor, wir haben dort oben einen Toten gefunden!«

»Ui!« Rosi schlug die Hand vor den Mund. »Was d' net sagst. A Unfall? Kumm eina und erzähl!«

Carolin folgte ihr ins Haus bis in die Küche. Dankbar ließ sie sich auf die Eckbank fallen und streckte die Beine aus. Ihre Füße schmerzten noch immer, sie war froh, die klobigen Wanderschuhe ausziehen zu können.

»Magst an Kaffee?« Rosi hob auffordernd die Kanne.

»Ja, bitte.« Carolin sah sich in dem behaglichen Raum um. Rosis Küche war groß, größer als eine normale Küche, wie Carolin sie kannte, aber Rosi bereitete hier schließlich auch das Frühstück für ihre Pensionsgäste vor. Dementsprechend wurde die rechte Wand von einer langen Anrichte eingenommen, auf der morgens Kaffeekannen, Milchkrüge, Brotkörbe, Platten mit Aufschnitt und Käse sowie Schalen mit Marmelade, Honig, Obst und Müsli auf die hungrigen Gäste warteten. In der Ecke stand ein riesiger Kühlschrank, in dem all diese Köstlichkeiten tagsüber gelagert wurden. Ansonsten unterschied sich der Raum nicht großartig von einer normalen Haushaltsküche: abgenutzte Fronten, ein Gewürzregal, Kochlöffel in einem Ständer, ein großer Herd, auf dem immer etwas brutzelte oder kochte, eine schöne alte Kredenz und nicht zuletzt die große Eckbank mit den geschnitzten Rückenlehnen, an der Rosi bis zu acht Personen bewirten konnte.

Carolin seufzte zufrieden und nahm den Kaffee entgegen.

»I hab no was vom Kuchen von heut früh«, sagte Rosi. »Willst a Stückerl?«

»Gern.« Carolins Magen ließ ein deutliches Knurren vernehmen. Das belegte Brot, das sie während ihrer Rast am Schleierfall verzehrt hatte, war inzwischen einige Stunden her. Und nicht nur das – alles, was danach passiert war, erschien ihr plötzlich sehr weit weg, fast, als ob sie es nur geträumt hätte. Ein Toter zwischen den Almdudlerflaschen – das klang wie aus einem völlig abgedrehten Traum.

Rosi goss sich selbst eine Tasse Kaffee ein und setzte sich zu Carolin an den Tisch. »Jetzt erzähl!«

»Viel gibt es da nicht zu erzählen«, gab Carolin zurück und erinnerte sich, dass sie Revierinspektor Herzinger gegenüber die gleichen Worte gebraucht hatte. »Wir waren heute auf der Wiesneralm«, begann sie. »Kennst du die?«

Rosi nickte. »Klar. Des ist die mit dem Wasserfall, oder?«

»Genau.« Carolin schob sich ein Stück Marmorkuchen in den Mund. »Ganz oben, wo der Wasserfall über die Kante stürzt, steht ein Picknicktisch. Gleich daneben befindet sich ein Bottich mit gekühlten Getränken, die man kaufen kann. Nur dass heute zwischen den Flaschen eine Leiche lag. Mit einem Einschussloch in der Stirn.«

»Furchtbar.« Rosi fuhr sich über die Augen. »Weißt denn, wer des war?«

»Ein Russe namens Goscha Rubinsky«, antwortete Carolin. »Zumindest hat Herr Grassl das gesagt, das ist der Besitzer der Alm. Er kam zusammen mit Herrn Herzinger hinauf.«

»Grassl? Der Grassl Gerald aus Böckstein?« Rosi sah von ihrer Tasse auf.

»Nein, er heißt Alois. Alois Grassl.«

»Ah, den kenn i. Des is dem Gerald sei Neffe.«

»Er sagte etwas davon, dass ihm die Alm zusammen mit seinem Bruder und seinem Onkel gehört.«

Rosi nickte zustimmend. »Mit seim Vater, dem Grassl Ignaz, bin i in d' Schul 'gangen. Der war einer der größten Milchbauern drunten in Hofgastein. Drei Kinder hat er g'habt, zwoa Buam und a Dirndl. Und der Gerald is sei Bruder.«

»Lois Grassl hat nur von einem Bruder gesprochen.« Carolin hob die Schultern.

»Die Fanni hat si ihr Erbe auszahlen lassen, wie der Ignaz g'storben is. Die wohnt jetzt in Deutschland, irgendwo in der Gegend von München. Der Lois hat den Hof übernommen, und sei Bruder, der Moritz, is a Lehrer 'worden.«

»Ach so.« Carolin verbiss sich ein Grinsen. Es gab wahrscheinlich niemanden, der so gut über die Bewohner des Gasteinertals Bescheid wusste wie Rosi. »Und offenbar gehört die Alm zum Teil auch dem Onkel.«

»Genau.« Rosi nickte. »Weil früher hat die dem Ambros g'hört, des war dem Ignaz und dem Gerald sein Vater. Die is immer nur als a Ganzes vererbt worden.«

»Grassl sagte etwas davon, dass der Russe, also Rubinsky, die Alm kaufen wollte.«

»Echt wahr?« Rosi riss die Augen auf. »Der Ignaz tat si im Grab umdrehen, wann er des wüsst.«

»Noch ist sie ja nicht verkauft.« Carolin trank ihren Kaffee aus. »Und jetzt, wo Rubinsky tot ist, wird das vielleicht auch nicht mehr geschehen.«

»Na hoffentlich.« Rosi stand auf und räumte die Kaffeetassen weg. »Schlimm gnug, dass die Ausländer bei uns die ganzen Häuser und Hotels kaufen. Unsere Almen brauchen s' net a no haben.«

Montagmorgen. Trotz Hauptsaison, Sommerferien und Kaiserwetter war das Parkhaus, das wie ein überdimensioniertes Schwalbennest im Hang neben dem Wasserfall klebte, so gut wie leer. Zumindest galt das für die oberste Etage, die Carolin zügig mit ihrem Fahrrad durchquerte. Sie war spät dran. Ihr Muskelkater hatte einen längeren Aufenthalt unter der heißen Dusche erzwungen, dann musste sie auch noch auf ihren Morgenkaffee in Rosis

Küche warten, bis die riesige Filterkaffeemaschine den zweiten Schwung für die Pensionsgäste aufgebrüht hatte.

Aber dank der Abkürzung über den Aufzug im Parkhaus, der sie in Sekundenschnelle elf Etagen in die Tiefe direkt bis zum Straubinger Platz befördern würde, war das nicht schlimm. Wie immer das Schild »Fahrräder verboten« ignorierend, zirkelte sie ihr E-Bike routiniert in die enge Kabine und fuhr nach unten.

Die Bibliothek hatte noch geschlossen, ihre Tore würden erst um neun Uhr öffnen. Die Leere im Parkhaus ließ allerdings schon jetzt nicht viele Besucher erwarten. Das Wetter war einfach zu schön, um den Tag drinnen zu verbringen. Die Sommergäste waren vermutlich in den umliegenden Bergen unterwegs: mit der Seilbahn hoch zum Stubnerkogel, um den heute garantiert grandiosen Blick zum Großglockner zu genießen, oder mit dem Sessellift hinauf zum Graukogel, wo der Zirbenweg und die Graukogelhütte eine etwas rustikalere Alternative boten.

Carolin dagegen freute sich auf ihren Arbeitstag. Wie jedes Mal, wenn sie den Vorplatz zum Kulturzentrum überquerte und den imposanten Flachbau der ehemaligen Stadthalle erblickte, begann ihr Herz zu klopfen. Mit seinen luftigen Glaswänden und dem vom Dach herabrankenden Grün war dieser Arbeitsplatz hoch über dem Gasteinertal wahrhaft einzigartig. Und so fremd ihr die österreichische Mentalität auch anfangs erschienen war, so schnell hatte sie sich nicht nur daran gewöhnt, sondern sie tatsächlich lieben gelernt. Nach nicht einmal vier Monaten empfand sie Bad Gastein bereits als ihr Zuhause.

Sie schob ihr Fahrrad um die Ecke, stellte es in dem Lagerraum ab, der sich an der seitlichen Zufahrt befand, und betrat das Gebäude durch den Haupteingang. Inzwischen waren die Bauarbeiten abgeschlossen, die Plakatwände, die bis vor Kurzem noch die Baustelle im Eventsaal verborgen hatten, waren verschwunden, das Malervlies auf den Treppen war längst entfernt. Das Foyer lag still im Morgenlicht. Später würden sich hier bestimmt noch einige Besucher tummeln, würden in Prospekten stöbern oder einfach nur auf den tomatenroten Sofas sitzen und die Atmosphäre zwischen den wuchtigen Betonpfeilern genießen, die den weiten Blick nach hinten hinaus ins Tal umrahmten. Doch im Augenblick war der große Raum leer und gehörte ihr allein.

Sie verzichtete auf den Aufzug und nahm die Treppe hinunter zur Bibliothek. Die Lounge, die zur Bücherei gehörte, war eine verkleinerte Ausgabe des Foyers oben. Der Unterschied bestand vor allem in der Möblierung: Wo oben Sofas, Polstersessel und Blumenkästen mit filigranen Gräsern ein elegantes Ambiente erzeugten, war es hier unten gemütlich. In lockerer Anordnung waren Tische und Stühle, Sitzecken und Pulte aufgestellt, an denen man lesen und arbeiten konnte, während weiter hinten im Raum eine großzügige Sofalandschaft mit niedrigen Tischen zum Spielen einlud. Und hier herrschte Dämmerung. Das wenige Licht kam von den riesigen Fensterflächen, die zum Gasteinertal schauten, doch sie waren beschattet vom umlaufenden Balkon der darüberliegenden Etage. Nur früh am Morgen, so wie jetzt, verirrte sich manchmal ein Sonnenstrahl herein und malte regenbogenfarbene Tupfen auf den dunklen Teppich. Carolin ließ ihren Blick durch ihr Reich schweifen und seufzte beglückt.

Plötzlich stutzte sie. Was war das? Auf einem der Tische, die das Licht der Morgensonne rötlich reflektierten, lagen Krümel. Am Nachmittag wäre das nicht weiter verwunderlich gewesen, denn trotz der Schilder, die darum baten, hier von Essen und Trinken abzusehen, brachten immer wieder Besucher etwas zu essen mit. Leere Chipstüten, Keksverpackungen, Coffee-to-go-Becher und einmal sogar ein ganzer Pizzakarton legten beredtes Zeugnis davon ab, dass sich niemand daran hielt. Aber es war Montagmorgen, die Leute von der Reinigungsfirma waren ungeachtet des Wochenendes gestern Abend hier gewesen und hatten alles sauber gemacht. Wo also kamen diese Krümel her?

Carolin trat näher. Eindeutig hatte hier jemand gegessen, und ein glänzender Ring deutete auf eine abgestellte Flasche hin. So geschlampt hatte der Putztrupp noch nie. Vielleicht wurde einmal vergessen, einen Papierkorb zu leeren, aber bisher hatte es noch nie Anlass zu Kritik gegeben. Sie fegte die Krümel in die hohle Hand und warf sie in einen der Mülleimer. Dann wandte sie sich ab und den breiten Glastüren zu, die in die eigentliche Bibliothek führten. Im Geiste machte sie sich eine Notiz – sobald sie jemanden von den Reinigungskräften traf, würde sie darauf hinweisen, hier etwas sorgfältiger zu arbeiten.

Die Tür zur Bibliothek war nur angelehnt, und im Eingangsbereich dahinter brannte bereits Licht. Carolin ging am Ausgabetresen und den beiden Selbstverbuchungsterminals vorbei und betrat den schmalen Flur, der zu ihrem Büro führte. Aus der kleinen Küche erklangen Geräusche, sie steckte den Kopf hinein. Herta Krauskopf war schon hier, sie war immer die Erste. Sie hantierte mit dem Wasserkocher, es roch nach russischem Tee.

»Guten Morgen, Frau Krauskopf!«

»Guten Morgen, Frau Magister.«

Ihre Mitarbeiterin hob nur kurz den Kopf und konzentrierte sich wieder auf ihr Ritual der Teezubereitung. Zwar hatte sich ihr Umgang deutlich verbessert, nachdem es Carolin damals gelungen war, den wahren Täter zu überführen, als Frau Krauskopf nach dem Mord in der Bibliothek unschuldig in Untersuchungshaft gesessen hatte. Doch wirklich warm waren sie auch später nicht miteinander geworden. Das war auch gar nicht notwendig, sagte sich Carolin nicht zum ersten Mal. Man musste zu seinen Mitarbeitern keine enge Freundschaft pflegen, andererseits schadete es auch nicht. Nächsten Monat würde sie beginnen, sich um einen Ersatz für Herta Krauskopf umzusehen, die auf eigenen Wunsch im Herbst in Rente gehen würde. Das konnte eigentlich nur eine Verbesserung bedeuten – auch weil sie dann bald Frau Krauskopfs Haus beziehen würde, anstatt in Rosis Pension im Gästeappartement unter dem Dach zu wohnen.

Carolin stellte die Kaffeemaschine an, aber sie wartete die Zubereitung nicht ab, sondern wandte sich ihrem eigenen Büro zu. Ihr erster Weg führte wie immer zum Fenster und dem grauen Lamellenvorhang, den sie zur Seite schob. Das Panorama des Gasteinertals lag wie ein Gemälde in frischen Farben vor ihr. Die Wipfel der dunklen Fichten zu ihren Füßen, die hellen Jugendstilfassaden der alten Hotelbauten rechts und links davon, die moderneren Gebäude mit ihren Balkonreihen weiter entfernt an den Hängen, die roten Dächer der Häuser im Tal, die grünen Matten der Berge und der zartblaue Himmel, der all das überspannte – nie würde sie sich sattsehen können an diesem Anblick.

Fast widerwillig löste sie ihren Blick und setzte sich an den Schreibtisch. Sie öffnete ihr E-Mail-Programm und begann zu arbeiten.

Ein wenig später drangen von draußen Geräusche herein. Julia Gschwendtners helle Stimme erklang, unterbrochen von einem brummeligen Bass, den Carolin Max Puntschuh zuordnete, dem Studenten, der über den Sommer als Aushilfe hier arbeitete. Anfangs hatte er schüchtern gewirkt, war zurückhaltend und irgendwie reserviert gewesen, kam offenbar mit Computern besser klar als mit Menschen. Doch mit Julia hatte der junge Mann keine Probleme gehabt, ihre offene, herzliche Art schien seine Schüchternheit problemlos zu überwinden. Und dass er sie praktisch in den Armen von Carolins Bruder Paul kennengelernt hatte, trug vermutlich ebenfalls zu ihrem kameradschaftlichen Verhältnis bei.

Es polterte auf dem Gang vor ihrem Büro, im nächsten Moment ging die Tür auf, und Julia kam herein. In der einen Hand balancierte sie eine dampfende Tasse Kaffee, schwarz und bitter, wie Carolin ihn am liebsten trank, in der anderen einen Stapel Post, der offenbar in der Zwischenzeit eingetroffen war. »Guten Morgen, Frau Magister!«

Mit Julias Erscheinen war es, als fegte ein frischer Wind durch das Büro. Ihr kastanienbraunes Haar sprang in wilden Locken um ihr Gesicht, der breite Mund, der immer zu lachen schien, die Sommersprossen, das gestreifte Shirt zu den kurzen Hosen – Julia verkörperte pure Lebensfreude. Kein Wunder, dass Paul sich in sie verliebt hatte. Zumindest ausreichend verliebt, um der jungen Frau das Gefühl zu geben, sie wäre die Einzige in seinem Leben, korrigierte sich Carolin stumm. Bisher hatte ihr kleiner Bruder keine Anzeichen für ein sesshaftes Leben erkennen lassen, nicht einmal eine feste Beziehung war für ihn vorstellbar gewesen. Aber wenn sich das durch Julia nun ändern würde – Carolin sollte es recht sein. Sie sah Paul ohnehin viel zu selten.

»Guten Morgen, Julia«, sagte sie laut. »Du kommst spät, ist alles okay?«

»Scho«, antwortete Julia. »I bin nur immer so müd in der Früh.« Die junge Frau grinste. »I müssert einfach früher schlafen gehen.«

»Das wäre vielleicht besser.« Carolin erwiderte das Grinsen. »Schau dir das hier bitte mal an«, fuhr sie fort. »Wir haben doch darüber gesprochen, dass du eine richtige Ausbildung zur Bibliotheksassistentin machen solltest. Hier sind die Unterlagen der Berufsschule.«

Julias Augen wurden groß. »Ich hab net 'glaubt, dass Sie des ernst meinen«, sagte sie. »Danke!«

»Du müsstest während des Schuljahres zwölf Wochen in Wien zur Schule gehen, den Rest der Zeit wärst du hier. Dein offizieller Ausbildungsbetrieb wäre die Bücherei in Sankt Johann, aber deine Arbeitsstelle wäre weiterhin bei uns. Frau Axamer hat mir versichert, dass das kein Problem ist, weil die beiden Büchereien faktisch zusammengehören.«

»Zwölf Wochen weg von dahoam?« Julia verzog das Gesicht. »No dazu in Wien?« Sie schüttelte den Kopf. »I glaub net, dass i des will.« Mit einer endgültigen Geste legte sie die Unterlagen zurück auf Carolins Schreibtisch.

»Julia, was sind denn zwölf Wochen. Die gehen im Nu vorbei, und nach zwei Jahren hast du eine abgeschlossene Ausbildung. Das ist doch auch wichtig!«

Julia sah unschlüssig drein. »I überleg mir des no. Aber eigentlich brauch i des net. Ich hab doch mein Job da.«

»Aber wenn du einmal etwas anderes machen willst ...«

»Will i do gar net. Ich find's super bei Ihnen.«

Carolin lächelte. »Das ist schön. Trotzdem wäre es besser, wenn du auch noch einen Abschluss hättest. Dann würdest du auch mehr verdienen.«

Julia hob die Schultern. »Meinen S' echt, dass des bei mir no was bringt? Na, i denk drüber nach.« Im nächsten Augenblick lachte sie schon wieder. »Außerdem rennt mir des doch net davon. Und jetzt im Sommer geh i sowieso nirgends hin. Sie brauchen mi doch da.«

»Da hast du recht.« Carolin lächelte ihr zu. »Das wäre ohnehin frühestens im nächsten Jahr spruchreif, wenn du mit der Ausbildung im Herbst beginnst.« Sie wurde ernst. »Sprich bitte auch mit deinen Eltern darüber. Und ...«, sie zögerte, »mit Paul.«

»Ah geh, der.« Julia schnitt eine Grimasse. »Der hat da doch gar nix mitz'reden. Wenn, dann entscheid i des alloan.«

»Auch gut.« Carolin hielt ihr die Unterlagen erneut hin. »Aber sieh es dir wenigstens an.«

Julia nahm den Stapel Papier mit sichtlichem Widerwillen. »Okay. I schau mir des an. Aber jetzt muaß i aussi, bevor d'Leit kommen. Der Max is ganz alloan draußen. Des kann i eam net antuan.«

Sie blinzelte verschwörerisch, und unwillkürlich musste Carolin lachen. »Du hast recht. Er braucht bestimmt Unterstützung.«

»Bis nachher, Frau Magister!«

»Ja, Julia. Bis später.«

Kurz vor zwölf verließ Carolin die Bücherei. Sie hatte festgestellt, dass sie bei einer frühen Mittagspause im benachbarten Hotel Cäcilia noch ein Frühstück bekam. Sven, der Manager, der eigentlich aus Frankfurt kam, sah darin kein Problem und servierte ihr auch noch um fünf vor zwölf ein Omelette mit gegrilltem Gemüse oder leckeren überbackenen Toast mit Tomaten. Zusammen mit einem Glas frisch gepressten Orangensaft und einer Tasse Kaffee als Nachtisch das perfekte kleine Mittagessen und allemal gesünder als die ewige Gulaschsuppe im Kulturcafé, die ihr schon ein wenig zum Hals heraushing.

»Möchtest du ein Stück Kuchen dazu?«, fragte Sven, als er ihr den Kaffee servierte. »Wir haben noch Apfelkuchen.«

»Keinen Apfelstrudel?« Carolin grinste. Die Kollisionen zwischen österreichischen und deutschen Gerichten, egal ob süß oder herzhaft, waren Anlass zu ständigen Witzeleien zwischen Sven und ihr.

»Caro!« Er verzog in gespielter Verzweiflung das Gesicht. »Den doofen Strudel bekommst du hier doch überall. Den Apfelkuchen nach dem Rezept meiner Oma gibt es nur bei mir.«

Carolin lachte. »Okay, okay. Ich nehme ihn. Bin gespannt, ob er so gut schmeckt wie der von meiner Oma.«

Er blinzelte ihr zu. »Schlagsahne dazu?«

»Bitte.« So wohl sie sich in Gastein auch fühlte, aus Svens Mund ein Deutsch zu hören, das wenigstens so ähnlich klang wie ihr heimatliches Idiom, das *war* ein Stück Heimat. Sahne statt Obers, Pfannkuchen statt Palatschinken oder ein anständiger gedeckter Apfelkuchen anstelle des feinblättrigen Strudels, den Rosi buk – manchmal musste das einfach sein.

Mit Genuss verspeiste sie den Kuchen. Er war tatsächlich sehr lecker, und es war deutscher Apfelkuchen, nur darauf kam es im Augenblick an. Sie seufzte. Manchmal vermisste sie Düsseldorf doch, die trubelige Stadt, in der sie aufgewachsen war. Vor allem die kulturellen Angebote, die Altstadt und die vielen Restaurants fehlten ihr. In Bad Gastein war zumindest im Sommer nichts davon zu spüren, dass der Ort eigentlich eine Touristenhochburg war. Im Gegenteil – trotz aller Bemühungen der Bürgermeisterin wirkte er noch immer ein wenig verschlafen. Das würde sich wohl erst im Winter ändern.

Sie zahlte, verabschiedete sich von Sven und machte sich auf den Rückweg zum Kulturzentrum. Immerhin wurde die Bibliothek von den Gästen gut angenommen. Vor allem bei schlechtem Wetter hatten sie alle Hände voll zu tun, die Lounge sowie der Lesesaal waren ein beliebtes Ziel für Touristen und Einheimische, genau wie Frau Axamer gehofft hatte. Dazu kamen die Veranstaltungen im Eventsaal, die sich ebenfalls zu einem Anziehungspunkt weit über das Gasteinertal hinaus entwickelten – insgesamt schien das Konzept aufzugehen. Nur ob dieses Konzept auf Dauer tatsächlich mehr Sommertouristen nach Bad Gastein locken würde, das blieb abzuwarten.

Vor dem Kulturzentrum stand ein dunkelgrauer VW Passat mitten auf dem Vorplatz, genau da, wo es weder eine Zufahrt, geschweige denn einen Parkplatz gab. Ein Mann saß auf dem Beifahrersitz und tippte auf seinem Telefon herum. Carolin ging hin und klopfte an die Seitenscheibe, erst da erkannte sie ihn. Es war Bezirksinspektor Hennrich vom Landeskriminalamt Salzburg, den sie vor einigen Wochen im Zuge des Falls um den ermordeten Professor Hutter kennengelernt hatte.

»Ah, Frau Magister.« Sein breites Gesicht hellte sich auf, er stieg aus und hielt ihr leutselig die Hand hin. »Gut, dass Sie kommen, ich wart schon auf Sie.«

»Herr Hennrich.« Sie erwiderte seinen Händedruck, ihre Hand verschwand fast in seiner Pranke. »Muss das sein, dass Sie hier parken? Sobald hier ein Wagen steht, stellen sich sofort andere dazu.«

Er schaute schuldbewusst drein. »Tschuldigen S'«, sagte er. »Mir sind des von Salzburg so gewöhnt. Außerdem liegt doch des Schild drin.« Er deutete auf die weiße Karte mit dem Bundesadler und der Aufschrift »LKA Salzburg«.

»Glauben Sie wirklich, dass irgendjemand auf so etwas achtet? Die Leute sehen hier ein Auto parken und denken, es ist ein Parkplatz. Und unser Herr Herzinger hat dann wieder Arbeit.«

Hennrich grinste schief. »Der hat ja auch sonst net viel zu tun.«

Carolin runzelte die Stirn. »Das würde ich nicht sagen. Nur weil das hier nicht Salzburg ist …«

»Is scho klar.« Hennrich winkte ab. »Ich hab's net so gemeint. Können mir in Ihr Büro gehen?« Er tupfte sich imaginären Schweiß von der Stirn. »Is doch recht warm in der Sonn.«

»Natürlich.« Carolin trat zum Eingang, und zischend öffnete sich die Tür. Hennrich folgte ihr die Treppe hinunter in die Bibliothek, die im Augenblick noch geschlossen war. Die Lampen über dem Tresen waren dunkel, nur die Notbeleuchtung brannte in dem kurzen Gang, der zu den Büros und nach hinten zu Peter Brunneders Technikraum führte. Sie öffnete ihre Bürotür und winkte Hennrich herein. »Bitte schön.«

Er ließ sich schwer auf einen der Besucherstühle fallen, Carolin setzte sich an ihren Schreibtisch. »Was kann ich denn für Sie tun?«

»Können S' Ihnen des net denken?«, gab Hennrich zurück. »Ich komm wegen Ihrem Leichenfund gestern.«

»Ach so.« Carolin hatte seit dem Morgen versucht, nicht mehr an den Toten auf der Alm zu denken. »Natürlich.«

»Also, erzählen S'.«

Sie machte eine abwehrende Handbewegung. »Ich habe das doch alles schon Herrn Herzinger zu Protokoll gegeben.«

»Dann erzählen S' es mir halt noch amal.«

Sie seufzte. »Also gut. Wenn es sein muss.« Sie schaute einen Moment auf einen imaginären Punkt über dem Türrahmen und rief sich die Situation erneut ins Gedächtnis. »Aber viel gibt es da nicht zu erzählen. Wir haben eine Wanderung zur Wiesneralm gemacht, und an diesem Jausenplatz haben wir den Toten im Wasserbecken entdeckt. Wir haben niemanden sonst gesehen, und ich wusste auch nicht, wer der Tote war.«

»Okay.« Hennrich nickte, als wäre ihm das alles schon bekannt. »Ist Ihnen sonst irgendwas aufg'fallen?«

»Nein.« Carolin schüttelte den Kopf. »Was hätte mir auffallen sollen?«

»Ich weiß auch net.« Hennrich hob die breiten Schultern. »Der Doktor hat g'sagt, dass der Tod irgendwann am Vormittag eingetreten ist. Des heißt, dass Sie dem Täter beim Aufstieg vielleicht sogar begegnet san.«

»Tut mir leid.« Carolin sah ihn bedauernd an. »Wir haben nur eine Gruppe von Wanderern getroffen, drei oder vier Erwachsene und zwei Kinder. Sonst haben wir niemanden gesehen.«

»Hm. Komisch.«

»Wieso komisch? Der Täter kann ja auch mit einem Auto über die Forststraße gekommen sein, oder nicht?«

»Ja, schon. Aber an der Forststraßen is a Schranken, und für die braucht ma an Schlüssel. Den hat normal der Grassl Alois in Verwahrung.«

»Und den schließen Sie als Täter aus?«

»Der hat a Alibi. Der war am Vormittag in der Kirchen, des können an die hundert Leit bezeugen.«

»Verstehe.« Carolin runzelte die Stirn. »Wie ist eigentlich das Opfer auf die Alm gelangt? Dieser Rubinsky?«

Hennrich kratzte sich an der Nase. »Des ist ja des Komische. So wie der an'zogen war, glaubert ma net, dass er z'Fuaß kommen ist. Aber offenbar doch. Zumindest hat ihn der Wirt von der Prieglauer Hütten g'sehen, ganz zeitig in der Früh. Und sei Auto is am Parkplatz g'standen.«

»Das ist tatsächlich eigenartig.«

»Genau des haben mir uns a denkt.« Hennrich rieb sich die Hände an den Hosenbeinen. »Mir vermuten, dass si der Herr Rubinsky oben mit wem treffen wollt. Der Grassl Lois hat ja ausg'sagt, dass er Interesse g'habt hat, die Alm z' kaufen. Vielleicht war des a G'schäftsfreund von ihm, dem er's zeigen wollt. Oder a Mitbewerber.«

»Und Sie denken, die beiden sind in Streit geraten?«

»Na, könnt ja sein.« Hennrich sah sie fragend an. »Oder haben S' a bessere Idee?«

»Nein.« Carolin schüttelte den Kopf. »Es erscheint mir nur …« Sie zögerte. »Nun, um ihn im Streit zu erschießen, müsste dieser Geschäftsfreund ja eine Waffe bei sich gehabt haben. Und das ist bei einer Bergtour doch eher ungewöhnlich.«

»Net wann des die russische Mafia ist.« Der Bezirksinspektor erhob sich. »Jedenfalls gehen unsere Ermittlungen erst amal in die Richtung. Weil wie Sie sagen – wer rennt denn sonst mit aner Waffen in die Berg umadum.«

»Zum Beispiel ein Jäger«, warf Carolin ein, die an das Gewehr in Alois Grassls Auto dachte.

»Es war aber koa typische Jagdmunition«, gab Hennrich zurück. »Kaliber .22, Genaueres wissen mir no net. Des is a Kleinkaliber.«

»Ach so.« Sie hob die Schultern. »Damit kenne ich mich – zum Glück – nicht aus.«

Hennrich grinste schief. »Dank Ihnen jedenfalls. Wenn ich noch was brauch, meld ich mich. Wiederschaun.«

»Auf Wiedersehen.«

Der unglaubliche Diebstahl

Es war schon nach fünf, als Carolin das Kulturzentrum verließ. Zwar hatte die Bücherei noch geöffnet, doch sie erwartete keinen Besucheransturm mehr, weshalb sie das Feld Frau Krauskopf und ihren beiden jungen Mitarbeitern überlassen hatte. Sie hatte genügend Überstunden angesammelt, sie musste nicht jeden Tag bis sechs bleiben.

Sie holte ihr Fahrrad aus dem Lagerraum und schob es über den Vorplatz. Schon wieder parkte ein Auto verbotenerweise auf der Plaza, ein silberner Toyota mit Wiener Kennzeichen. Sie runzelte die Stirn. Schon mehrmals hatte sie Frau Axamer vorgeschlagen, die Zufahrt mit Ketten abzusperren, um das zu verhindern, aber bis jetzt war noch nichts unternommen worden.

Während sie noch überlegte, ob sie ihre kleine Radtour, die sie sich vorgenommen hatte, bis nach Bad Hofgastein ausdehnen sollte, fiel auf einmal ein Schatten vor ihr auf das Pflaster. Sie hob den Kopf und erblickte drei Personen auf dem Flachdach des Kulturzentrums, die gestikulierend auf die gläsernen Kuppeln zustrebten.

Sie kniff die Augen gegen die tief stehende Sonne zusammen und erkannte Martin Schilling, den Leiter des Veranstaltungsmanagements der Gemeinde, sowie Manfred Federmoser, den technischen Leiter der Bühne. Eine hagere Frau mit auffallender Hakennase ergänzte das Trio. Carolin lehnte ihr Fahrrad an die Fensterscheibe des Kulturbüros, das bereits geschlossen hatte, und eilte über die Außentreppe nach oben. Die markanten Glaskuppeln auf dem Dach gehörten zwar nicht unmittelbar zum Bereich der Bibliothek, doch bis jetzt war sie die Einzige gewesen, die den lichtdurchfluteten Raum unter den Kuppeln für Lesungen und einmal sogar für die musikalische Darbietung eines singenden Autors genutzt hatte.

Manfred Federmoser nickte ihr zu und reichte ihr zur Begrüßung die Hand. »Grüß Ihnen, Frau Halbach. Gut, dass Sie kommen. Der Herr Schilling soll des mit Ihnen klären, net mit mir.«

Der Veranstaltungsleiter wandte sich ihr zu. Er war ein typischer Vertreter der jung-dynamischen Marketing- und Eventbranche, und Carolin hatte ihn bisher als ausgesprochen tüchtig kennengelernt. Ein wenig zu engagiert manchmal, wenn er mit seinen Ideen vorpreschte, ohne sie mit den Betroffenen abzusprechen, aber nichtsdestotrotz waren die Ideen meistens so gut, dass man ihm das nachsah.

»Was gibt es denn?«, fragte sie und musterte neugierig die Frau, die neben den beiden Männern stand. Ihr rabenschwarzes Haar, das streng im Nacken zusammengebunden war, ließ sie älter erscheinen, als sie wohl in Wahrheit war.

»Das ist die Frau Eckinger«, stellte Martin Schilling sie vor. »Sie ist die Managerin von der Lizzy House, die am Freitag bei uns spielt.«

Carolin nickte ihr grüßend zu. »Ich bin Carolin Halbach, die Leiterin der Bibliothek. Wieso brauchen Sie mich dafür?«

»Ganz einfach.« Martin Schilling breitete die Hände aus und machte ein verlegenes Gesicht. »Mir planen ein Meet-and-Greet mit der Lizzy vor dem Konzert. Nur ausgewählte Besucher. A bisserl Prominenz und zwanzig Karten, die mir im Radio verlosen. Jetzt hat sich die Frau Eckinger des ang'schaut und hat g'meint, hinter der Bühne is ihr des net schön genug, und im Foyer kann ma des net ordentlich separieren von die Besucher. Deswegen tät sie des gern da heroben im Kuppelsaal machen.«

»Aber das geht nicht.« Carolin sah hinüber zu den Glaskuppeln, die das Licht der Abendsonne reflektierten. »Am Freitag findet hier eine Lesung statt. Barbara Meinert kommt extra aus Köln, das können wir jetzt nicht mehr verschieben.«

»Ja eben. Deswegen müssen mir des besprechen.« Schilling hob die Schultern. »Wissen S', die Lizzy House, die is a Berühmtheit. A richtiger Promi. Die hätt da eigentlich schon Vorrang.« Er sah Carolin nicht in die Augen.

»Also das ist …« Carolin holte tief Luft. »Wie stellen Sie sich das denn vor? Ich kann doch die Leute nicht wieder wegschicken. Wir haben schon mehr als vierzig Eintrittskarten verkauft.«

»Des ist ja jetzt net so viel im Vergleich mit der Lizzy ihrer Band.«

Carolin brauste auf. »Für eine Lesung ist das verdammt viel, Herr Schilling. Sie haben offenbar keine Ahnung.«

»Können Sie die Lesung nicht in Ihrer Bücherei machen?«, mischte sich die Frau ein. »So etwas kann man doch bestimmt auch zwischen den Büchern veranstalten.«

»Nein.« Carolin rümpfte die Nase. »Unten haben wir gar nicht die Möglichkeit, für eine Lesung zu bestuhlen, und die Akustik ist im Kuppelsaal auch viel besser.«

»Ganz ruhig.« Manfred Federmoser hob beschwichtigend die Hände. »Mir finden schon a Lösung. Wann ist denn die Lesung genau?«

»Sie beginnt um sieben Uhr«, antwortete Carolin.

»Des Konzert fangt um halb acht an, und mir wollten des Meet-and-Greet direkt vorher machen.« Er runzelte die Brauen. »Des is ja blöd.«

Carolin ballte die Fäuste. »Das ist nicht blöd, das ist einfach eine Frage der Terminvereinbarung. Unser Termin steht schon deutlich länger fest. Wenn Sie im letzten Moment etwas ändern, kann nicht ich die Leidtragende sein.«

»Des sollen S' ja auch net«, warf Martin Schilling ein. »Mir werden scho a Möglichkeit finden.« Er wandte sich an die Managerin. »Können wir des Meet-and-Greet net früher machen? Sagen wir, um sechs? Dann san mir wieder weg, wann der Frau Halbach ihre Lesung anfangt.«

Frau Eckinger schüttelte den Kopf. »Das geht leider nicht. Lizzy hat am Nachmittag einen Interviewtermin in Salzburg. Ich fahre sie direkt danach hierher, aber vor halb sieben werden wir das unmöglich schaffen. Und Lizzy muss sich dann noch umziehen und schminken.«

»Hm.« Schilling sah sich um. »Was halten S' dann davon, wenn wir das Meet-and-Greet einfach da im Dachbereich machen? Dann kann die Frau Halbach im Kuppelsaal ihre Lesung abhalten, und Sie san mit der Lizzy und Ihre Gäst hier draußen.«

Frau Eckinger ließ ihre Blicke ebenfalls über die begrünte Dachfläche schweifen. »Das würde wohl gehen. Aber was machen wir, wenn es regnet?«

»Mir hätten no a Partyzelt vom Schützenfest, des könnt ma da aufstellen.« Martin Schilling deutete auf den Bereich neben den Kuppeln.

Carolin glaubte, ihren Ohren nicht zu trauen. »Haben Sie denn nicht verstanden?«, fragte sie. »Da findet eine Lesung statt. Sie können doch nicht genau daneben eine Party feiern, während drinnen eine Autorin aus ihrem Buch vorliest.« Sie atmete tief durch. »Das ist abgesehen von allem anderen unfair gegenüber der Künstlerin. Das müssen Sie doch einsehen.«

»Die Kuppeln san doch schalldicht«, gab Federmoser zurück. »Auf des haben mir doch extra geachtet. Weil da ja auch Konzerte stattfinden können.«

»Ja, klar sind die schalldicht. Aber wenn das Wetter so schön ist wie heute, dann sind die Fenster geöffnet. Anders hält man es sonst nicht aus, Wärmeschutzverglasung hin oder her.«

»Was ist denn los?« Unbemerkt war Peter Brunneder zu ihnen getreten. »Was habts es denn für a Problem?«

Der Hausmeister des Kulturzentrums, gleichzeitig Rosis Mann und somit auch Carolins Quartiergeber, sah fragend von einem zum anderen.

»Stell dir vor, Peter, diese Herrschaften …« Carolin spie das letzte Wort fast aus, »… wollen hier draußen ein Meet-and-Greet mit dieser Sängerin veranstalten, während im Kuppelsaal Frau Meinert lesen soll. Das geht doch nicht.«

Schilling hob die Hände. »I weiß schon, dass mir spät dran san und dass die Frau Magister den Kuppelsaal belegt hat. Aber mir haben uns denkt …«

»Gar nichts haben Sie sich gedacht«, fauchte Carolin. Sie war jetzt wirklich wütend. »Sie haben sich einfach nicht informiert, bevor Sie die Location Frau Eckinger angeboten haben.«

Martin Schilling schaffte es tatsächlich, schuldbewusst dreinzuschauen. »Sie haben ja recht. Aber bitte verstehen S' uns doch. Des is a ganz wichtige Veranstaltung fürs Kulturzentrum, mit der mir endlich amal des jüngere Publikum ansprechen. Die kummen aus'm ganzen Salzburger Land zu uns, weil s' die Lizzy sehen wollen. Da muss alles perfekt sein.«

Peter runzelte die Stirn. »Was habt's da grad g'sagt wegen dem Partyzelt? Des war doch a gute Idee, oder net?«

Carolin schüttelte den Kopf. »Wenn wir schönes Wetter haben, müssen wir die Fenster öffnen. Und es geht einfach nicht, dass während der Lesung hier draußen kreischende Fans rumlaufen.«

»Des is wahr.« Peter nickte nachdrücklich.

»Aber es gibt doch keine kreischenden Fans«, mischte sich Federmoser ein. »Da kommen a paar Vertreter der Gemeinde und die zwanzig Leut, die bei der Kartenverlosung g'wonnen haben. Werden S' sehen, das wird ganz ruhig und gesittet zugehen.«

»Ich habe keine Lust zu riskieren, dass Sie unrecht haben.« Carolin machte eine endgültige Handbewegung. »Während der Lesung ist das Dach für Sie tabu. Ein für alle Mal.«

Peter sah sich um. »Wart amal, Caro.« Er deutete zum vorderen Teil des U-förmigen Daches, das zur Straße hinausragte. »Wann die ihr Meet-and-Greet ganz da vorn machen, des tät dich doch net stören, oder?«

Carolin wandte sich in die Richtung, die Peter andeutete. Er hatte recht. Das äußerste Ende des Dachs, das sich zum Hotel Cäcilia hin noch einmal verbreiterte und unter dem sich das Kulturbüro befand, wäre weit genug entfernt, und der holzverkleidete Aufbau der Belüftungsanlage schirmte den Bereich noch zusätzlich ab.

»Aber dort vorn ist koa Platz für a Zelt, falls es regnet«, gab Schilling zu bedenken.

»Wenn's regnet, san die Fenster doch eh zu. Dann stört des net so, wanns es des Zelt da vorn hinstellts. Ihr müssts halt wirklich leise sein und Rücksicht nehmen.«

Martin Schilling und Frau Eckinger sahen sich an, schließlich zuckte die Frau mit den Schultern. »Es ist sicher besser, als das Meet-and-Greet hinter der Bühne zu veranstalten, während die Band den Soundcheck macht.«

»Frau Magister, was sagen S' dazu?«, wandte sich Federmoser an Carolin. »Könnten S' Ihnen des vorstellen?«

Carolin seufzte. »Es wäre ein Kompromiss«, gab sie zu. »Ich halte es immer noch für fragwürdig, aber okay. Ich verstehe, wie wichtig das für Sie ist.«

Peter klopfte ihr auf die Schulter. »Na also. War do net so schwer.«

»Dann machen mir's so.« Schilling rieb sich die Hände. »Dank Ihnen schön. Wenn Sie amal was brauchen, werd i mi revanchieren.«

Carolin nickte ergeben. »Aber bitte schildern Sie Ihre Veranstaltung bereits unten an der Treppe aus. Ich möchte nicht, dass sich die Besucher am Zugang in die Quere kommen.«

»Des is a in unserem Sinn.« Schilling grinste schief. »Glauben S' mir, es werden mehr von Ihnere Gäst zur Lizzy wollen als von unsere zu Ihrer Frau Meinert.«

Carolin musste ebenfalls grinsen. »Da wäre ich mir nicht so sicher. Immerhin hat Frau Meinert gerade einen Bestseller veröffentlicht. Und ich denke nicht, dass meine Besucher Ihre Lizzy House auch nur kennen.«

»Warten mir's ab.« Schilling hielt ihr die Hand hin. »Mir werden des Kind scho schaukeln.«

Carolin sah dem ungleichen Trio nach, als sie hintereinander die Außentreppe hinunterstiegen. Sie gingen hinüber zu dem falsch abgestellten Toyota, und Frau Eckinger öffnete die Fahrertür.

»Was ist denn los, Caro?« Peter Brunneder legte ihr die Hand auf die Schulter. »Bist doch sonst net so.«

Sie schüttelte irritiert den Kopf.

»Was meinst du, Peter?«

»Na, dass d' so stur bist. So kenn i di gar net.«

Carolin fuhr sich durch die Haare. »Findest du, ich war stur? Ich denke eher, ich war im Recht.«

»Ja, schon.« Peter nahm die Hand wieder weg. »Aber normalerweise bist halt mehr … kooperativ unterwegs. Verstehst?«

»Hm.« Carolin runzelte die Stirn. »Ich glaube, ich habe mich vor allem geärgert, weil man mich praktisch übergangen hat. Hätte mich Herr Schilling vorher gefragt, wären wir sicherlich zu einer Lösung gekommen. Aber so …«

»Versteh scho.« Peter schmunzelte, seine Lachfalten wurden tiefer, er strich sich über den eisengrauen Bart. »Die Rosi tät sagen, es is gut, wennst dich behauptest gegen die Mannsbilder.«

Carolin lächelte. »Ja, bestimmt.« Dann wurde sie wieder ernst. »Danke für deine Vermittlung. Ich denke, das ist ein guter Kompromiss.«

»Genau. Und der Schilling kapiert vielleicht, dass er net mit allem durchkommt.« Er wandte sich zur Treppe. »Soll i di mitnehmen?«

»Ich bin mit dem Rad hier.« Sie folgte ihm die betonierten Stufen hinunter. »Ich wollte eigentlich noch eine kleine Radtour unternehmen, aber ich glaube, das kann ich jetzt vergessen.« Sie warf einen Blick auf die Uhr. »Heute ist es schon zu spät.«

Peter hob die Hand zum Abschied. »Dann bis nachher. I sag der Rosi, dass d' a glei kommst. Sie hat bestimmt was 'kocht.«

»Sicher.« Carolin schmunzelte. Rosis Küche war legendär, und sie nahm es persönlich, wenn Carolin zu Hause war und nicht bei ihr aß. »Bis gleich!«

Sie wandte sich nach links und runzelte die Stirn. Sie hatte doch … Ein eiskalter Schrecken fuhr ihr in die Glieder. Ihr Fahrrad! Sie war ganz sicher, dass sie es vorhin genau hier gegen die Wand gelehnt hatte. Aber da war nichts, nur blanke Schaufenster und graue Betonpfeiler. Zur Sicherheit ließ sie ihren Blick über den Vorplatz schweifen, nur für den unwahrscheinlichen Fall, dass ihr Gedächtnis sie im Stich gelassen hatte, aber nein. Ihr Fahrrad war weg.

»Hey, Peter!«, rief sie.

Peter, der sich gerade anschickte, die Straße zu überqueren, blieb stehen und wandte sich zu ihr um. »Was is denn?«

»Hast du vorhin mein Fahrrad gesehen?«

Er kehrte um und kam auf sie zu. »Dei Radl? Wieso? Steht's net im Lager?«

»Nein.« Carolin rang die Hände. »Ich war ja vorhin schon so gut wie auf dem Weg, als ich die drei auf dem

Dach sah. Ich habe es hier an die Wand gelehnt.« Sie deutete auf die Fensterscheibe des Kulturbüros. »Und jetzt ist es weg.«

»Offensichtlich.« Peter trat zu ihr und musterte die Wand mit gerunzelter Stirn. »Hast es net abg'sperrt?«

Carolin schüttelte den Kopf. »Ich dachte ja nicht, dass das so lange dauert.«

»Schöner Scheiß.« Peter sah sie mitleidig an.

»Das kannst du laut sagen.« Zornig ballte sie die Fäuste. »Wenn ich den erwische, dann mache ich Kleinholz aus ihm.«

»Wennst den erwischst, hast vor allem dei Radl wieder«, gab Peter lakonisch zurück. »Ich ruf den Valentin an. Der soll des aufnehmen. Okay?«

»Ja, bitte.« Carolin biss sich auf die Lippe. Am meisten ärgerte sie sich über sich selbst. Wie konnte sie nur so unvorsichtig sein? Ihr Fahrrad war so gut wie neu. Es hatte einige Tausend Euro gekostet, und das sah man ihm leider auch an. Noch nie hatte sie es irgendwo abgestellt, ohne es mit einem schweren Schloss zu sichern. Und ausgerechnet hier, vor ihrer Arbeitsstätte, hatte ein Dieb die Gelegenheit genutzt. Es waren nur wenige Minuten gewesen, aber das hatte gereicht. Sie war einfach gedankenlos gewesen. »Auch wenn er mich bestimmt wieder auslachen wird.«

»Des derfst net persönlich nehmen«, meinte Peter. »Der Valentin … der is halt so.«

»Ich weiß.« Carolin atmete tief durch. »Das weiß ich doch.«

Es dauerte keine fünf Minuten, bis Revierinspektor Herzinger auftauchte. Zu Carolins Erstaunen kam er zu

Fuß, die Dienstmütze in der Hand. Er schritt eilig die steile Straße herunter, die zwischen dem Restaurant Jägerhäusl und dem Hotel Elisabeth nach oben führte.

»Wo hast denn dein Streifenwagen 'lassen?«, fragte Peter und streckte ihm die Hand hin.

Der Polizist erwiderte den Händedruck. »Mir san grad im Hotel Salzburger Hof und befragen die Russen«, antwortete er. »Was gibt's denn?« Er wandte sich Carolin zu und reichte ihr ebenfalls die Hand.

»Mein Fahrrad wurde gestohlen.« Carolin verzog das Gesicht. »Genau hier.« Sie deutete auf die Mauer, neben der sie standen.

»Oje.« Herzinger sah sich um. Carolin glaubte, in seinen Augen ein belustigtes Aufblitzen zu sehen. »Wann is des denn passiert?«

»Grad erst.« Peter deutete zur Treppe. »Mir waren alle oben am Dach, und die Caro hat des Radl da ang'lahnt.«

»Ohne absperren?« Herzingers Augenbrauen hoben sich. »Das is aber schon fast fahrlässig.«

»Wollen Sie behaupten, ich bin selbst schuld?« Carolin sah ihn böse an. »Ich weiß, dass das unvorsichtig war. Aber ich dachte …«

»Na, denkt haben S' wohl net viel in dem Augenblick.« Er zog einen seiner ewigen Zettel aus der Brusttasche seiner Uniformjacke. »Dann beschreiben S' mir amal des Radl. I nehm die Anzeige auf. Die werden S' bestimmt für die Versicherung brauchen.«

»Ich fürchte, ich habe keine.« Sie hob die Schultern. »Ich wäre ehrlich gesagt nicht auf die Idee gekommen, dass Bad Gastein so ein gefährliches Pflaster ist.«

»Is es ja a net.« Herzinger machte eine wegwerfende Handbewegung. »Aber G'sindel gibt's überall, sogar in

Gastein. Und jetzt, wo die Sommergäst da sind, erst recht.« Er sah sie fragend an. »War's denn was wert?«

Carolin nickte. »Es war nicht gerade billig.«

»Na schauen S'. So was weckt halt Begehrlichkeiten.«

Carolin biss sich auf die Unterlippe. Im Grunde hatte er ja recht, und sie wusste das auch. Andererseits gab das doch niemandem das Recht, sich am Eigentum fremder Menschen zu vergreifen. Aber nun war es zu spät.

Herzinger sah sie auffordernd an, und sie riss sich zusammen. Konzentriert beschrieb sie ihm ihr Fahrrad: die Marke – Bulls, die Farbe – Hellblau, die Anzahl der Gänge – zwölf, den Motor – am Tretlager. Besondere Kennzeichen? Keine. Außer dass es sich eben um *ihr* Fahrrad handelte und sie mehr daran hing, als ihr bis eben bewusst gewesen war.

»Haben S' so was wie a Rahmennummer für mi?«

Carolin nickte. »Die kann ich Ihnen nachher noch durchgeben. Den Fahrradpass habe ich zu Hause.«

Herzinger faltete seinen Zettel zusammen. »Wo haben S' des Radl denn 'kauft? Da in Gastein?«

»Ja.« Carolin sah ihn fragend an. »Wieso?«

»Dann tät ich an Ihrer Stelle den Verkäufer informieren. Nur falls einer zufällig a Ladegerät bei ihm kaufen will.«

Carolins Miene hellte sich auf. »Das ist eine gute Idee. Danke.«

»A bisserl Ahnung hat die Polizei ja auch, Miss Marple«, gab er zurück und blinzelte ihr zu. »Wobei ich Ihnen net viel Hoffnung machen darf. Wann des Radl was wert is, dann wird des irgendwo anders verkauft. Also net da bei uns vor Ort.«

»Das steht zu befürchten.« Carolin wandte sich ab. »Aber dem Verkäufer gebe ich trotzdem Bescheid.«

»Machen S' des.« Er steckte Zettel und Kugelschreiber weg. »Ich muss jetzt wieder z'ruck zum Hotel. Die vom LKA wundern si sonst, wo i bleib.«

»Gibt es denn schon Neuigkeiten zu dem Fall?«

Herzinger zögerte einen Moment, dann zuckte er mit den Achseln. »Ihnen kann ich's ja sagen. Der Hennrich glaubt, dass des a interne Streiterei zwischen unsere russischen Investoren war. Des is offenbar a ganzes Konsortium von Russen, und die waren si bestimmt net alle grün.«

»Aber warum sollte der Mann ausgerechnet da oben auf der Wiesneralm erschossen werden?«

»Vielleicht damit's net glei auffallt. Damit mir denken, dass es einer von die Einheimischen war und net einer von denen.« Herzinger hob die Schultern. »Es war jedenfalls kein Projektil aus an normalen Jagdgewehr, so viel steht schon fest. Der Hennrich meint, so a kleines Kaliber wär ganz typisch für Leit, die ihre Waffen net offen tragen. Geheimagenten oder Bodyguards und so.«

Peter runzelte die Strin. »Aber Kleinkaliber schießen s' doch a im Schützenverein, oder net?«

»Stimmt scho.« Herzinger grinste schief. »Nur wann si der Hennrich amal auf was eing'schossen hat …« Er hob die Hand zum Abschied. »Pfüat enk.«

Carolin sah ihm nachdenklich hinterher. Dass ein russischer Geschäftsmann den steilen Anstieg zur Hochalm auf sich nahm, nur um da oben einen Mord an einem Kollegen zu begehen, den er auch im Tal treffen konnte, das wollte ihr nicht in den Kopf.

»Magst jetzt doch mit mir mitfahren?«, fragte Peter.

»Ja, bitte.« Carolin riss sich los und wandte sich zu dem Mauerabschnitt, an dem sie vorhin ihr Fahrrad abgestellt hatte. »Ich will nur noch einmal schauen …«

»Obs d' Spuren findst?« Peter kam ebenfalls heran. »Des warert doch sehr unwahrscheinlich.«

Carolin musterte das Kopfsteinpflaster am Fuß der Mauer. Ein Zigarettenstummel lag hier, doch er war aufgeweicht und alt, und daneben, ein Stück neben der Stelle, ein grüner stoffummantelter Haargummi. Sie bückte sich und hob ihn auf. »Ob das der Dieb verloren hat?«

Peter sah ihr über die Schulter. »Zumindest schaut's net so aus, als ob's scho lang da liegt«, stellte er fest.

»Nicht wahr?« Carolin musterte es genauer. »Andererseits beweist es natürlich gar nichts.«

»Eh net.« Peter zuckte mit den Achseln. »Und an DNA-Test wird dir der Herzinger damit a kan machen.«

»Wahrscheinlich nicht.« Bedauernd sah Carolin auf den Stoffring in ihrer Hand. Einige dunkelblonde Haare ringelten sich darum. Vor ihrem inneren Auge entstand das Bild einer jungen Frau, das blonde Haar zu einem losen Dutt hochgedreht, der sich beim Aufsteigen aufs Fahrrad löste, worauf sie mit flatternder Mähne davonfuhr. Irritiert schüttelte sie den Kopf und wollte den Gummi schon wegwerfen, doch dann schob sie ihn doch in die Tasche ihrer Hose. »Lass uns nach Hause fahren. Mit dem Fahrradhändler rede ich morgen, der hat heute ohnehin schon zu.«

Rosi fing Carolin schon an der Haustür ab. »Kumm eina«, befahl sie und schob Carolin, ohne lange zu fackeln, in die Küche. »Ich panier grad Schnitzel, und du wolltest do kochen lernen.«

Carolin hob hilflos die Hände. »Ja, schon«, sagte sie. »Aber muss das heute sein? Ich will eigentlich …«

»Nur essen, i versteh scho.« Rosi stemmte die Hände in die Hüften und sah sie vorwurfsvoll an. »Aber du wirst des nie lernen, wannst net amal zuschaust.«

»Okay, Rosi.« Carolin resignierte. »Ich schaue zu.«

»Dann geh her.« Rosi winkte sie heran.

Carolin ließ ihre Tasche neben der Bank fallen und trat an die Arbeitsfläche. Rosi hatte eine regelrechte Montagestraße aufgebaut: eine Schale mit den rohen Schnitzeln, ein Teller mit Mehl, eine Schüssel mit Eiern und ein Stück Butterbrotpapier mit Paniermehl. Semmelbröseln, korrigierte sich Carolin im Stillen.

»Die Schnitzel san scho 'klopft«, erklärte Rosi und spießte mit einer Gabel eines der hellrosa Fleischstücke aus der Schale. »Wichtig is, dass alle gleich dick san. Also gleich dünn. Siehst?«

Carolin nickte. Das Fleisch war so dünn geplättet, dass es fast durchscheinend wirkte.

»Als Erstes kommt's ins Mehl. Ruhig a paar Mal wenden, es darf nix mehr rosa sein.« Mit geschickten Bewegungen verteilte Rosi das Mehl. »Dann geht's in die Eier. Die san mit a bisserl Wasser und einer Prise Salz aufg'schlagen.« Sie ließ das Stück Fleisch in die Schüssel mit den Eiern fallen und schwenkte sie. »Jetzt musst aufpassen, dass d' die Schicht mit dem Mehl net kaputtmachst. Die is wichtig.« Rosi sah auf. »Verstehst?«

»Nein.« Carolin hob die Schultern. »Wieso ist die wichtig?«

»Die brauchst, damit des Ei aufm Fleisch bleibt. Wirst glei sehen.« Rosi stach in das Fleisch und hob es heraus. Das überschüssige Ei tropfte herab, aber eine dicke, glänzende Schicht blieb auf dem Fleisch haften. Mit Schwung beförderte Rosi das nasse Schnitzel auf das Butterbrotpapier. »Jetzt kommt des Wichtigste: die Brösel.« Sie griff das Papier an den gegenüberliegenden Seiten, hob es an und beförderte das Paniermehl mit Schwung auf das Fleisch, wo sie es vorsichtig festdrückte. »Zum Andrücken gibt's zwei Meinungen«, erklärte sie. »Manche sagen, man darf des jetzt nimmer angreifen und schon gar net festdrücken. Andere sagen, grad des is wichtig, damit die Panier richtig halt. Ich hab des so von meiner Mutter g'lernt, also mach i's so.«

Mit spitzen Fingern hob Rosi das panierte Schnitzel aus dem Bröselbett und ließ es in eine Pfanne mit heißem Fett gleiten. Es zischte und brodelte, Dampf stieg auf. »Des is Butterschmalz«, erklärte sie. »Und es muaß richtig heiß sein.« Sie wies auf das Schnitzel. »Siehst, jetzt zieht si des Fleisch a weng z'sammen. So bleibt's saftig, und die Panier kriegt diese typischen Falten.« Sie spießte das nächste Stück Fleisch auf und legte es auf den Teller mit dem Mehl. »Und jetzt du.«

Carolin seufzte, aber sie gehorchte. So schwierig sah das wirklich nicht aus. Sie staubte zwar ziemlich herum und kleckerte ein wenig mit dem Ei, und am Ende war die Panade nicht ganz so gleichmäßig wie bei Rosi, aber für das erste Mal war sie eigentlich zufrieden.

»Na siehst, is do net so schwer.« Rosi blinzelte ihr zu. »Beim nächsten Mal kannst es schon allan machen.«

»Das glaube ich nicht«, sagte Carolin. »Vor allem habe ich oben in meiner Wohnung doch gar nicht so viel Geschirr, wie man dafür braucht.«

»Aber wannst in der Herta ihrem Haus wohnst, dann hast doch alles da. Und spätestens dann musst ja selber für dich kochen, oder net?« Rosi ruckte mit dem Kinn und schaute sie auffordernd an.

»Ja, Rosi.« Carolin seufzte. »Du hast ja recht.« Sie hatte ihrer Zimmerwirtin nie erzählt, dass ihr Abendessen früher nur aus einem Butterbrot oder bestenfalls einem Mikrowellengericht aus der Tiefkühltruhe bestanden hatte – für Rosi bestimmt unvorstellbar. Aber ob sie selbst irgendwann all diese Dinge würde kochen können, die Rosi einfach aus dem Handgelenk zu zaubern schien, wagte sie zu bezweifeln. Nur wollte sie Rosi auch nicht die Illusion nehmen, ihr das beibringen zu können – immerhin meinte die ältere Frau es ja nur gut.

Sie biss die Zähne zusammen, wandte sich dem nächsten Stück Fleisch zu und beförderte es mit Schwung ins Mehl. Niemand sollte ihr nachsagen, sie hätte es nicht versucht. Und immerhin lenkte es sie von ihrem Ärger über das gestohlene Fahrrad ab.

Später am Abend saß Carolin auf dem kleinen Balkon, der zu ihrem Gästeappartement gehörte. Sie hatte sich ein Glas Weißwein eingeschenkt und ein Tuch gegen die nächtliche Kühle um die Schultern gelegt. Der Duft des Zirbenholzes, mit dem Dachgiebel und Balkon vertäfelt waren, hüllte sie ein, und versonnen blickte sie hoch zum Firmament, an dem zahllose Sterne blinkten – noch ein Anblick, den man in Düsseldorf nie zu sehen bekam. Nur manchmal erklang das Geräusch eines vorbeifahrenden Autos von der Bundesstraße herüber und unterbrach die Stille.

Eine Bewegung auf der anderen Straßenseite zog ihren Blick auf sich, und sie runzelte die Stirn. Duckte sich da jemand hinter der Hecke? Das Haus schräg gegenüber war kürzlich verkauft worden, und nun umgab ein Gerüst die komplette Fassade. Das Dach war abgedeckt, die hellen Dachsparren leuchteten gespenstisch im Licht des Mondscheins. Ein Stück Netz, das den Bürgersteig vor herabfallenden Dachziegeln schützen sollte, hatte sich gelöst und flatterte in der nächtlichen Brise. Carolin kniff die Augen zusammen, niemand war zu sehen, sie hatte sich wohl getäuscht.

Ihr Handy brummte, sie zog es aus der Tasche und warf einen Blick darauf. Halb hatte sie gehofft, dass es eine Nachricht von Bruno Hunold sein würde, von dem sie seit seinem abrupten Abschied auf der Alm nichts mehr gehört hatte. Aber es war nur ein erhobener Daumen von Herzinger, dem sie vorhin die Rahmennummer ihres Fahrrads geschickt hatte.

Ob sie Bruno schreiben sollte? Sie rief seinen Kontakt auf und betrachtete sein Gesicht. Braunes Haar, braune Augen, ein verschmitztes Lächeln, er sah gut aus, war nett und zuvorkommend, ein wirklich angenehmer Begleiter. Trotzdem konnte sie sich nicht vorstellen, dass daraus mehr werden würde, und das wurde langsam, aber sicher zum Problem. Denn sie spürte genau, dass Bruno sich mehr erhoffte als eine kameradschaftliche Freundschaft, die sich auf gemeinsame Bergtouren und Verabredungen zum Mittagessen beschränkte. Carolin seufzte. Wenn sie das klar aussprach, bestand die Gefahr, dass es nicht einmal mehr das geben würde, und das fände sie wiederum sehr schade. Bruno jedoch mit falschen Hoffnungen hinzuhalten, kam überhaupt nicht infrage. Carolin trank ihren Wein aus und stand auf. Eine Aussprache war überfällig, das war ihr klar. Aber nicht heute. Nach der Geschichte mit dem Fahrrad hatte sie dazu keine Nerven mehr. Und schon gar nicht würde sie ihm das per Messenger mitteilen, das musste sie ihm persönlich sagen.

Sie stand auf und ging zurück in die Wohnung. Sie stellte ihr Glas in die Spüle, löschte das Licht und ging zu Bett.

Zufälle und andere Fälle

Am nächsten Morgen führte Carolins erster Weg zum Fahrradgeschäft. Es befand sich in der Nähe des Bahnhofs, was einen großen Umweg auf dem Weg zur Arbeit bedeutete, doch das ließ sich nicht ändern. Sie hatte kein Fahrrad mehr – nun würde sie wieder alle Wege zu Fuß erledigen müssen und entsprechend länger dafür brauchen. Wütend ballte sie die Fäuste, während sie am Supermarkt vorbeieilte.

Zu ihrer Überraschung parkte der Streifenwagen der Gasteiner Polizeidienststelle vor dem Fahrradladen, und sie beschleunigte ihren Schritt. Es war noch nicht neun, aber die Tür zum Geschäft stand schon offen. Carolin trat ein und sah sich suchend um. Der Besitzer war nicht zu sehen, aber von irgendwoher ertönten Stimmen.

»Hallo, ist da jemand?«, rief sie.

Die Stimmen verstummten, der Inhaber kam aus einer Tür hinter der Theke. »Ah, Frau Magister. Warten S' an Moment, i bin glei bei Ihnen.«

»Moment.« Carolin deutete nach draußen. »Wieso ist die Polizei hier?«

»Ein'brochen haben s' bei mir«, knurrte der Mann und machte ein finsteres Gesicht. »Hinten in der Werkstatt.«

Revierinspektor Herzinger trat ebenfalls aus der Tür. Als er Carolin erblickte, hoben sich seine Augenbrauen. »Was machen Sie denn da?«

»Sie haben doch gestern gesagt, ich solle hier Bescheid geben wegen meines gestohlenen Fahrrads und des Ladegeräts«, erwiderte Carolin.

»Stimmt.« Herzinger runzelte die Stirn. »Haben S' des gestern nimmer g'macht?«

»Nein.« Carolin hob die Hände. »Es war ja schon nach sechs, da ist hier bereits geschlossen.«

»Ah so.« Er schüttelte den Kopf. »Na, wahrscheinlich hätt' es eh nix geändert.«

»Was ist denn passiert?«

»Jemand hat hinten die Tür zur Werkstatt auf'brochen und a Ladegerät g'stohlen.« Der Händler machte ein grimmiges Gesicht. »Zum Glück waren die Fahrradeln extra g'sichert, und nach vorn ins G'schäft zur Kassa san s' a net 'kommen. Aber a so is schlimm gnug, weil die Tür jetzt kaputt is.«

»Ein Ladegerät?« Carolins Augen wurden groß. »Denken Sie, das hat etwas mit dem Diebstahl meines Fahrrads zu tun?«

»Könnt schon sein.« Herzinger nickte. »Ohne des Ladegerät kann's der Dieb ja net gut verkaufen. Deshalb war des eigentlich logisch.« Er sah sie vorwurfsvoll an. »Wann S' gestern glei Bescheid g'sagt hätten …«

»Dann hätt i doch a net g'schalten«, nahm der Ladenbesitzer Carolin in Schutz. »Wer kommt denn auf die Idee, dass aner wegen an Ladegerät einbricht.«

»Offenbar war des ja net so schwer«, gab Herzinger zurück. »So wie die Tür hinten zur Werkstatt g'sichert is, is des ja scho fast a Einladung.«

Der Fahrradmann sah den Polizisten finster an. »Was glauben S' denn, was des kostet, wann i alles absicher wie an Hochsicherheitstrakt? Vorn die Tür is einbruchsicher und hat a Alarmanlage, und die Fahrradeln san no amal extra g'sichert. Und Geld is über Nacht a kans da. Hinten in der Werkstatt gibt's eigentlich nix zum Holen.«

»Außer die Ladegeräte.« Der Polizist deutete nach hinten. »Die liegen da einfach offen im Regal.«

»Ja klar, die brauch i ja ständig. Die sperr i do net jeden Abend in Tresor.«

»In Zukunft vielleicht scho.« Herzinger holte einen Zettel aus der Brusttasche seiner Jacke. Carolin bemerkte, dass es derselbe war wie der, auf dem er gestern Abend den Diebstahl ihres Fahrrads zu Protokoll genommen hatte. »Sagen S' mir amal, was genau g'stohlen worden ist. Und dann muss i die Einbruchsspuren an der Tür fotografieren.«

»Bitte darum.« Der Fahrradhändler wandte sich zur Tür. »Sonst krieg i nix von der Versicherung erstattet.«

»Ich geh dann mal«, rief Carolin den beiden Männern hinterher. Offenbar hatten die beiden ihre Anwesenheit schon wieder vergessen.

Herzinger wandte sich noch einmal um. »Scho recht«, sagte er. »Wann i was Neues erfahr, meld i mi bei Ihnen.«

Einen Augenblick lang überlegte Carolin, ihm von dem Haargummi zu erzählen, den sie gefunden hatte, aber sofort verwarf sie den Gedanken wieder. So gut kannte sie den Revierinspektor inzwischen – ohne näheren Hinweis würde er das nicht als verwertbare Spur ansehen. Und genau genommen hatte er damit auch recht.

Kurz nach neun erreichte Carolin die Bibliothek. Mit einem schnellen Blick durch die Lounge überzeugte sie sich, dass der Putztrupp heute sorgfältig gearbeitet hatte – alles schien so weit sauber und in Ordnung. Einzig der Mülleimer neben dem Tisch, auf dem sie gestern die Krümel gefunden hatte, war nicht geleert: Auf dem Boden lag eine leere Packung Orangensaft. Sie runzelte die Stirn und rückte die Stühle gerade, bevor sie sich dem Eingang der eigentlichen Bibliothek zuwandte.

Julia und Max saßen bereits hinter dem Tresen und steckten die Köpfe zusammen, der Student schien ihrer Mitarbeiterin etwas am Computer zu erklären. Als Carolin zu den beiden trat, blickten sie auf.

»Gu' Morgen, Frau Magister«, sagte Julia und grinste. »Heit san aber Sie spät dran.«

»Morgen«, brummte Max.

»Hat Frau Krauskopf dir nicht Bescheid gesagt? Ich musste noch etwas erledigen.« Carolin schnitt eine Grimasse. »Mein Fahrrad wurde gestern gestohlen, und ich wusste nicht, wie lange ich zu Fuß brauchen würde.«

»Was sagen S'?« Julia riss die Augen auf. »Des Radl is g'stohlen?«

Carolin nickte. »Ja, leider. Ich habe es dummerweise kurz vor dem Kulturzentrum abgestellt, ohne es abzusperren. Es waren nur wenige Minuten, aber das hat offenbar gereicht.«

Max blickte auf. »Wie schaut des Fahrrad denn aus?«

»Es ist ein hellblaues Trekkingrad von Bulls«, antwortete Carolin. »Ein E-Bike mit Mittelmotor und Innenakku.«

Max rieb sich die Nase. »Kann sein, dass ich gestern was gesehen hab«, meinte er.

»Wirklich?« Carolin sah ihn hoffnungsvoll an. »Das wäre ja …«

»Aber sicher bin ich mir net, Frau Halbach«, sagte Max. »Wie ich gestern aus der Tür 'kommen bin, hab ich an Typen g'sehen, der a Fahrrad über die Straßen g'schoben hat. Ich hab mich no g'wundert, wieso er net fahrt, aber hab mir natürlich nix dabei denkt.« Er hob die Schultern.

»Das war er bestimmt!« Carolin beugte sich vor. »Kannst du den Mann denn beschreiben?«

Max schüttelte bedauernd den Kopf. »Tut mir leid. I hab den nur von hinten g'sehen.«

»Und du bist sicher, dass es ein Mann war?« Carolin dachte an den Haargummi, der zu Hause auf ihrem Küchentisch lag, und an das seltsam reale Bild des dunkelblonden Mädchens. Und immerhin *war* es ein Damenfahrrad.

»Glaub schon.« Max hob die Schultern. »An grauen Kapuzenpulli hat er ang'habt und an Rucksack um.«

»Okay. Hast du gesehen, wo er hingegangen ist?«

»In die Gassen vom Parkhaus.« Max deutete mit dem Kinn die Richtung an. »Ich hab ang'nommen, der macht des wie Sie und fahrt mit'm Aufzug auffi.«

»Dann kann er überallhin sein.« Carolin seufzte enttäuscht. »Schade.«

»Sorry.« Max machte ein betrübtes Gesicht. »Aber immerhin scheint er oben in Gastein z'wohnen. Weil sonst wär er ja in die andere Richtung g'fahren.«

»Das stimmt allerdings.« Carolin nickte.

»Des san aber immer no hundert Hotels oder so«, warf Julia ein. »Plus die ganzen Almhütten.«

»Vermutlich wird der Dieb ohnehin versuchen, es zu verkaufen«, meinte Carolin. »Heute Nacht wurde beim Fahrradhändler eingebrochen und ein Ladegerät gestohlen.«

»Oder er will a paar Touren fahren«, sagte Julia. »Ohne Ladegerät kommt er ja sonst net weit.«

»Ja, das ist auch möglich.« Carolin hob die Schultern.

»Haben S' schon dran denkt, Plakate aufz'hängen?«

»Meinst du, das bringt etwas?« Carolin überlegte. »Ich würde auch eine Belohnung zahlen.«

»Schaden kann's net.« Julia wirkte voller Tatendrang. »Wenn S' wollen, mach i Ihnen des. Haben S' vielleicht a Foto von dem Radl? Damit ma's besser erkennt?«

»Tut mir leid.« Carolin breitete die Hände aus. »Fotografiert habe ich es nicht.«

»Macht nix.« Julia nickte zu Max hin. »Mir finden bestimmt a Foto im Internet.«

»Das wäre sehr nett von dir.« Carolin lächelte zustimmend, aber viel Hoffnung machte sie sich nicht. Wahrscheinlich war der Dieb mit dem Fahrrad bereits über alle Berge – im wahrsten Sinn des Wortes.

»Ich könnt auch noch die Kleinanzeigen in der Umgebung checken«, schlug Max vor. »Und auf eBay mach ich gleich an Suchfilter für Bulls-Radeln.«

»Das ist eine gute Idee.« Carolin nickte ihm zu. Das brachte vermutlich sogar mehr als Julias Plakataktion. »Danke.«

»Versprechen kann ich natürlich nix. Aber zumindest die Online-Ausgaben von die Zeitungen werd ich in nächster Zeit im Aug behalten. Wenn er schlau ist, wird er's eher in Salzburg anbieten als wie da bei uns in der Nähe.«

Carolin nickte. »Wenn du das tun würdest, das wäre großartig. Ich wüsste nicht einmal, wo ich anfangen soll.«

»Kein Problem.« Max grinste. »Zu was studier ich denn Medieninformatik, wenn ich des net könnt.«

Das Besucheraufkommen war heute ähnlich schwach wie gestern, aber eine Kindergruppe vom Ferienprogramm des Fremdenverkehrsverbands hatte die Bibliothek in Beschlag genommen und für Aufregung gesorgt. Die Führung durch die Bücherei hatte niemanden so recht interessiert, bis sie im Untergeschoß bei den Spielen angekommen waren. Hier standen einige Spielekonsolen, die sofort umlagert gewesen waren, und Carolin hatte zusammen mit der ziemlich überforderten Betreuerin alle Hände voll zu tun gehabt, die vielen Wünsche zu erfüllen. Erst um zwölf war die Gruppe wieder abgezogen, und Carolin musste Max und Julia zu Hilfe rufen, um wieder Ordnung zu schaffen.

So war es fast halb eins, bis sie selbst Mittagspause machen konnte. Ohne viel Hoffnung machte sie sich auf den Weg zum Hotel Cäcilia. Sie wusste, dass das Bistro offiziell um zwölf schloss. Und wie erwartet war die Eingangstür versperrt, von Sven nichts zu sehen.

Unschlüssig stand Carolin vor dem Eingang. Das Jägerhäusl auf der anderen Straßenseite bot ebenfalls einen Mittagstisch, aber auf eine richtige warme Mahlzeit hatte sie eigentlich keinen Appetit – in Anbetracht von Rosis Verköstigung am Abend wollte sie nur eine Kleinigkeit essen, und dafür war das Restaurant zu teuer. Sie wandte sich ab, in diesem Augenblick hielt ein Wagen neben ihr. Es war ein schwerer Land Rover, hinten auf der Ladefläche lag ein zotteliger Hund, und durch die heruntergelassene Seitenscheibe erkannte sie Alois Grassl, den Eigentümer der Wiesneralm, den sie am Sonntag kennengelernt hatte.

»Frau Magister, des is ja a Zufall«, rief er ihr zu. »Grüß Ihnen!«

Carolin wollte nicht unhöflich erscheinen, deshalb trat sie an den Wagen. »Hallo, Herr Grassl«, sagte sie.

Grassl stellte den Motor ab und stützte den Unterarm auf die Fensteröffnung. »Haben S' Ihnen schon erholt von dem Schrecken?«, fragte er.

»Natürlich.« Carolin grinste schief. »Ich habe den Toten ja nur kurz gesehen.«

»Jo eh.« Grassl grinste ebenfalls. »Die Kieberer san jedenfalls komplett am Durchdrahn«, fuhr er fort. »Die glauben ernsthaft, dass da die russische Mafia dahintersteckt.«

»Das habe ich auch schon gehört.« Carolin zuckte mit den Achseln. »Sie glauben das nicht?«

»Naa. I glaub, die russischen Investoren haben ganz allan gnug Dreck am Stecken, die brauchen net a no die Mafia dafür.« Er hob die Schultern. »Aber was woaß ma.« Sein Gesicht hellte sich auf. »I wollt grad auffi zur Windischgrätzhöhen. Haben S' scho was 'gessen? I lad Sie ein.«

Carolin zögerte kurz. Einerseits war sie neugierig, was den Fall des toten Russen und den Verkauf der Alm betraf, andererseits … Ihr Magen ließ ein vernehmliches Knurren hören und nahm ihr die Entscheidung ab. Sie nickte. »Ich komme gern mit. Aber Sie müssen mich nicht einladen. Ich bezahle lieber selbst.«

»Wie S' wollen.« Er blinzelte ihr zu, dann beugte er sich zur anderen Seite und stieß die Beifahrertür auf.

Die Windischgrätzhöhe erwies sich als schöner Alpengasthof auf 1200 Metern Höhe, zu dem eine schmale, asphaltierte Straße hinaufführte. Es gab äußerst appetitlich aussehende kleinere und größere Gerichte, und die weitläufige Terrasse bot eine grandiose Aussicht über das Gasteinertal. Hier oben war Carolin noch nie gewesen, und sie nahm sich direkt vor, dass das nicht das letzte Mal gewesen sein würde. Da fiel ihr ein, dass sie kein Fahrrad mehr hatte, und sie verzog das Gesicht. Aber immerhin schien es einen Wanderweg von Bad Gastein aus zu geben, ein Wegweiser deutete die Richtung an.

»Wieso wollen Sie die Alm eigentlich verkaufen?«, fragte sie, während sie auf ihr Essen warteten. »Oder ist das eine indiskrete Frage?«

»Naa, is schon in Ordnung.« Grassl zog eine Packung Zigaretten aus der Hemdtasche und zündete sich eine an. »Rauchen S'?«, fragte er.

Carolin schüttelte den Kopf. »Nein, nicht mehr.«

Grassl zog den Aschenbecher zu sich heran. »Die Almwirtschaft mit'm Vieh bringt koa Geld mehr«, begann er. »Bis vor a paar Jahr haben mir 's Milchvieh immer übern Sommer oben auf der Hochalm g'habt. Dreißig Stück, und zwoa Leit, die si drum 'kümmert haben. Zwoa Mal am Tag melken, alles auffi und obi nur mit der Materialseilbahn, des is nimmer zeitgemäß, dafür findst heit koan mehr, der des macht. Und für d'Milch von der Alm zahlt die Molkerei a net so viel mehr, dass si des lohnt. Deswegen san nur noch dem Gerald seine Bienen oben. Und natürlich des Jungvieh, des kummt allan z'recht.« Er zuckte mit den Schultern. »Mir haben sogar die Hütten für Gäst ausbaut, aber es is oafach z'weit vom Schuss. D'Leit wollen überall mit'm Auto hinfahrn, dazu miassat ma aber die Straßen ausbauen, und des können mir net. Des is z'teuer und rentiert si für uns net.«

»Verstehe.« Carolin nickte. »Aber was wollen die Russen damit machen?«

»Die hätten Geld zum Investieren.« Grassl zog an seiner Zigarette. »Die taten die Hütten vergrößern zu an richtigen Almhotel und die Forststraßen befestigen, sodass ma a mit an normalen Auto auffikummt. Ma könnt da einiges machen, wann ma a weng Geld in d'Hand nimmt.«

Vor Carolins Augen entstand das Bild des Almkessels und dessen unberührte Schönheit. »Haben Sie nicht Sorge, dass der Tourismus der Alm schaden könnte?«, fragte sie. »Wenn immer mehr Besucher kommen, geht doch diese herrliche Natur irgendwann verloren, meinen Sie nicht?«

»Des muss ma halt abwägen«, antwortete Grassl. »Wenn niemand sieht, wie schön des bei uns is, gibt's a koa Bewusstsein dafür, dass ma des erhalten muss.« Er drückte die Zigarette aus. »Außerdem wär's doch besser, wenn jeder die Chance hätt, da auffiz'kommen und si des anz'schauen. Und net nur Leut, die gut z'Fuaß san.«

»Da haben Sie auch wieder recht.« Carolin blickte hinüber zum Stubnerkogel. »Da drüben hat das Konzept ja auch funktioniert.«

»Genau, so was schwebt mir vor. Sanfter Tourismus, a naturfreundliches Hotel, a Restaurant mit einheimische Spezialitäten. Dazu a befestigter Wanderweg rund um den Almboden bis nach hinten zum Wiesner Kees, so ähnlich wie der Zirbenweg am Graukogel. Und a Aussichtsplattform am Wasserfall, damit des a jeder sehen kann.«

»Das klingt doch gut.« Carolin lächelte. »Wieso haben Sie denn noch nicht verkauft?«

»Weil der Onkel si querlegt«, antwortete Grassl. »Der behauptet, die Alm is a ganz besonderer Ort. A Kraftort, sozusagen. Und wenn des touristisch erschlossen wird, dann war's des damit. Dann is alles kaputt, sagt er.«

»Ein Kraftort?« Carolin hob die Brauen. »Wie meint er das?«

Grassl zuckte mit den Schultern. »Haben S' des Kruzifix oben g'sehen?«, fragte er.

Carolin nickte. »Ja, natürlich.«

»Der Onkel sagt, der Felsen, an dem 's hängt, is a ganz alte Kultstätte. Da oben war wahrscheinlich amal a keltische Siedlung, und er glaubt, dass der Platz rund um den Felsen so a Art Heiligtum is. Mei Vater, der war ja sehr gläubig, der hat a g'moant, dass er da was g'spürt, und deswegen haben s' da des Kreuz aufg'hängt. Sozusagen als Zeichen für den Ort.« Grassl zuckte mit den Schultern. »I halt des für an Bledsinn. Der Onkel spinnt si da was z'sammen. Aber ihm g'hört die Hälfte von der Alm, und ohne sei Zustimmung können mir net verkaufen.«

»Sie sagten doch, Ihr Bruder ist auch Miteigentümer. Was meint denn der dazu?«

»Der Moritz? Dem is des egal. Der braucht Geld, weil er grad selber baut und sei Frau des zweite Kind erwartet. Ob der Russ da a Hotel hinbaut oder an Rummelplatz anlegt, is eam wurscht. Hauptsach, er kriegt die Marie.«

»Wer ist Marie?«

Grassl lachte. »Des Geld. Zaster. Knete. Verstehen S'?«

Der Kellner trat an ihren Tisch und stellte zwei Teller ab. Grassl hatte Fleischknödel mit Sauerkraut gewählt, die in brauner Butter schwammen und eigentlich einen aufgedruckten Warnhinweis wegen des Cholesteringehalts bräuchten, während sich Carolin für einen Salat mit gegrilltem Schafskäse und Kürbiskernöl entschieden hatte. Dazu gab es frische Brötchen mit Kürbiskernen, in der Kombination ein Gedicht und genau die richtige leichte Mahlzeit an so einem heißen Sommertag.

Während des Essens verstummte das Gespräch. Erst als sie beim Kaffee saßen, ergriff Carolin wieder das Wort.

»Denken Sie nicht, dass der Mord an Rubinsky etwas mit Ihrer Alm zu tun hat?«, wollte sie wissen.

»Naa, bestimmt net.« Grassl verzog das Gesicht. »Der is ja net der allanige Käufer, des san ja mehrere Investoren. Wenn überhaupt, dann müssert ma die alle derschießen.« Er lachte. »Warert ja vielleicht a net so schlecht. Dann könnt ma si des Wohnen in Gastein wenigstens wieder leisten.«

Carolin stimmte in sein Lachen ein, aber es blieb ein bitterer Beigeschmack. Ohne das unerwartete Glück, dass Frau Krauskopf bald in Rente gehen und Carolin ihr Haus überlassen würde, hätte sie kaum eine Chance gehabt, eine bezahlbare Wohnung direkt im Ort zu finden. Aber der Tod des Russen würde an der Lage am Immobilienmarkt kaum etwas ändern, und als Mordmotiv taugte dieser Gedanke schon gar nicht.

Als Carolin von ihrer etwas ausgedehnten Mittagspause zurück zum Kulturzentrum kam, staunte sie nicht schlecht: Direkt auf der Glastür des Eingangs klebte ein auffälliges Plakat. Es zeigte ein hellblaues E-Bike, das fast so aussah wie ihres, und darüber prangte in leuchtendem Orange der Schriftzug »Belohnung!« Ein kleiner Text beschrieb ihr Fahrrad sowie die Umstände des Diebstahls und versprach eine Belohnung von einhundert Euro für sachdienliche Hinweise. Darunter stand zum Glück nicht Carolins Handynummer, sondern die Telefonnummer der Polizeidienststelle Bad Gastein.

Carolin verzog das Gesicht. Ob ein Hinweis sachdienlich war oder nicht, wusste man meistens erst hinterher, und dann waren die einhundert Euro Belohnung eventuell schlecht angelegt. Aber nun stand es da, und sollte sie ihr Fahrrad aufgrund der Plakate wiederbekommen, wäre das Geld mehr als gut investiert.

Sie lief die Treppe hinunter zur Bibliothek, an deren Tür ein weiteres Plakat klebte. Julia hatte ganze Arbeit geleistet. Sie saß hinter dem Tresen am Empfang und sah Carolin entgegen. »I hoff, des war okay, dass i die Plakate glei aufg'hängt hab?«, fragte sie.

»Aber ja.« Carolin lächelte ihr zu. »Danke dir herzlich, die sind wirklich schön geworden.«

»Der Max is no unterwegs, der verteilt scho welche. Und i werd heit am Abend no a paar in Badberg und in Kötschachtal aufhängen«, versprach Julia. »I hab gnua kopiert.«

Carolin nickte. »Dann bringe ich später noch eines zum Fahrradhändler und zum Hotel Cäcilia. Und vielleicht kann man auch welche am Bahnhof aufhängen.«

»I nimm a no welche mit fürs Gemeindeamt«, sagte Peter Brunneder, der hinter Carolin zur Tür hereinkam. »Und in der Felsentherme können mir's a verteilen.«

»Das ist eine gute Idee.« Auf einmal schöpfte Carolin wieder Hoffnung. Vielleicht hatte sie Glück, und ihr Fahrrad tauchte doch noch auf.

»Wirst sehen, des wird scho werden.« Peter legte ihr die Hand auf die Schulter und drückte sie kurz. »Magst heit Abend mit mir mitfahren?«

»Danke, Peter.« Sie schenkte ihm ein Lächeln. »Das wäre sehr nett. Ich muss mich erst daran gewöhnen, dass ich nun alles wieder zu Fuß erledigen muss.«

»Kannst a die Rosi fragen, die borgt dir sicher ihr Auto, wannst es brauchst.«

Carolin schüttelte den Kopf. »Ich benötige kein Auto«, sagte sie. »Ich habe ja alles hier vor Ort, und wenn ich doch einmal weiter weg muss, nehme ich den Bus. Mit dem Fahrrad war es einfach … angenehmer.«

»Scho klar.« Peter winkte ihr noch zu, dann verschwand er in dem Gang, der zu seinem Technikraum führte.

Carolin wandte sich wieder Julia zu. »Wenn heute Nachmittag wieder so wenig los ist, könntest du bitte mit Max die neuen Bücher aufnehmen? Gestern ist eine Sendung gekommen, die steht noch hinten im Lager.«

»Is recht, Frau Magister.« Julia verzog das Gesicht – Bücher zu katalogisieren, mit einem elektronischen Chip zur Diebstahlsicherung zu versehen und in Klebefolie einzubinden war die unbeliebteste Arbeit in der Bibliothek. Aber sie musste getan werden, und zu zweit machte es zumindest mehr Spaß als allein.

»Ich kümmere mich dafür heute um den Tresen«, versprach Carolin und deutete auf Julias Platz.

Julia sprang auf. »Dann schau i amal, ob der Max scho wieder da ist.«

Es war deutlich nach sechs, als Carolin endlich am Haus Sonnenschein ankam. Peter hatte mit ihr eine Runde durch Bad Gastein gedreht, und sie hatten noch weitere Plakate an strategischen Stellen verteilt. Am Gemeindeamt hatte er sie aussteigen lassen, er hatte noch zu tun, und Carolin war das letzte Stück zu Fuß gegangen.

Als sie in die Straße einbog, sah sie schon von Weitem Rosi vor der Einfahrt zu Haus Sonnenschein stehen. Ihre Zimmerwirtin hatte die Hände in die Seiten gestemmt und unterhielt sich lautstark mit einer Nachbarin, die ein paar Häuser weiter wohnte und die Carolin vom Sehen kannte. Beim Näherkommen hörte sie Rosi schimpfen: »Des kennen die do net machen, des is a Sauerei!«

Carolin trat zu ihr. »Was ist denn passiert, Rosi?«

»Da schau her, Caro!« Rosi gestikulierte und deutete auf die gegenüberliegende Straßenseite. »Die wollen des Haus aufstocken! Dabei is des bei uns in der Siedlung gar net erlaubt!«

Carolin folgte mit dem Blick Rosis ausgestrecktem Finger. Das eingerüstete Haus, das sie gestern Abend von ihrem Balkon aus betrachtet hatte, war tatsächlich sichtbar höher als noch heute Morgen. Anstelle des Dachstuhls befand sich nun eine komplette zweite Etage auf dem ersten Stockwerk. »Wie haben die das so schnell hinbekommen?«

»Heit in der Früh, wie i nach Bad Hofgastein zum Einkaufen g'fahren bin, haben s' grad die Dachbalken abg'nommen«, berichtete Rosi. »Da hab i mir natürlich nix dabei denkt. Und wia i heit Nachmittag z'ruckkummen bin, hat's so ausg'schaut.« Sie machte ein finsteres Gesicht. »Jutta, erzähl der Caro, was d' g'sehen hast.«

»Z'Mittag is a riesiger Lastwagen 'kommen«, sagte die Nachbarin. »Hat die ganze Straßen blockiert, so groß war der.« Sie schnaufte. »Der hat die Wänd g'liefert, und die haben s' mit an Kran direkt aufg'stellt.« Sie schüttelte missbilligend den Kopf. »Die waren scho fix und fertig verputzt, kannst dir des vorstellen?«

Rosi schnitt eine Grimasse. »Neumodisches Glumpert«, schimpfte sie. »Des warert mir ja egal, aber des Haus is z'hoch. So hoch derf ma bei uns net bauen.«

»Vielleicht kommt ja ein Flachdach drauf«, schlug Carolin vor. »Abgesehen davon – was ist denn so schlimm daran, wenn ein Haus ein bisschen höher ist als die anderen?«

Rosi sah sie empört an. »Erstens ist des net *ein bisschen* höher, des san mindestens drei Meter. Zweitens wird des bestimmt wieder a Hotel, sonst miasserten s' ja net so groß bauen, und des is a direkte Konkurrenz für mei Pension.« Sie holte tief Luft. »Und außerdem verstellt mir des die Aussicht.«

»Die Aussicht?« Carolin hob die Brauen. »Hier gibt's doch keine Aussicht, die man verbauen könnte.« Sie deutete mit der Hand auf die grünen Hänge zur Rechten und zur Linken.

»Caro, du hast echt koa Ahnung«, antwortete Rosi und sah sie missbilligend an. »Von meine Balkonzimmer aus schaut ma auffi zum Stubnerkogel, und i mach do Werbung damit. ›Zimmer mit Aussicht zum Glocknerblick‹ steht im Prospekt. Weil vom Stubnerkogel aus sieht ma zum Großglockner, und den Stubnerkogel kann ma von die Zimmer auf derer Seiten aus sehen. Zumindest bis gestern.«

»Verstehe.« Carolin verkniff sich ein Grinsen. »Bei euch gibt es doch bestimmt so etwas wie ein Bauamt, oder nicht? Das wird doch bewilligt worden sein.«

»Des glaub i eben net.« Rosi schniefte. »Mir haben a Bauordnung für die Siedlung, und da steht drin, dass ma net höher als wie ein Stockwerk bauen darf. Sogar die Dachneigung ist vorg'schrieben. Sonst hätten mir ja damals beim Ausbau oben no richtige Zimmer machen können und net nur dei kloane Mansardenwohnung.«

»Warum fragst du nicht einfach im Gemeindeamt nach?«, schlug Carolin vor. »Die werden dir bestimmt Auskunft geben.«

Rosi runzelte die Stirn. »I hab vorhin die Annamirl ang'rufen, aber die behauptet, dass alles sei Richtigkeit hat. Angeblich haben die des so genehmigt.« Sie machte eine unwirsche Handbewegung. »Aber i hab net des G'fühl g'habt, als ob sie mir wirklich zug'horcht hat. Die interessiert des gar net.«

Carolin nickte. »Annamirl« war Annemarie Axamer, die Bürgermeisterin von Bad Gastein und gleichzeitig Rosis Patenkind. Eine viel beschäftigte Frau, die wahrscheinlich wirklich keine Zeit hatte, sich mit Rosis Sorgen um eventuelle Nachteile zu befassen, die aus dieser Situation erwuchsen. »Warum fragst du nicht direkt beim Bauamt nach?«

»Hab i doch probiert.« Rosi schüttelte den Kopf. »Die geben mir koa Auskunft. Die haben g'sagt, der Bauantrag war öffentlich, und die Widerspruchsfrist is vorbei. Jetzt geht's mi angeblich nix mehr an.«

»Und du kennst da niemanden?« Carolin blinzelte verschwörerisch. Rosi kannte wirklich jeden in Bad Gastein, und es wäre mehr als verwunderlich, wenn ihr Netzwerk ausgerechnet an dieser Stelle versagen würde.

Rosi hob die Schultern. »Scho. Des is ja des Problem. Da sitzt die Elfi, des is die Tochter von der Hochstadler Josefa, und mit der Josefa red i scho seit dreißig Jahr nix mehr.«

Carolin schmunzelte. »Meinst du, es hilft, wenn ich mit dem Leiter vom Bauamt spreche?«

Rosi schüttelte den Kopf. »Des is lieb von dir, aber des wird nix nutzen.« Sie seufzte. »Der Veit is nämlich grad in Bibione auf Urlaub. Und bis der wieder da is, is z'spät.« Sie schnitt eine Grimasse. »Die werden vielleicht a Straf kriegen, aber z'ruckbauen werden sie's nimmer müssen, sobald's erst amal fertig san.«

Raub im Hotel

Noch vor der Arbeit machte Carolin einen Abstecher zum Hotel Cäcilia. Gestern Abend war das angeschlossene Bistro voll gewesen, es gab Livemusik, und Sven hatte alle Hände voll zu tun gehabt. Deshalb hatte sie ihr Vorhaben, ihn zu bitten, das Suchplakat für ihr Fahrrad aufzuhängen, auf den Morgen verschoben.

Zu ihrer Überraschung parkte der Streifenwagen auf dem Zugang zur Terrasse, und durch die Scheiben des Lokals erkannte Carolin Revierinspektor Herzinger, der mit Sven sprach. Sie zögerte kurz, doch dann drückte sie die Tür auf.

Herzinger drehte sich um. »Ah, die Frau Magister«, begrüßte er sie. »Was machen Sie denn da in aller Herrgottsfrüh?«

Carolin hob das zusammengerollte Plakat. »Ich habe eine Belohnung ausgesetzt für Hinweise zu meinem Fahrrad«, sagte sie. »Wir haben überall Plakate aufgehängt, und ich wollte fragen …«, sie sah Sven an, »… ob du eines hier bei dir ins Schaufenster hängen würdest.«

»Oh, das tut mir leid.« Sven verzog das Gesicht. »Ich habe die Plakate heute Morgen schon gesehen, aber ich wusste nicht, dass das dein Fahrrad ist.«

»Ja, das ist es. Leider.« Carolin presste die Lippen zusammen – sie ärgerte sich immer noch.

»Erfahrungsgemäß bringt des nix«, meinte Herzinger. »Aber schaden tut's natürlich a net.« Er nahm ihr das

Plakat aus der Hand und rollte es auf. »Ah, Sie haben die Nummer von der Dienststelle an'geben. Des is g'scheit. Aber Sie hätten ruhig vorher was sagen können.«

»Die Plakate hat Julia gemacht.« Carolin grinste schief. »Wahrscheinlich hielt sie Sie für einen kompetenten Ansprechpartner in der Sache.«

»Bin i ja eh.« Herzinger blinzelte ihr zu. »Aber wann S' so was machen, warert's halt schön, wann i a davon wüsst.«

»Tun Sie ja jetzt«, gab Carolin zurück. Im gleichen Moment bereute sie ihre schnippische Antwort. »Tut mir leid. Ich bin immer noch sauer auf den Dieb.«

»Is scho recht.« Herzinger grinste, dann wandte er sich wieder Sven zu. »Also, was is jetzt genau g'stohlen worden?«

Carolin spitzte die Ohren. »Ist bei dir auch eingebrochen worden?«

Sven schüttelte den Kopf. »Nicht direkt eingebrochen«, antwortete er. Mit einer Kopfbewegung deutete er zu einem großen Vitrinenschrank hinüber, der am Durchgang zur Hotellobby stand. Normalerweise befanden sich Chipstüten, abgepackte Nüsse, Schoko- und Müsliriegel darin, nun herrschte gähnende Leere. »Hier ist nachts nicht abgeschlossen, und die Hotelgäste dürfen sich an den Snacks und den Getränken bedienen. Bis jetzt hat das immer funktioniert. Aber letzte Nacht hat jemand den kompletten Schrank ausgeräumt und noch dazu die Box mit dem Geld mitgenommen.« Er verzog das Gesicht. »Offenbar kann man sich auf die Ehrlichkeit der Leute auch nicht mehr verlassen.«

Herzinger wiegte den Kopf. »Des is aber schon a bisserl unvorsichtig, meinen S' nicht?«

Sven zuckte mit den Schultern. »Wir sind ein Hostel, also mehr so etwas wie eine Jugendherberge. Wir haben Mehrbettzimmer und eine Gemeinschaftsküche. Unser Konzept ist möglichst wenig Bedienung und viel Mithilfe durch die Gäste. Die Leute beziehen sogar ihre Betten selbst und machen hinterher sauber. Deshalb können wir so günstige Preise anbieten. Aber das funktioniert natürlich nur auf Vertrauensbasis.«

»Versteh scho.« Herzinger zog seinen obligatorischen Zettel aus der Tasche seiner Uniform. »Wissen S' denn, wann des passiert is?«

Sven runzelte die Stirn. »Wir hatten gestern eine Veranstaltung, die letzten Besucher sind so gegen eins gegangen. Und ich kam heute Morgen um sieben, da habe ich es bemerkt.«

»Und wer hat nachts alles Zutritt zum Hotel?«

»Jeder, der einen Zimmerschlüssel hat«, antwortete Sven. »Aber ich kann mir nicht vorstellen, dass das einer der Gäste war. Das ist in all den Jahren noch nie passiert.«

»Vielleicht ist ja jemand mit einem Gast hereingekommen«, überlegte Carolin laut.

»Oder der is nach der Veranstaltung da'blieben«, ergänzte Herzinger.

»Das könnte natürlich sein.« Sven nickte. »Wir haben hinten noch einen großen Aufenthaltsraum. Den habe ich nicht mehr kontrolliert, als ich ging.« Er sah zu Carolin. »Lass mir dein Plakat doch hier«, sagte er. »Ich hänge es nachher auf.« Er deutete auf eine der Fensterscheiben, in der schon ein großes Poster mit der Ankündigung des Lizzy-House-Konzerts hing.

»Vielleicht besser da drüben«, schlug Carolin vor und wies auf die Glasfläche an der Eingangstür. »Neben Lizzy fällt es wahrscheinlich zu wenig auf.« Sie rollte das Plakat wieder zusammen und reichte es ihm.

In diesem Moment ging die Tür auf, und ein älterer Mann kam herein. Er trug eine offensichtlich schwere Kiste, die er auf einem der Tische abstellte, bevor er die Tür hinter sich schloss. »Des is dei Honiglieferung, Sven. Magst amal schaun?«

Carolin musterte ihn verblüfft. Seine Stimme klang genau wie die von Alois Grassl, aber damit hörte die Ähnlichkeit schon auf. Der Mann war zwar fast so groß wie der Almbauer und hatte ebenso breite Schultern, doch er war schlanker und wirkte drahtig. Sein graues Haar war kurz geschoren, ein zotteliger Vollbart bedeckte Wangen und Kinn.

»Ah, Gerald, gut, dass du kommst.« Sven wandte sich ihm zu. »Ich hätte dich sonst heute Nachmittag angerufen.«

»Da hättst mi net derwischt«, antwortete der Angesprochene. »I muaß nachher wieder auf d'Alm.« Er wandte sich an die anderen. »Griaß di, Valentin. Grüß Gott, Frau Magister.«

»Griaß di, Gerald«, antwortete Herzinger.

»Hallo.« Carolin nickte ihm zu. »Kennen wir uns?«

»Des hoaßt ›Grüß Gott‹ und net ›Hallo‹«, brummte der Mann und sah sie mit finsterer Miene an. »I bin der Grassl Gerald. I hab Sie in der Zeitung g'sehen.«

»Ach so.« Carolin verzog das Gesicht. Langsam hatte sie genug von dieser unerwünschten Bekanntheit. Gleichzeitig sah sie den Mann neugierig an. Das also war der Onkel von Lois Grassl, einer der Miteigentümer der Wiesneralm.

Sven war an den Tisch getreten und hatte die Kiste geöffnet, nun nahm er ein Glas mit buntem Etikett heraus, das mit einer bernsteingelben Masse gefüllt war. »Die sind ja toll geworden, Gerald. Das verkauft sich bestimmt prima.« Er hielt das Glas ins Licht, und Carolin las die Aufschrift »Almkräuterhonig«.

»Des denk i mir.« Der Mann grinste.

»Wie machen sich deine Bienen denn?«, fragte Sven. »Kannst du schon etwas sagen?«

»Super machen sie's«, erwiderte der Mann. »Die Tracht is fast no besser als wie im Tal, und mit a bisserl Glück bleibt des bis in August so, wann des Wetter die nächsten Wochen halt.«

»Das freut mich.« Sven nickte zustimmend. »Für unseren Shop wird das eine tolle Bereicherung.«

»Des will i hoffen.« Grassl hob die Schultern. »Mir haben schließlich gnug investiert.«

»Sie haben wirklich Bienen auf der Hochalm?«, fragte Carolin. »Ich hätte nicht gedacht, dass die in dieser Höhe überleben und auch noch Honig produzieren können.«

»Des san Carnica-Bienen.« Grassl wandte sich ihr zu. »Die Höhe macht denen nix, und ich hab sie über mehrere Generationen dran g'wöhnt. Nur des Wetter is immer a Risiko. A Schlechtwettereinbruch oder gar Schnee. Da muaß ma aufpassen.«

»Schnee? Jetzt im Juli?«

»Alles scho da g'wesen.« Er musterte sie neugierig. »Wollen Sie sich des vielleicht amol anschauen mit die Bienen?«, fragte er. »Dann können S' den Leuten in Ihrer Bücherei was erzählen, was net in die Bücher steht.«

Carolin musste lachen. »Das würde mich tatsächlich sehr interessieren. Wenn Sie das nächste Mal Ihre Bienen besuchen, käme ich gern mit.«

»Vielleicht glei heut Nachmittag?«, schlug er vor. »I muaß nachher wieder auffi, mit meim Buam die Kästen erweitern.«

»Tätst auch zwei Leut mitnehmen?«, fragte Herzinger. »Ich würd des a gern sehen.«

Grassl schien kurz zu zögern, dann nickte er. »Wieso net?« Er grinste schief. »Oder willst dir in Wirklichkeit den Tatort no amal anschauen?«

Herzinger machte ein schuldbewusstes Gesicht. »Ja eh, das a. Die vom LKA kommen net recht weiter, die Russen mauern. Angeblich hat der Rubinsky a Gspusi mit aner von der Gemeinde g'habt. Des wird immer komplizierter.« Er schüttelte den Kopf. »Aber des mit die Bienen tät mi wirklich interessieren.«

Carolin musste nicht lange überlegen. »Da wäre ich sehr gern dabei.« Sie wandte sich an Herzinger. »Können Sie mich mitnehmen? Ohne mein Fahrrad bin ich nicht mehr so mobil.«

»Eh klar.« Er nickte. »Des passt. I hab heut Nachmittag dienstfrei.«

»Na, dann bis nachher.« Grassl hob die Hand und verließ das Lokal.

»Dann sage ich auch Tschüss«, sagte Carolin. »Wenn ich heute früher Schluss machen will, muss ich jetzt noch etwas tun.«

»Tschüss, Caro«, antwortete Sven. »Dein Plakat hänge ich gleich auf.«

»Danke.« Carolin nickte ihm zu.

»Und i hol Sie um eins an der Bibliothek ab, okay?«

»Ja, bitte.« Carolin wandte sich zur Tür, ihre Laune hatte sich schlagartig gehoben. »Ich freue mich.«

»Ich mich auch, Miss Marple.«

Schon fast aus Gewohnheit ließ Carolin ihren Blick durch die Leselounge schweifen, als sie ihre Arbeitsstätte erreichte. Heute schien alles in Ordnung zu sein. Die Tische schimmerten matt im Morgenlicht, die Stühle waren so ausgerichtet, wie sie sich das vorstellte, und der dunkle Teppichboden zeigte keine Spuren der Besucher des Vortags. Sogar die Mülleimer waren diesmal alle geleert, wie Carolin mit einem raschen Blick feststellte.

Die Türen zur Bücherei waren noch geschlossen. Frau Krauskopf hatte mittwochs frei, deshalb war sie heute Morgen die Erste. Sie sperrte auf, die Halogenspots schalteten sich automatisch ein und erhellten den Vorraum. Carolin sah sich um. Auch hier war alles sauber, selbst an den Papierkorb hinter dem Tresen hatte der Putztrupp gedacht. Vielleicht waren es neue Mitarbeiter gewesen, die erst eingearbeitet werden mussten, ging ihr durch den Kopf, oder eine Urlaubsvertretung. Jedenfalls war sie froh, dass sich wenigstens dieses Problem erledigt zu haben schien.

Sie warf einen Blick in den Heimatsaal, der ein wenig wie ein Museum gestaltet war: Bilder von berühmten Gasteinern hingen an den Wänden, und in einer Vitrine konnten die Besucher eine handgeschriebene Seite von Schuberts Gasteiner Sinfonie bewundern. In den Bücherregalen befanden sich Heimatromane, Regionalkrimis und Fotobände, und in einem weiteren Schrank waren hinter Glas Originalausgaben der beiden berühmtesten Gasteiner Autoren, Karl Heinrich Waggerl und Maria Zittrauer, ausgestellt.

Carolin wandte sich ab und lief die Treppen hinunter. Hier bildeten die hohen Regale fast ein Labyrinth, doch es war hell und freundlich, die bunten Buchrücken boten eine vertraute Kulisse. Am jenseitigen Ende der Etage befand sich der Lesesaal: Pulte und Schreibtische, an denen man in Ruhe lesen oder arbeiten konnte, und definitiv Carolins Lieblingsplatz. Er war wie die verkleinerte Ausgabe einer alten Bibliothek gestaltet, mit dicken, ledergebundenen Folianten in antiken Regalen, mit Bildern berühmter Wissenschaftler an den Wänden und Vitrinen mit aufgeschlagenen Büchern zwischen den Arbeitsplätzen.

Zuletzt stieg Carolin in die unterste Etage, wo es auf den ersten Blick gar nicht wie in einer Bücherei aussah. Hier war der Bereich für Spiele und DVDs, und Sofalandschaften in jeder Ecke gaben dem Raum ein wohnliches Flair. In der Mitte standen Spielekonsolen, an der seitlichen Wand reihten sich Bildschirme, Kopfhörer baumelten von Haken, gemütliche Sessel luden zum Verweilen ein. Auch hier war alles ordentlich aufgeräumt – sie musste Julia und Max dafür loben, denn sie wusste, wie der Raum gestern nach dem Besuch der Kinder ausgesehen hatte.

Schließlich stieg sie die Treppen wieder hoch und schritt den Gang entlang zur Teeküche. Sie stellte die Kaffeemaschine an und wartete, bis sie sich die erste Tasse einschenken konnte, dann ging sie in ihr Büro und fuhr den Computer hoch.

Rosis Problem mit dem Haus gegenüber kam ihr in den Sinn. Ob die Bauherren sich da über die Vorschriften hinweggesetzt hatten? Oder hatte tatsächlich jemand vom Bauamt geschlampt? Ein Blick in die eingereichten Pläne würde Klarheit schaffen, aber Carolin bezweifelte, dass die Mitarbeiterin des Baudezernats ihr Auskunft geben würde. Nicht nach Rosis Anruf. Die einzige Person, die da Einfluss hatte, war Frau Axamer – und die weilte bis Ende der Woche bei einem Tourismus-Symposium in Salzburg. Carolin seufzte. Sie würde Rosi da nicht helfen können.

Kurz vor neun tauchte Max Puntschuh auf. Carolin traf ihn in der Kaffeeküche, wo er gerade neuen Kaffee aufsetzte – Carolin hatte die erste Kanne bereits geleert.

»Guten Morgen, Max«, sagte sie. »Danke noch mal fürs Aufräumen gestern«, fuhr sie fort. »Das war ja das reinste Chaos nach der Kindergruppe.«

»Nix zu danken.« Max grinste. »Des is doch mein Job.«

»Na ja, hinter Kindern aufzuräumen stand sicher nicht in der Stellenausschreibung.«

Max lachte. »Es hat doch gar keine Ausschreibung 'geben.« Er deutete mit dem Kinn nach oben. »Ich hab im letzten Sommer im Gemeindeamt gejobbt. Und da hat mi die Frau Axamer g'fragt, ob ich net in dem Jahr in der Bibliothek aushelfen will. Des hat mi tatsächlich interessiert, weil des im Bauamt war eher langweilig.«

»Ach, du hast im Bauamt gearbeitet?«

Max nickte. »Eigentlich hab ich mich bei der IT beworben, aber dann haben s' wen im Bauamt 'braucht, weil da eine in Karenz war.« Er grinste schief. »Ich hab 'glaubt, ich darf da auch amal mit zu einer Baustelle oder einer Abnahme, des hab ich mir interessant vorg'stellt. Aber tatsächlich hab ich nix anderes g'macht als Pläne einscannen und die Bauvorhaben digitalisieren.«

»Verstehe.« In Carolin keimte eine vage Idee. »Kennst du da noch jemanden gut genug, dass du ihn oder sie um einen Gefallen bitten könntest?«

Max runzelte die Stirn. »Eher net, wieso?«

»Rosi, meine Zimmerwirtin, hätte gern Einsicht in die Baugenehmigung für eine Baustelle in ihrer Nachbarschaft. Sie glaubt, dass da etwas nicht stimmt, und würde gern wissen, ob das wirklich so genehmigt wurde.«

»Ah so.« Max hob die Schultern. »Ich könnt natürlich den Pfeiffer Veit fragen, den Dezernenten. Aber ehrlich g'sagt …« Er schüttelte den Kopf. »Der mag solche Anfragen überhaupt net. Ich glaub net, dass ich da a Chance hab. So gut kenn ich den a wieder net.«

»Der Dezernent ist ohnehin in Urlaub«, erwiderte Carolin. »Ich dachte eher an seine Mitarbeiterin, falls du mit der noch Kontakt hast.«

»Die Elfi? Die kenn ich doch überhaupt net.« Max machte ein bedauerndes Gesicht. »Die hab ich vielleicht zwei Mal g'sehen, die war schon nimmer da, wie ich 'kommen bin. Ich hab ja praktisch der ihre Vertretung g'macht.«

Carolin zuckte mit den Schultern. »Dann kann man wohl nichts machen.«

»Na ja, vielleicht schon.« Max blinzelte. »Ich könnt probieren, ob meine alten Zugangsdaten no funktionieren.«

»Aber wäre das denn nicht illegal?« Carolin hob die Brauen. »Das möchte ich nicht.«

»Illegal wär's, wenn ich mich reinhacken tät. Aber des mach ich natürlich net, selbst wenn ich des wahrscheinlich könnt. Aber wenn die mein Account net sperren, sobald i weg bin, san s' doch selber schuld.«

Carolin verzog das Gesicht. »Irgendwie schon. Also, wenn du es versuchen willst? Es geht um einen Umbau am Buchenweg, oben in der Patschgsiedlung.«

»Ich verprech nix, aber ich werd schauen, was sich machen lasst.«

»Danke.« Carolin lächelte ihn an. »Ich bin heute Nachmittag übrigens nicht da«, sagte sie. »Du musst dich also nicht beeilen.«

Pünktlich um eins stand Carolin auf dem Vorplatz vor dem Kulturzentrum. Es war ein ungewohntes Gefühl, mitten in der Woche einen Nachmittag freizunehmen, aber Julia und Max hatten glaubhaft versichert, dass sie allein zurechtkommen würden. Natürlich war heute kein Publikumsverkehr, die Bücherei hatte mittwochnachmittags geschlossen. Und Frau Axamer würde es ihr danken – sie hatte letztens erst bemängelt, dass Carolin in den wenigen Monaten ihrer Tätigkeit bereits mehr Überstunden angesammelt hatte als andere Mitarbeiter in einem ganzen Jahr. Aber wenn ihr die Arbeit doch Spaß machte?

Jedenfalls freute sie sich nun auf einen freien Nachmittag auf dieser wunderbaren Alm. Zwar fürchtete sie jetzt schon den steilen Aufstieg und hegte schlimmste Befürchtungen bezüglich ihres kleinen Zehs, die Blase von Sonntag war noch kaum verheilt, aber – egal. Sie atmete tief durch und blickte hoch in den azurblauen Himmel.

In diesem Augenblick bog ein grüner Toyota auf die Plaza ein und hielt wenige Meter vor ihr. Valentin Herzinger stieg aus, und nicht zum ersten Mal stellte Carolin fest, dass er ohne seine Uniform jünger aussah und irgendwie lockerer wirkte. Er trug verwaschene Jeans und ein blaues T-Shirt, das ziemlich gut zu seinen blauen Augen passte, und eine giftgrüne Schirmkappe, unter der sich seine rötlichen Locken kringelten.

Er musterte sie von oben bis unten. »So wollen S' auf d'Alm gehen, Frau Halbach?«, fragte er spöttisch.

»Natürlich nicht.« Carolin hob das Kinn. »Ich wollte Sie bitten, noch kurz bei Rosi vorbeizufahren, damit ich mich umziehen kann.«

»Ah so.« Er lachte, umrundete den Wagen und hielt ihr die Beifahrertür auf. »Aber Sie müssen si tummeln, ich hab dem Gerald g'sagt, dass mir um halb zwei am Parkplatz san.«

»In Ordnung.«

Während der Fahrt zur Prieglauer Hütte, an deren Parkplatz der Aufstieg zur Wiesneralm begann, konnte Carolin nicht umhin, an Bruno Hunold zu denken. Vor wenigen Tagen war sie mit ihm hier unterwegs gewesen. Sie ärgerte sich immer noch über ihn, aber genauso über sich selbst, weil sie nicht diplomatischer vorgegangen war. Er war doch nett, und es tat ihr wirklich leid um seine angenehme Begleitung. Wenn er nur …

Herzinger bremste am Kreisverkehr bei der Ortseinfahrt nach Bad Hofgastein und warf ihr einen Seitenblick zu. »Haben S' schon amal was mit Bienen z'tun g'habt?«, fragte er.

Carolin verdrängte die Gedanken an Bruno und wandte sich Herzinger zu, nicht undankbar über die Ablenkung. »Nein, ehrlich gesagt noch nie.« Sie verzog das Gesicht. »Ich habe keine Ahnung, was man machen muss, damit sie einen nicht stechen.«

Herzinger schmunzelte. »Des hab i mir 'denkt.« Der Kreisverkehr war nun frei, er fuhr wieder an. »Der Gerald passt sicher auf. Normalerweise passiert nix.« Er runzelte die Stirn. »Oder san S' am End allergisch?«

»Ich glaube nicht.« Carolin schüttelte den Kopf. »Na, ich lasse mich überraschen.«

Herzinger setzte den Blinker und bog in eine schmale, asphaltierte Straße ein. Wenig später hielt er neben einem schmutzigen Jeep, an dem Gerald Grassl lehnte und ihnen entgegensah.

»Wo bleibts es denn?«, fragte er und sah demonstrativ auf die Uhr.

»Fünf Minuten, Gerald«, gab Herzinger zurück. »Die Frau Magister hat si no umziehen müssen.«

Grassl warf einen kritischen Blick auf Carolins Schuhwerk, dann wandte er sich um und öffnete die Beifahrertür. Herzinger kletterte nach hinten und überließ Carolin den Platz auf dem Beifahrersitz. Dankbar nickte sie ihm zu. Dankbar vor allem auch, weil sie mit dem Auto hochfahren würden und sie den steilen Anstieg nicht erneut zu Fuß bewältigen musste.

»Haben S' schon amal was mit Bienen g'macht?«, wollte auch Grassl von ihr wissen, als sie losgefahren waren.

»Nein«, antwortete Carolin. »Aber ich würde es gern lernen.«

»Koa Problem.« Grassl bremste, als die Schranke in Sicht kam. Diesmal war sie bereits geöffnet, ein Motorrad stand dahinter am Straßenrand, eine hochbeinige, schlammbespritzte Geländemaschine. Ihr Besitzer wartete neben der Schranke, er hob grüßend die Hand, als sie hindurchfuhren.

Carolin wandte den Kopf. Der Mann sicherte die Schranke mit dem Vorhängeschloss, setzte sich auf seine Maschine und schloss sich ihnen an. Auf der ersten langen Steigung fuhr Grassl an den rechten Fahrbahnrand, der

Mann überholte, der Motor röhrte auf, und das Motorrad zog davon.

»Der is schneller wie mir«, meinte Grassl.

»Ihr Sohn?«, fragte Carolin.

»Genau.« Grassl nickte. »Der Bernhard. Is eh a Wunder, dass er heut Zeit hat.«

»Ach, er arbeitet sonst nicht mit Ihnen zusammen?« Carolin hatte irgendwie das Bild eines Familienbetriebs vor Augen gehabt, als Gerald Grassl das erste Mal von seinem Sohn gesprochen hatte.

»Naa.« Grassl schüttelte den Kopf und steuerte den Jeep in die erste Haarnadelkurve. Das Motorrad war bereits ein ganzes Stück über ihnen und nur noch ab und zu zwischen den Bäumen zu sehen. »Der Bernhard hat a Maklerbüro in Bad Hofgastein«, sagte er. »Immobilien und Versicherungen. Und no alles Mögliche, von dem i koa Ahnung hab.«

»Ach so.« Carolin nickte. »Dann ist es doch nett, wenn er Ihnen trotzdem noch hilft.«

»Nett, na ja.« Grassl verzog das Gesicht. »Des g'hört sich halt so. Immerhin will er des alles amal erben.«

Carolin musste lachen. »Das wird ja hoffentlich nicht so bald der Fall sein.«

Grassl zuckte mit den Schultern. »Woaß man doch nie, wann's einen erwischt. Und mitnehmen kann ma a nix.«

»Das ist wohl wahr.«

»Hast eigentlich gar kein Vieh mehr, Gerald?«, wollte Herzinger von hinten wissen. »Nur noch die Bienen?«

»D'Schaf hab i no«, antwortete Grassl. »Die stehen drüben beim Schmiedlehner, auf der anderen Talseiten. I hab ja g'hofft, dass i den Bernhard dafür begeistern kann, weil des mit dem Käsemachen hat ihn ja immer interessiert, aber seit die Russen da san, hat er nur no sein Job im Kopf.«

»Was hat der Bernhard mit die Russen z'tuan?«, wollte Herzinger wissen.

Carolin horchte auf.

»Na, wegen seim Immobilienbüro. Die wollen doch alles bei uns aufkaufen, was s' in die Finger kriegen.« Grassl verzog das Gesicht.

»Zumindest der Rubinsky kann jetzt nix mehr kaufen«, gab Herzinger lakonisch zurück.

»Du glaubst do net, dass des damit vorbei is«, brummte Grassl. »Kaum war der tot, haben si drei andere von dem Konsortium g'meldet. Wollten wissen, ob mir des G'schäft jetzt mit denen machen täten. Aber net mit mir.« Er schüttelte den Kopf. »Die Alm is seit Jahrhunderten in Familienbesitz, und solang i leb, werd die net verkauft.«

Er fuhr um die letzte Kurve. Carolin sah aus dem Fenster. Das Gasteinertal lag wie eine Filmkulisse vor ihr. Der Wasserfall und die Alm waren von hier aus nicht zu sehen, dafür war der Ausblick ins Tal atemberaubend.

Grassl bremste und hielt den Wagen an. Die geschotterte Forststraße war zu Ende und setzte sich in dem Wanderweg fort, der über die Brücke zur Picknickbank und danach weiter hoch zur Almhütte führte. Carolin öffnete die Tür und stieg aus, Herzinger kletterte hinter ihr heraus. Carolin sah sich um. »Wo ist denn Ihr Sohn?«, fragte sie.

»Der fahrt mit der Maschin vor bis zur Hütten«, antwortete Grassl und schulterte einen Rucksack. Er wies auf den Weg. »Kommts, der wart bestimmt scho auf uns.«

Das Wespennest

Gerald Grassl ging zügig voran, Carolin hatte Mühe, ihm zu folgen. Gern hätte sie an der Brücke angehalten, um noch einmal einen Blick auf den Wasserfall zu erhaschen, doch Grassl blieb nicht stehen. Er eilte mit langen Schritten an der Jausenbank vorbei, würdigte das Becken, das zum Grab von Goscha Rubinsky geworden war, keines Blickes, und machte sich in unvermindertem Tempo an das letzte ansteigende Stück, das zur Almhütte führte.

Carolin war schon am Fuß des kurzen Hangs außer Atem. Hinter sich hörte sie die regelmäßigen Schritte von Valentin Herzinger, der immerhin etwas lauter schnaufte als sonst – auch ihm schien die dünne Höhenluft zu schaffen zu machen. Mit zusammengebissenen Zähnen, den Schmerz in ihren Waden ignorierend, erklomm sie Schritt für Schritt den steilen Pfad. Erst als das Gelände wieder flacher wurde, hob sie den Kopf.

Gerald Grassl stand mit dem zweiten Mann neben der Geländemaschine. Carolin blinzelte und musste zwei Mal hinsehen – auf den ersten Blick hätte sie ihn für Alois Grassl gehalten, der, wenn sie das richtig verstanden hatte, sein Cousin sein musste. Die gleiche kräftige Gestalt, das gleiche kurz geschnittene Haar, dasselbe kantige Kinn. Nur seine Augen waren nicht blau, eher graubraun, nicht recht bestimmbar. Sein Gesicht verzog sich zu einem freundlichen Grinsen, er kam ihnen ein paar Schritte entgegen.

»Grüß Ihnen, i bin der Bernhard«, sagte er. »G'freit mi.«

»Ebenfalls«, antwortete Carolin und erwiderte seinen Händedruck. »Ich bin Carolin Halbach.«

»Woaß i do«, sagte Bernhard Grassl. »Sie waren in der Zeitung.«

Carolin rollte mit den Augen. Offenbar schien wirklich jeder sie zu kennen. »Und Sie helfen also Ihrem Vater?«, fragte sie und setzte sich unauffällig auf den Rand des hölzernen Brunnentrogs.

Grassl junior verzog das Gesicht. »Allan schafft er's ja nimmer.« Er senkte die Stimme. »A wann er des net zugeben tät.« Er blinzelte ihr verschwörerisch zu.

Carolin hob die Brauen. Gerald Grassl hatte auf sie nicht den Eindruck gemacht, irgendetwas »nicht mehr zu schaffen«. Der Mann musste an die siebzig sein, aber er wirkte rüstig und fitter als sein Sohn, dessen kräftige Statur bei näherem Hinsehen eher von zu gutem Essen herrührte als von körperlicher Arbeit.

Gerald Grassl war hinter der Hütte verschwunden, nun kam er mit einer Rückentrage herbei, auf der sich große Holzrahmen stapelten. »Kommts weiter, sonst wern mir nie fertig«, rief er ihnen zu.

Bernhard Grassl verdrehte die Augen, dann griff er nach dem Rucksack und schulterte ihn. »Na dann los.«

Carolin folgte den beiden Grassls, die sich an der Hütte vorbei in Richtung des Almbodens entfernten. Herzinger war aufgerückt und ging nun neben ihr. Der Weg hatte sich zu einer Art Piste verbreitert, zerfurcht von den zweigeteilten Hufabdrücken der Kühe und mit getrockneten Kuhfladen übersät. Sie suchte sich ihren Weg hindurch und bemühte sich, eher auf die hellen Steine zu treten, um nicht im Matsch zu versinken, trotzdem glitt plötzlich ihr Fuß unter ihr weg. Sie stolperte, und nur der schnelle Griff von Herzingers Hand, die sich um ihren Ellbogen schloss, bewahrte sie vor einem Sturz.

Sein Gesicht war auf einmal so nahe, dass sie die Sommersprossen auf seiner Nase hätte zählen können. »Geht's wieder?«

»Ja, danke.« Rasch machte sie sich los und wandte sich mit glühendem Gesicht ab.

Nun hielt sie sich an den grün gepolsterten Almboden neben dem eigentlichen Weg, das schien ihr sicherer. Herzinger blieb auf dem Weg und hielt Abstand. Glaubte er etwa, dass die plötzliche Berührung irgendetwas in ihr ausgelöst hatte? Himmel, der Mann war verheiratet! Zumindest trug er deutlich sichtbar einen Ring an der rechten Hand. Und überhaupt war er der denkbar ungeeignetste Kandidat für solche … Gefühle. Sie biss sich auf die Lippen.

Dann schon eher Bruno, sagte sie sich im Stillen. Der schien sie wenigstens zu mögen, was man von Valentin Herzinger ja nun wirklich nicht behaupten konnte, so wie er sich immer lustig über sie machte und sie Miss Marple nannte. Als ob sie eine alte Jungfer wäre. Sie schnaubte durch die Nase, er kam wieder näher.

»Brauchen S' a Taschentuch?«, fragte er mit besorgter Stimme.

»Nein, es geht schon«, antwortete Carolin. »Wissen Sie, wo die Bienen stehen? Ist es noch weit?«

Herzinger blieb stehen, lüpfte seine Schirmkappe und wischte sich den Schweiß von der Stirn. »Keine Ahnung«, antwortete er. »I war noch nie da heroben. Bis letzten Sonntag, und da auch nur bis zu der Jausenbank.«

Die beiden Grassls hatten den Felsblock mit dem Kruzifix erreicht und warteten auf sie. Gerald Grassl hatte die Hand auf den Stein gelegt, doch er hielt sich nicht daran fest, sondern schien ihn eher zu … *segnen?* Carolin erinnerte sich, was Lois Grassl zu den spirituellen Ansichten seines Onkels gesagt hatte. Dieses »Handauflegen« passte dazu.

Als sie näher kam, ergriff der ältere Mann auf einmal ihre Hand und legte sie ebenfalls an den Stein. »Spüren S' des?«, fragte er. »Der Stein is warm.«

Carolin fühlte kitzelnde Wärme auf ihrer Handfläche, und erschrocken zog sie die Hand zurück. »Na ja, immerhin scheint die Sonne drauf«, erwiderte sie und zog die Nase kraus.

»Aber des is wärmer als wie nur durch die Sonn erklärbar«, entgegnete Grassl. »Mir haben da heroben vielleicht zwanzig Grad, aber der Felsen hat eher vierzig. Haben S' es net g'spürt?«

»Doch, schon.« Carolin rieb ihre kribbelnde Hand und musterte den Stein. Aber da war nur rauer Fels, kein Moos, kein Gras, das sie gekitzelt haben konnte. »Woher kommt das?«

»Des is a Kraftort«, antwortete Grassl und löste seine Hand vom Fels. »Ganz alte Kräfte wirken da. Und wann ma net blind is wie mei Bua …«, er nickte zu Bernhard hinüber, »… dann g'spürt ma des a.«

Carolin schluckte. So schwer es ihr auch fiel, an solche Dinge zu glauben, da war eindeutig etwas gewesen. Es hatte sich angefühlt wie ein schwacher Strom, der durch ihre Hand geflossen war. Aber vielleicht war es auch genau das. Ein Potenzialgefälle, eine elektrische Ladung, ausgelöst durch irgendwelche metallischen Ablagerungen im

Gestein. Sie hatte zu wenig Ahnung von Physik, aber wenn Strom zwischen Zahnfüllungen fließen konnte, warum dann nicht auch in einem Konglomerat von verschiedenen Gesteinsarten, wenn sie es mit ihrer verschwitzten Hand berührte.

Aus dem Augenwinkel sah sie, dass auch Herzinger seine Hand auf den Stein legte. Er runzelte kurz die Stirn, dann schüttelte er den Kopf und blinzelte ihr zu. Nun, vielleicht schwitzte er nicht. Sie hatte auf alle Fälle etwas gespürt.

Gerald Grassl winkte sie weiter und umrundete den Felsen. Mit einem langen Schritt überquerte er den kleinen Wasserlauf, der von rechts kommend auf den Bach zuplätscherte und folgte einem markierten Weg hangaufwärts. Sie passierten das natürliche Becken, in das Carolin am Sonntag ihre Hand getaucht hatte. »Des Wasser da is a warm«, sagte Grassl und blieb wieder stehen. »Da gibt's Leit, die kommen extra deswegen her zum Baden.«

Carolin hob die Brauen. Schon beim letzten Mal hatte sie den Eindruck gehabt, das Wasser wäre wärmer, als es eigentlich sein dürfte, aber Bruno hatte sie überzeugt, dass das nur die von der Sonne erwärmte Wasseroberfläche gewesen sei. Sie ging in die Hocke und tauchte die Hand hinein. Diesmal senkte sie sie weiter nach unten, bis sie in der Tiefe des glasklaren Wassers die Steine spüren konnte. Ihre Finger bewegten sich über den Boden, und sie musste Grassl recht geben: Am Grund des Beckens war das Wasser kühl, aber längst nicht so eisig kalt, wie Bruno behauptet hatte. Sie zog ihre Hand heraus und schüttelte die Wassertropfen ab.

Grassl sah sie auffordernd an, und zögernd nickte sie. »Sie haben recht. Es ist tatsächlich nicht kalt.«

Er nickte zustimmend, dann drehte er sich um und folgte seinem Sohn, der schon ein Stück weitergegangen war. Carolin musterte im Gehen den kleinen Bachlauf, doch sie konnte keine weiteren Auffälligkeiten bemerken. Das Gras war hier nicht grüner als anderswo, und auch die bunten Blumen, die hier in einer so überraschenden Vielfalt blühten, wuchsen überall auf dem Almboden. Auf alle Fälle war es sehr hübsch hier, und sie zog ihr Handy aus der Tasche, um ein Foto zu machen.

Nach weiteren hundert Metern zweigte ein schmaler Pfad vom Hauptweg ab. Direkt an der Weggabelung stand ein Schild, das auf die Bienen hinwies und Wanderer bat, diesen Bereich zu meiden, um die Tiere nicht zu stören. Dahinter stieg der Pfad sanft an und führte sie immer näher an das nördliche Ende des Almbodens. Was aus der Ferne wie eine durchgehende grüne Matte ausgesehen hatte, erwies sich nun als ein von Steinen zerfurchter, mit rauem Gras und krautigen Büschen bewachsener Hang. Die Vegetation dünnte sich nach oben immer mehr aus, bis die Bergseite vor dem blauen Himmel in einem zackigen Felsgrat endete. Der kleine Wasserlauf stürzte ein Stück entfernt in munteren Kaskaden in die Tiefe. Der Almboden selbst bildete hier ein natürliches Rund in der Flanke des Bergs, eine Senke, geschützt nicht nur vor dem stetigen Wind, der hier oben wehte, sondern auch vor den Blicken der Almbesucher. Hier hatte Grassl seine Bienenstöcke aufgestellt.

Carolin sah sich um. Etwa zwanzig der bunten Kästen standen da in losem Halbkreis. Um die Fluglöcher war reger Verkehr zu sehen, ein ständiges Kommen und Gehen der schwirrenden Bewohner, und es lag ein stetiges Summen und Brummen in der Luft.

Bernhard Grassl hatte seinen Rucksack abgesetzt. Er förderte große Hüte zutage, die mit Netzen ausgestattet waren, und hielt sie ihnen hin. »Setzts des besser auf«, meinte er. »Sie san zwar friedlich, aber wenn mir jetzt glei aufmachen, kann's sein, dass s' nervös werden.«

Carolin trat zu ihm, auch Herzinger sagte nicht Nein. Er nahm seine grüne Kappe ab und setzte stattdessen den Hut auf, der Schleier fiel über sein Gesicht.

Bernhard Grassl zupfte ihn nach unten und zog eine Kordel stramm, die ihn um den Hals fixierte. »Hast a Jacken mit? Die tat i a no anziehen, wegen die Ärmel.«

Herzinger nickte und öffnete seinen Rucksack.

Carolin ließ sich ebenfalls mit dem Hut helfen. An eine Jacke hatte sie natürlich nicht gedacht, und ihre bloßen Arme fühlten sich auf einmal wirklich nackt an. »Wird das so gehen?«, fragte sie.

»Eh klar.« Gerald Grassl war herangekommen. »Normalerweis tuan s' ja nix, die Bienen. Koane hektischen Bewegungen, und wann si ane auf di setzt, bleibst einfach ruhig.«

Carolin verzog das Gesicht.

Gerald Grassl hatte die Trage abgestellt und griff nach einem der sperrigen Kästen, in dem mehrere kleine Rähmchen hingen. »Komm, Bernhard, geh ma's an!«

Die beiden traten an den ersten Bienenstock. Herzinger ging hinterher, offenbar vertraute er auf den Schutz durch Hut und Jacke. Carolin folgte den Männern deutlich zögerlicher. Das Summen wurde lauter, die ersten Bienen flogen an ihrem Schleier vorbei. In sicherer Entfernung blieb sie stehen und stellte sich auf die Zehenspitzen, um trotzdem etwas zu sehen.

Bernhard Grassl hielt eine Metallkanne in der Hand, aus der Rauch aufstieg. Er hatte den Deckel des Kastens abgenommen, sein Vater beugte sich über die Öffnung. Beide waren ungeschützt, trugen weder Hut noch Jacke, aber die Bienen schienen sich tatsächlich nicht um die beiden zu kümmern. Sie drängten sich rund um das Brettchen vor dem Flugloch und ließen sich von den beiden Männern nicht beirren.

»Schaut guat aus«, konstatierte Gerald Grassl. »Schau her, der erste Raum is scho wieder zur Hälfte voll.«

Bernhard beugte sich ebenfalls über den Kasten. »Stimmt.« Er deutete hinein. »Wann die so weitertuan, kannst in zwoa Wochen scho wieder ernten.«

»Glaub i net.« Grassl setzte den mitgebrachten Holzrahmen auf den Bienenstock und schloss den Deckel wieder. »Die Tracht wird ja jetzt weniger. Aber i leg trotzdem noch an Honigraum auf, dann könn ma im August alles auf amol schleudern.«

Bernhard Grassl nickte und wandte sich dem nächsten Stock zu. Hier wiederholte sich der Vorgang. Grassl öffnete den Deckel und musterte den Inhalt, doch diesmal winkte er Herzinger heran. »Schau her, wannst was lernen willst.« Er deutete hinein. »Da unt haben s' ang'fangen, aufm Absperrgitter z'bauen. Des muaß i sauber machen.« Er hob den vorhandenen Holzkasten herunter, ein Gitter kam in Sicht. Carolin trat neugierig näher. Grassl nahm das Gitter ab, eine Ecke war von goldgelben Waben bedeckt. Mit einem Metallspachtel schabte er das Wachs ab, bevor er das Gitter wieder auflegte.

»Wofür ist das Gitter?«, wollte Carolin wissen. Sie warf einen Blick in den Stock, sah ein pelziges Gewimmel und hielt unwillkürlich die Luft an.

»Ohne des Gitter legt die Königin ihre Eier a im Honigraum«, erklärte Grassl. »Beim Schleudern san dann die Rückständ im Honig, des will i net. Außerdem werden die Waben dreckig, dann kann i s' net weiterverwenden.«

»Verstehe.« Carolin sah zu, wie Grassl erst den alten Kasten, in dem bereits mehrere Waben zu sehen waren, und anschließend den neuen mit den leeren Rähmchen auflegte. Bis eben war ihr nicht bewusst gewesen, dass so ein Bienenstock quasi aus aufeinandergestapelten Einzelteilen bestand. Aber das ergab natürlich Sinn, wenn man während des Sommers mehrmals Honig ernten wollte. So musste man nur die Kästen mit den gefüllten Honigwaben abnehmen.

»Sollen mir mithelfen?«, fragte Herzinger und deutete auf die restlichen Stöcke.

Grassl sah auf. »Wannst magst, klar.« Er winkte Carolin heran. »Geh du zum Bernhard, und i mach des mit der Frau Magister.«

Carolin holte tief Luft und trat an den nächsten Stock, während sich Bernhard Grassl und Herzinger dem übernächsten zuwandten. Aus dem Augenwinkel sah sie, wie Herzinger den Deckel abhob. Bernhard Grassl betätigte seine Kanne und blies eine Rauchwolke in den Kasten. Offenbar waren doch nicht alle Bienen so friedlich, ging Carolin durch den Kopf. Gerald Grassl hatte nichts, um Rauch zu erzeugen, offenbar vertraute er seinen Völkern völlig. Carolin biss die Zähne zusammen und beschloss, Grassl ebenfalls zu vertrauen. Sie nahm den Deckel vom Stock und wandte instinktiv den Kopf ab, aber nichts geschah. Die Bienen blieben ruhig.

Grassl schien Carolins Nervosität nicht zu bemerken. Er lüpfte den Honigraum, warf einen kontrollierenden

Blick hinein, setzte ihn wieder auf und stellte den neuen darauf. Dann nickte er Carolin zu, sie schloss den Deckel und atmete tief durch.

Gerald Grassl war schon auf dem Weg zum nächsten Stock. Carolin folgte ihm eilig. In diesem Moment setzte sich eine Biene auf ihren nackten Unterarm, und sie erstarrte, jeden Moment den schmerzhaften Stich erwartend. Doch nichts geschah. Die Biene krabbelte über ihre Haut, die Härchen auf ihrem Arm richteten sich auf, aber weiter passierte nichts. Die Hinterbeine der Biene waren mit dicken Pollenkissen bedeckt, sie rieb sich mit den Vorderbeinen über die großen dunklen Augen, dann breitete sie die Flügel aus und schwirrte wieder ab. Carolin folgte ihr mit den Augen, bis sie sich im Schwarm des ersten Stockes, der nun doch ein wenig aufgescheucht schien, verlor. Dann trat sie zu Grassl, der sie abwartend beobachtete. Er nickte knapp, als hätte sie einen unsichtbaren Test bestanden, und mit neuer Zuversicht hob Carolin den nächsten Deckel ab. Die Bienen würden ihr offensichtlich nichts tun.

Sie waren beim letzten Bienenstock angelangt, als es passierte. Bernhard Grassl und Herzinger waren bereits fertig, sie hatten sich ein wenig entfernt, der jüngere Grassl packte gerade Herzingers Imkerhut zurück in den Rucksack, als sich eine vorwitzige Biene im Schleier von Carolins Hut verfing. Plötzlich brummte es laut unmittelbar vor ihrer Nase. Mit einer unwillkürlichen Bewegung wollte sie die Biene verscheuchen, doch ihre Handbewegung fing das Tier zwischen dem Netz und ihren Fingern, und im nächsten Augenblick schrie sie auf. Die Biene hatte sie in den Mittelfinger gestochen.

»Aua!« Sie ließ den Deckel des Bienenstocks fallen und schüttelte die Biene ab. »Das hat wehgetan!« Der Stich brannte wie Feuer und schien Stromstöße durch ihren linken Arm zu jagen, Tränen traten in ihre Augen.

Grassl ließ sich nicht beirren. Als ob nichts geschehen wäre, beugte er sich über den Stock, spähte in die Öffnung, in der es in Carolins Ohren nun deutlich bedrohlich brummte, dann stellte er mit einem satten »Klonk« den letzten Honigraum auf den Kasten und bückte sich nach dem Deckel. »Des is net so schlimm«, sagte er. »Von Zeit zu Zeit is so a weng Bienengift sogar g'sund. Oder san S' allergisch?«

Carolin schüttelte den Kopf und starrte auf ihren Finger, der sich zusehends rötete. »Nicht dass ich wüsste.«

»Gengan S' her«, rief Bernhard Grassl. »Halten S' die Hand ins Wasser, dann schwillt des net so an.« Er winkte sie heran.

Carolin fand gut, dass sich überhaupt jemand um sie kümmerte, und stolperte zu ihm. Nur weg von diesem Bienenstock! Grassl junior nahm ihr den Hut ab und deutete auf den kleinen Wasserfall, der den Hang herabsprang. Carolin hielt ihre Hand in das eiskalte Wasser und empfand sofort Erleichterung. Das schmerzhafte Pulsieren ließ fast augenblicklich nach.

Gerald Grassl war inzwischen herangekommen. »Jetzt lassen S' amal schauen«, sagte er.

Carolin hielt ihm die Hand hin. »Ich glaube, der Stachel steckt noch drin.«

»Stimmt.« Er nahm ihre Hand vorsichtig zwischen seine Finger. »Machen S' a Faust«, wies er sie an.

Carolin gehorchte. »Haben Sie keine Pinzette?«, fragte sie.

Er schüttelte den Kopf. »Brauch i net.«

Mit dem Fingernagel fuhr er unter den Stachel, der schräg in der Haut steckte, und hob ihn leicht an. Carolin sog zischend die Luft zwischen den Zähnen ein. Mit einem kräftigen Ruck hebelte er den Stachel heraus. Ein Blutstropfen erschien auf Carolins Fingerrücken, der helle Stachel lag auf Grassls Daumennagel.

»Sehen S' die Giftblasen da am End?«, fragte er und deutete auf den Übeltäter. »Mit aner Pinzetten drucken S' des Gift nur in die Haut. So passiert vü weniger.«

Carolin fühlte sich dennoch ein wenig schummrig, sie schwankte.

»Kommen S', Frau Halbach.« Auf einmal war Valentin Herzinger neben ihr. Er fasste sie am Arm und führte sie ein Stück weiter zu einem Findling, der neben dem Bach im Gras lag. »Setzen S' Ihnen hin.«

Dankbar ließ sich Carolin auf den sonnenwarmen Stein sinken. Das Wasser plätscherte unmittelbar neben ihr über einige Steine, sie beugte sich im Sitzen nach unten und hielt die Hand wieder ins kalte Nass. »Ich glaube, es geht gleich wieder.«

»Wirklich? Sie san ziemlich blass.« Herzinger musterte sie besorgt. »Bleiben S' erst amal sitzen.«

Carolin biss die Zähne zusammen. Sie wollte sich vor Herzinger keine Blöße geben. Außerdem – es war ja wirklich nur ein Bienenstich. Als Kind war sie schon einmal gestochen worden, als sie im Freibad barfuß auf eine Biene getreten war. Damals war auch nichts weiter passiert, es hatte nur sehr wehgetan. So wie jetzt. »Es wird schon besser«, behauptete sie. »Das Wasser hilft.«

Es half tatsächlich, stellte sie nach fünf Minuten fest, als sie die Hand aus dem Wasser nahm. Der Mittelfinger war zwar geschwollen und fühlte sich an, als ob er nicht zu ihr gehörte, aber die Rötung war zurückgegangen, und es schmerzte auch nicht mehr ganz so schlimm. Sie hörte die Männer in einiger Entfernung und richtete sich aus ihrer gebückten Haltung auf. Grassl junior schloss gerade die Laschen des Rucksacks, während sein Vater die leere Trage schulterte. Herzinger hatte seine Jacke ausgezogen und seine Kappe wieder aufgesetzt, offenbar warteten die drei nur noch auf sie.

Rasch stand sie auf. Unmittelbar wurde ihr schwarz vor Augen, und sie sank auf den Stein zurück. Zum Glück besaß er so etwas wie eine natürliche Rückenlehne, eine Art Erhöhung, die verhinderte, dass sie nach hinten kippte. Vielleicht war es aber auch ein zweiter Felsen, denn zwischen ihrem Sitz und dem höheren Teil verlief ein tiefer Spalt, der den Stein praktisch in zwei Hälften teilte. Sie tastete nach der Kante, bemüht, sich irgendwo festzuhalten, bis die Erde aufhörte, sich um sie zu drehen, und senkte ihre Finger in den Spalt.

Herzinger eilte heran. »Is alles okay?«

Carolin atmete tief durch. »Ja«, sagte sie heiser. »Aber ich glaube, ich habe etwas gefunden.«

Der Revierinspektor sah sie fragend an.

Carolin zog die rechte Hand hervor. Ihre eiskalten Finger umklammerten den Lauf einer Waffe.

»Verdammte Scheiße«, entfuhr es Herzinger. »Des gibt's do net!« Er trat näher. »Bitte net weiter anfassen«, sagte er. »Des muss zur KTU.«

Carolin ließ das Gewehr zurückfallen, als hätte sie sich daran verbrannt. »Sie glauben, das ist …«

»Ja klar.« Herzinger rollte mit den Augen. »Was soll's denn sonst sein?«

»Sagten Sie nicht, die Tatwaffe war eine Pistole?«

»Die Kugel hat Kaliber .22. Des kann ma prinzipiell a aus aner Langwaffen verschießen. Und aufs erste Hinschauen tat des passen, des is a Kleinkaliberg'wehr.« Er holte ein Taschentuch aus der Hosentasche. »Können S' aufstehen?«

Carolin nickte. Diesmal erhob sie sich langsamer und hielt sich zur Sicherheit noch an dem höheren Stein fest. Der Schreck über den Waffenfund schien ihren Kreislauf wieder in Schwung gebracht zu haben.

Herzinger beugte sich nach vorn, umfasste mit dem Taschentuch den Lauf und zog das Gewehr aus dem Spalt. Es war nicht sehr groß und wirkte ein wenig altmodisch, Schaft und Körper der Waffe waren aus altersdunklem Holz, der Lauf schwarz und mit Feuchtigkeit beschlagen. »Kennen S' des?«, fragte er und hielt es den beiden Grassls entgegen, die näher gekommen waren.

Bernhard Grassl schüttelte den Kopf. »Naa.« Er sah seinen Vater an. »Oder is des …?«

Gerald Grassl runzelte die Stirn. »I hab a so ans. Aber des steht dahoam im Waffenschrank.«

»Bist dir da ganz sicher?«

»Freilich.« Grassl nickte nachdrücklich. »I geh schon lang nimmer auf d'Jagd. Und i woaß ganz g'wiss, dass des net mei G'wehr is.«

»Okay.« Herzinger zuckte mit den Schultern. »Mir werden sehen, was d'Spurensicherung findet. Aber ich fürcht, die vom LKA werden mit dir reden wollen.«

»Sollen s' ruhig.« Grassl wandte sich ab, seine Miene hatte sich verdunkelt. »I hab nix zum Verbergen.«

Carolin sah ihm nachdenklich hinterher. Wenn er sein Gewehr schon lange nicht mehr benutzte, wie konnte er dann so sicher sein, dass es noch immer in seinem Waffenschrank stand? Dazu hätte er nachsehen müssen, und dafür brauchte er einen Grund. Sie biss sich auf die Lippe. Das war schon sehr eigenartig.

Während des Rückwegs zur Hütte war die Stimmung gedämpft, die Grassls waren schweigsam und hingen ihren Gedanken nach. Vermutlich grübelten beide, wie die Waffe auf die Alm gekommen war und warum der Täter sie ausgerechnet bei den Bienen versteckt hatte. Dieselbe Frage stellte sich auch Carolin. Wobei die Idee, das Gewehr auf diese Weise verschwinden zu lassen, gar nicht so schlecht war. Durch die Nähe zu den Bienenstöcken war es unwahrscheinlich, dass vorbeikommende Wanderer es entdeckten – normalerweise würde jeder diesen Bereich meiden. Dass sie es gefunden hatte, war reiner Zufall gewesen, weil sie ausgerechnet diesen Stein als Sitz benutzt hatte. Und hätte nicht ihr Kreislauf beim Aufstehen schlappgemacht, wäre es ihr nicht einmal dann aufgefallen.

Herzinger hatte das Gewehr vorsichtig in seine Regenjacke eingeschlagen und in seinem Rucksack verstaut. Der kurze Lauf schaute oben an der Klappe heraus und erinnerte Carolin an Alois Grassl, in dessen Rucksack sie ebenfalls ein Gewehr gesehen hatte, nur dass ihr das deutlich größer erschienen war. Ob nicht doch jemand von den Grassls etwas mit dem Mord an Rubinsky zu tun hatte? Gerald Grassl hatte offenbar starke Vorbehalte gegen die Idee, die Alm an die Russen zu verkaufen. Aber deshalb einen Menschen töten? Das konnte sie sich nicht vorstellen. Er musste doch wissen, dass die Ausschaltung eines Vertreters des Konsortiums an den prinzipiellen Plänen der Russen nichts ändern würde. Er hatte sogar selbst erzählt, dass nach Rubinskys Tod weitere Interessenten an ihn herangetreten waren. Niemand konnte ihn zwingen zu verkaufen, es gab schlichtweg keinen Grund, deshalb einen Mord zu begehen.

Carolin war unwillkürlich langsamer geworden, nun hörte sie die Schritte von Bernhard Grassl hinter sich näher kommen.

»Geht's eh?«, fragte er.

»Ja, natürlich.« Sie wandte sich halb um und warf ihm ein Lächeln zu. »Ich denke, ich werde den Angriff der Killerbiene überleben.«

Er verzog einen Moment das Gesicht, dann grinste er. »Des ist gut.« Er nickte nach vorn. »Mir san glei da. An der Hütten machen mir Pause.«

Carolin beschleunigte ihren Schritt. Ihr Magen knurrte und erinnerte sie daran, dass sie heute das Mittagessen hatte ausfallen lassen, um pünktlich bei ihrem Treffen mit Herzinger zu sein. Aber in ihrem Rucksack befand sich noch ein Apfel, den ihr Rosi in die Hand gedrückt hatte, damit konnte sie wenigstens vorübergehend ihren Magen füllen.

Als sie an die Almhütte kamen, hatte sich Herzinger schon auf der Bank vor der Tür niedergelassen. Gerald Grassl war nicht zu sehen. Sein Sohn folgte ihm hinter die Hütte, Carolin hörte sie reden, während sie sich zu Herzinger setzte und ihren Rucksack öffnete.

»Gauben Sie, die beiden haben etwas damit zu tun?«, fragte sie halblaut.

Herzinger blinzelte in die tief stehende Sonne. »Ich weiß es net. Dass die Waffen ausg'rechnet bei dem Grassl seine Bienen versteckt is, is natürlich verdächtig.

Aber andrerseits is des halt a ziemlich gutes Versteck, auf des a jeder kommen könnt, der si da heroben a weng auskennt.«

»Das habe ich auch überlegt.« Carolin biss in ihren Apfel. »Die Grassls hätten deshalb vermutlich ein anderes Versteck gewählt.«

»Oder genau deswegen, damit mir genau des denken.«

»Oder so.« Carolin nickte.

Herzinger holte eine Tüte aus seinem Rucksack und nahm eine Semmel heraus. »Wollen S' a was?«, fragte er und hielt sie ihr ihn.

Carolin zögerte nur kurz. »Gern. Haben Sie denn genug für zwei?«

»Eh klar.« Er grinste und reichte ihr die Semmel, dann nahm er eine zweite aus der Tüte.

Carolin biss hinein. Es war Extrawurst mit einer aufgeschnittenen Essiggurke, natürlich. Der Standardbrotbelag in Österreich und auch von ihr inzwischen sehr geschätzt. Immerhin konnte man die »Wurstsemmel mit Gurkerl« nicht nur bei jedem Fleischer, sondern auch bei jedem Bäcker und sogar fix fertig belegt im Supermarkt kaufen.

»Lässt sich eigentlich feststellen, wem so ein Gewehr gehört?«, fragte sie mit vollem Mund.

»Normal scho.« Herzinger holte eine Wasserflasche aus dem Rucksack und nahm einen großen Schluck. »Seit 2012 müssen alle Schusswaffen bei uns registriert werden, auch die zum Jagen.« Er schraubte die Flasche zu und verstaute sie wieder. »Wobei i net wissen will, wie viele Waffen no bei unsere Bauern ummadumstehen, und koaner hat die je gemeldet.«

»Also bleibt es spannend.«

»So is des.« Herzinger schob sich den Rest der Semmel in den Mund und stand auf. »I schau amal, was die Grassls machen«, sagte er.

Carolin erhob sich ebenfalls. »Ich komme mit.«

Sie umrundeten die Hütte und gelangten an einen Anbau, kaum mehr als ein Schuppen, dessen Tor weit offen stand. Unter dem Dach verliefen an einem mächtigen Balken Stahltrossen über Rollen, eine hölzerne Gondel baumelte herab. Das musste die Materialseilbahn sein, von der Lois Grassl im Zusammenhang mit der Milchviehhaltung gesprochen hatte. Carolin war sie bei ihrem Aufstieg gar nicht aufgefallen, sie verlief offenbar ein ganzes Stück abseits des Wegs, der hoch zur Alm führte.

Die beiden Grassls waren dabei, weitere Holzrahmen, die von dicken Wachsschichten bedeckt waren, auf dem Boden der Gondel zu stapeln. Sie erkannte außerdem eine Autobatterie sowie zwei Getränkekästen mit leeren Flaschen. Offenbar wurde auf diesem Weg auch für den Getränkenachschub am Wasserfall gesorgt.

»Wollen S' mitfahren?«, fragte Bernhard Grassl und wies auf die Seilbahn. »Is a tolle Aussicht von da oben.«

»Oh nein.« Unwillkürlich trat Carolin einen Schritt zurück. Diesem schwankenden Gefährt würde sie sich bestimmt nicht anvertrauen. »Auf gar keinen Fall.«

»Is aber total sicher«, gab der jüngere Grassl zurück. »Des is sogar für zwoa Personen zug'lassen.« Er wies auf zwei hölzerne Lehnen, die Carolin als hochgeklappte Sitze identifizierte.

»Wie wird des denn g'steuert?«, fragte Herzinger und sah sich interessiert um.

»Da.« Gerald Grassl wies auf ein einfaches Bedienpanel, das an der Wand befestigt war. »AUF«, »AB« und

»STOP« las Carolin auf den drei Schaltern. Daneben befand sich ein dicker roter Knopf mit der Aufschrift »Not-Aus«. »Unten im Tal gibt's des Gleiche no amol.«

»Des heißt, es muss immer a Zweiter dabei sein, wann ma damit fahren will?« Herzinger sah ihn fragend an.

»Net unbedingt.« Bernhard Grassl grinste. »Wannst schnell gnug bist, geht des a alloan. Hast halt net viel Zeit, sobald des amol fahrt.« Er wies nach oben, wo ein gelbes Kabel über den Balken verlief. »Da oben is a Relais, bremsen tuat's von selber. Man muaß nur einschalten und dann einihupfen.«

»Verstehe.« Herzinger zog die Brauen zusammen. »Wie lang is ma damit unterwegs?«

»A Viertelstund vielleicht.« Bernhard Grassl sah ihn neugierig an. »Wieso fragst?«

»Ah, nur so.« Herzinger wandte sich ab.

Carolin ahnte, was in ihm vorging. Die Materialseilbahn, die auch Personen befördern konnte, hatte niemand von der Polizei auf dem Schirm gehabt. Der Mörder konnte sehr gut auch damit zur Alm gekommen sein. Aber vermutlich brauchte man einen Schlüssel, um in die Talstation zu gelangen und die Bahn in Betrieb zu nehmen. Es würde Aufgabe der Polizei sein, herauszufinden, wer alles Zugang dazu hatte, und etwaige Spuren zu sichern.

Ein Indiz zu viel

Carolin erwachte früh am nächsten Tag. Sie hatte eine unruhige Nacht hinter sich, der Bienenstich schmerzte, der Finger war geschwollen und pochte heiß, sodass sie wenig Schlaf fand. Zwei Mal war sie aufgestanden und hatte ihn unter kaltem Wasser gekühlt, doch es hatte immer nur kurzfristig geholfen.

Als sie mit müden Augen bei Rosi am Küchentisch saß, eine Tasse dampfenden Kaffee vor sich, musterte ihre Zimmerwirtin sie mit kritischem Blick. »Du bist ganz blass, Madl«, sagte sie. »Lass mi dein Finger amal anschauen.«

Carolin verbarg ihre Linke unter dem Tisch. »Es ist schon gut«, sagte sie. »Ich habe nur schlecht geschlafen.«

Rosi sah sie vorwurfsvoll an. »Jetzt sei net so stur. Zeig scho her.«

Zögernd streckte Carolin ihre Hand aus. Der ganze Handrücken war gerötet, die Schwellung erstreckte sich von der Fingerspitze bis zum Handgelenk.

»Des schaut net gut aus«, konstatierte Rosi. »Du solltest zum Doktor gehen.«

Carolin schüttelte den Kopf. »Es ist doch nur ein Bienenstich. Außerdem kann ich nicht heute schon wieder fehlen. Ich habe mir doch erst gestern Nachmittag freigenommen.«

»Wannst krank bist, is des koa Freinehmen«, gab Rosi lakonisch zurück. »Aber wiast moanst.« Sie wandte

Carolin den Rücken zu und begann, den Geschirrspüler auszuräumen.

»Soll ich dir helfen?« Carolin stand auf und griff nach den Tellern, die Rosi gerade heraushob.

Rosi drückte ihr den Stapel in die Hand. Carolin griff danach, doch ihre Hand wollte nicht so wie sie. Der Tellerstoß kippte, die Teller begannen zu rutschen, und schnell griff Rosi wieder zu. »I glaub, i mach des lieber alloan.« Sie trug den Stapel zur Kredenz. »Und du schau, dass d' weiterkommst. Wannst net zum Doktor gehst, dann geh wenigstens arbeiten.«

»Ja, Rosi.« Carolin sah sie entschuldigend an. »Ich schaue mal, wie viel zu tun ist. Dann kann ich ja immer noch zum Arzt.«

»Is schon recht.« Rosi nickte ihr zu. »Pfiat di Gott.«

»Tschüss, Rosi.«

Heute wählte Carolin den Wasserfallweg, um hinunter zum Straubinger Platz zu gelangen. Das hochstiebende Nass, das unter der Hohen Brücke hindurchschoss, war erfrischend wie eine kalte Dusche, und die vielen Stufen brachten ihren Kreislauf in Schwung. Auf halber Strecke gab es einen Aussichtsplatz, einen Felsvorsprung, von dem aus man in die Schlucht blicken konnte, auf deren Grund das Wasser toste.

Carolin beugte sich übers Geländer und blickte hinab. Was hier hineinfiel, wurde ungebremst fortgerissen, über die Felsen des Wasserfalls hinunter bis zum Kraftwerk. Erst dort, hundert Meter tiefer, beruhigte sich die Ache zu einem immer noch reißenden Gebirgsbach, der über große Felsen und weitere, weniger steile Katarakte zu Tale strömte.

Erst als Carolin hinter sich Stimmen hörte, richtete sie sich auf. Einen Moment lang musste sie sich am Geländer festhalten, ihr Kreislauf war noch immer nicht ganz stabil. Vielleicht sollte sie wirklich zum Arzt gehen. Sie schüttelte die linke Hand, als ob sie so das Bienengift oder wenigstens die schmerzhafte Reaktion ihres Körpers loswerden könnte, dann wandte sie sich um und stieg die Stufen weiter nach unten.

Heute brannte Licht im Foyer, die Eingangstür war geöffnet, und Peter kam gerade die Treppe herauf. »Morgen, Caro«, begrüßte er sie. »Wie geht's deiner Hand?«

Carolin grinste unwillkürlich. Sie hatte Peter gestern nicht mehr gesehen, aber Rosi hatte ihm offenbar von ihrem Abenteuer erzählt.

»Es tut noch immer weh«, sagte sie. »Eventuell gehe ich heute Nachmittag zum Arzt.«

»Des ist gut.« Peter nickte. »Der Doktor Brettschneider is die Wochen in Urlaub, aber ich mein, der hat a Vertretung. Rufst am besten vorher an.«

»Das werde ich machen.« Carolin lächelte ihm dankbar zu und wandte sich zur Treppe.

»Und sag Bescheid, wenn i di fahren soll.«

»Mache ich!« Tatsächlich würde sie das bestimmt nicht tun. Dr. Brettschneider residierte am Mozartplatz und war problemlos zu Fuß zu erreichen. So krank, dass sie für die Strecke einen Chauffeur brauchte, war sie nun wirklich nicht.

Sie lief die Treppe hinunter und trat ein paar Schritte in die dämmrige Leselounge hinein. Zwischen den Tischen blieb sie stehen und drehte sich einmal im Kreis. Auch heute schien alles in Ordnung zu sein, offenbar war die schlampige Arbeit vom Montag wirklich nur ein Ausrutscher gewesen. Sie wandte sich ab, als sie aus dem Augenwinkel doch eine kleine Unregelmäßigkeit bemerkte: An einem der Sofas in der Ecke war ein dunkler Spalt zu sehen. Als ob die Sitzfläche schief stand. Oder – Carolin trat näher und hob das Kissen an – als ob etwas darunter war. Tatsächlich. Unter dem Polster lag ein Buch, der erste Band der *Warrior Cats* von Eryn Hunter. Stirnrunzelnd nahm sie es an sich. Wer versteckte ein Buch im Sofa?

Julia konnte sie keinen Vorwurf machen, deren Aufgabe es war, nach der Schließung der Bücherei alle Spiele und Bücher einzusammeln und zurückzustellen, die die Besucher hatten liegen lassen. Dass sie, Carolin, das verschobene Kissen im Dämmerlicht bemerkt hatte, war reiner Zufall gewesen. Aber wer tat so etwas?

Die Touristen in Bad Gastein erhielten mit ihrer Gastein-Card einen temporären Bibliotheksausweis, der den Gästen die Nutzung aller Dienste der Bücherei ermöglichte, inklusive der Ausleihe von Büchern, Spielen und DVDs. Ohne entsprechenden Ausweis durfte man die Bibliothek ebenfalls benutzen, der Lesesaal und der Spielekeller waren so wie die Lounge frei zugänglich, aber alle Medien mussten innerhalb des Bereichs der Bücherei verbleiben. Jedes unerlaubte Verbringen nach draußen löste sofort einen Alarm aus. Dass nun hier ein Buch ganz offensichtlich versteckt worden war, ergab überhaupt keinen Sinn.

Carolin schlug das Buch auf, es klappte irgendwo in der Mitte auf, die Seite war durch ein Eselsohr markiert. Sie glättete die Seite, dann wandte sie sich um und ging hinüber zum eigentlichen Eingang der Bücherei.

Die Tür war noch geschlossen, aber dahinter brannte bereits Licht. Natürlich, Frau Krauskopf war bestimmt schon da. Carolin sperrte auf, legte das Buch auf den Tresen und ging den Gang entlang nach hinten. Wie erwartet fand sie die ältere Mitarbeiterin an ihrem Schreibtisch, eine dampfende Tasse Tee neben sich.

»Guten Morgen, Frau Krauskopf«, begrüßte sie sie.

»Guten Morgen, Frau Magister.« Herta Krauskopf drehte sich auf ihrem Stuhl zu ihr um. »Die Julia hat grad angerufen, sie kommt heut später«, sagte sie.

Carolin hob die Brauen. »Was fehlt ihr denn?«

»Schlecht is ihr, hat sie g'sagt.« Frau Krauskopf rümpfte die Nase. Sie gehörte einer Generation an, für die ein wenig Übelkeit bestimmt kein Grund war, nicht zur Arbeit zu gehen. Zumindest vermutete Carolin das – seit sie hier war, hatte Frau Krauskopf noch keinen Tag gefehlt. Außer in der Woche, in der sie in Untersuchungshaft in Salzburg gesessen hatte, korrigierte sie sich im Stillen.

Sie nickte. »Dann hoffen wir, dass es ihr bald besser geht«, sagte sie. Unwillkürlich bewegte sie die Finger der linken Hand, die schmerzhaft spannten. Solange Julia nicht hier war, konnte sie auf keinen Fall zum Arzt gehen. Zwei Personen waren zu wenig, um die Bibliothek am Laufen zu halten, schon gar nicht mit Publikumsverkehr – das würde nicht funktionieren.

Carolin wandte sich ab und ging in die Küche, setzte Kaffee auf und betrat danach ihr Büro. Sie öffnete die Vorhänge und freute sich wie jeden Tag über die grandiose Aussicht, dann setzte sie sich an ihren Schreibtisch und fuhr den Rechner hoch.

Als sie ihre Mails abrief, stutzte sie beim Anblick der letzten Nachricht: Das Absenderfeld war leer. Der Betreff lautete »Pläne«, und sie hatte schon eine leise Ahnung, was das bedeutete. Sie klickte die Mail an, sie enthielt keinen Text, nur einen Anhang, den sie öffnete.

Es handelte sich um eine Bauzeichnung samt dem dazugehörigen Genehmigungsverfahren. Auf den ersten Blick war zu erkennen, dass hier keine zweite Volletage geplant gewesen war. Sie überflog die Genehmigung und fand das, was auch Rosi schon angedeutet hatte: Die Auflagen, die sich aus dem Bebauungsplan ergaben, sahen nur zweigeschoßige Bauten vor, und auch die Dachneigung musste so ausgeführt werden, dass sie zu den umliegenden Häusern passte. Keinesfalls wäre dadurch eine Nutzung des kompletten Dachgeschoßes gegeben – hier hatte jemand definitiv gegen die Genehmigung des Umbaus verstoßen.

Sie hob den Hörer ab, um Frau Axamer anzurufen, doch dann zögerte sie. Wie sollte sie erklären, wie sie an die Pläne gekommen war? Langsam ließ sie die Hand mit dem Hörer sinken. Nein, sie durfte Max da auf keinen Fall mit hineinziehen. Sie musste eine andere Lösung finden.

Zwei Stunden später klopfte es leise an Carolins Tür. Sie rechnete eigentlich mit Max, den sie heute noch gar nicht gesehen hatte, aber es war Julia, die sich ungewohnt schüchtern zur Tür hereindrückte.

Carolin musterte sie unauffällig – von Blässe war in ihrem sonnengebräunten Gesicht nicht viel zu sehen. Aber ihre Gesichtszüge schienen … Carolin fand in ihren Gedanken kein Wort dafür … etwas weicher vielleicht? Wie auch immer das möglich war.

»Frau Magister, i muss Ihnen was sagen«, begann Julia. Sie stand vor Carolins Schreibtisch wie eine arme

Sünderin. Als Carolin sie anblickte, schlug sie die Augen nieder.

»Was ist denn passiert?«, fragte Carolin. Hatte sich ihre Hilfskraft nun doch gegen das Angebot, eine Lehre zu machen, entschieden? Oder wollte sie – Gott bewahre – am Ende kündigen?

»Nix is passiert«, antwortete Julia. »Oder doch, scho.« Sie machte eine fahrige Handbewegung.

»So sag doch, was los ist!«

»I kann's ja selber no net so richtig glauben.« Sie sah Carolin an. »Frau Magister, i bin schwanger.«

»Ach du meine Güte.« Carolin konnte nicht verhindern, dass ihr dieser Satz herausrutschte. Im nächsten Moment besann sie sich. »Herzlichen Glückwunsch, Julia.« Aufmerksam musterte sie das Gesicht der jungen Frau. »Oder freust du dich nicht?«

»Na ja, schon irgendwie.« Julia hob die Schultern. »Aber es is halt alles … kompliziert.«

Carolin stand auf und kam um den Schreibtisch herum. »Setz dich doch erst einmal«, sagte sie und wies auf das rote Sofa.

Julia ließ sich vorsichtig darauf nieder. Von ihrer üblichen stürmischen Art war gerade nichts zu bemerken.

»Wo ist denn das Problem?«, fragte Carolin und setzte sich neben sie. »Hast du Sorge, dass Paul es nicht will?«

Carolin kannte ihren kleinen Bruder – es stand tatsächlich zu befürchten, dass er vor dieser Verantwortung Reißaus nehmen würde. Aber da hatte sie ebenfalls noch ein Wörtchen mitzureden. Wie er es mit seinen anderen Liebschaften hielt, interessierte sie nicht. Was er mit Julia machte, dagegen sehr wohl.

Julia schüttelte den Kopf. »Des warert mir fast egal«, sagte sie leise. »Mei Mutter hat scho g'sagt, dass sie mir hilft. Des schaffen mir schon.« Sie fuhr sich nervös durch das Haar. »Des Problem is, dass i net sicher woaß, ob's überhaupt vom Paul is.«

»Oha.« Carolin runzelte die Stirn. »Hattest du denn in der Zwischenzeit …«

»Naa, bestimmt net.« Julia schüttelte den Kopf. »I bin a treue Seele. Seit i den Paul kenn, hab i koan anderen mehr ang'schaut.«

»Aber wieso …«

»Vorher war do der Sepp.« Julia rang die Hände. »I kriag mei Mens net so regelmäßig, jedenfalls is des mit dem Sepp und dem Paul ja innerhalb von a paar Tag passiert, und jetzt …« Sie sah Carolin Hilfe suchend an. »Jedenfalls woaß i net, wer von die zwoa es war.«

»Warst du denn beim Arzt?«

Julia nickte. »Der hat g'moant, i bin scho in der siebten Wochen. Und des is halt damals alles so schnell 'gangen.«

»Verstehe.« Carolin hob die Schultern. »Weiß Paul es schon?«

Julias Gesicht verdunkelte sich, sie schüttelte den Kopf. »Naa. I hab mi no net traut, dass i's eam sag.«

Carolin sah sie mitfühlend an. »Das kann ich dir leider nicht abnehmen.«

»Des sollen S' doch gar net.« Julia brachte ein schiefes Grinsen zustande. »I wollt's eam nur net am Telefon erzählen. Vielleicht kommt er am Wochenend, da is er in München. Dann kann i mit eam reden.«

»Das ist gut.« Carolin nickte. »Meinst du, du kannst heute arbeiten?«

»Klar.« Julia stand auf und streckte sich. Ihr Shirt rutschte hoch und gab ihren Bauch frei.

Unwillkürlich musterte Carolin die Taille ihrer Mitarbeiterin. War hier schon der Ansatz einer kleinen Rundung zu erahnen? Konnte man so früh überhaupt schon etwas sehen? Sie hatte damit überhaupt keine Erfahrung. Unmerklich schüttelte sie den Kopf und stand ebenfalls auf. »Wenn es dir morgens nicht gut geht, dann sag einfach Bescheid. Es ist kein Problem, wenn du ein wenig später kommst. Ich muss das nur wissen.«

»Danke, Frau Magister.« Julia lächelte jetzt. »Und bitte sagen Sie's no niemanden. Werden eh alle früh gnug sehen.«

»In Ordnung.« Carolin lächelte ebenfalls. »Bis zum Mutterschutz ist es ja auch noch ein wenig hin.«

»Genau.« Julia wandte sich zur Tür, ihre Locken flogen, als sie sich nochmals umdrehte. Wie weggeblasen war die trübsinnige Körpersprache, mit der sie vorhin den Raum betreten hatte. »Dank schön, Frau Magister. Sie san wirklich schwer in Ordnung.«

Nachdem Julia gegangen war, blieb Carolin nachdenklich in ihrem Büro zurück. Sie trat ans Fenster und sah hinaus auf das grandiose Panorama des Gasteinertals, das sie in der kurzen Zeit so lieb gewonnen hatte, doch diesmal nahm sie es kaum wahr. Was Julia ihr erzählt hatte, bewegte sie zutiefst. Falls Paul der Vater von Julias Kind war … Sie hörte in sich hinein und stellte fest, dass sie inständig hoffte, es würde wirklich so sein. Dann würde sie Tante werden, was für ein wunderbarer Gedanke! Die Implikationen dagegen, falls das Kind von Sepp Pechheim war, der sich zwar auf freiem Fuß befand, aber mit einer Anklage wegen Sachbeschädigung und Körperverletzung zu rechnen hatte, wollte sie sich gar nicht ausmalen. Was würde ihr Bruder davon halten? Und was würde Pechheim dazu sagen, der zu alledem noch ein ganzes Stück älter war als Julia?

Carolin schüttelte den Kopf. Im Grunde ging es sie nichts an. Da mochte Paul hundert Mal ihr Bruder sein, das war eine Sache zwischen Julia und ihm, sie durfte sich da nicht einmischen. Sie würde ihm nicht einmal einen Rat geben können, sollte er sich wider Erwarten an sie wenden. Wie ging man als Mann damit um, wenn die Freundin das Kind eines anderen unter dem Herzen trug? Konnte man sie dann immer noch so lieben wie zuvor? Und wie stand man zu so einem Kind? Carolin schloss die Augen. Sie konnte sich beim besten Willen nicht vorstellen, wie Paul reagieren würde. Paul, der bisher feste Bindungen gescheut hatte wie der Teufel das Weihwasser. Der immer mehrere Liebschaften mehr oder weniger gleichzeitig am Laufen hatte. Was nur seinem Job als freiberuflicher Bühnentechniker geschuldet war, wie er behauptete, durch den er ständig unterwegs war, sodass er gar keine festen Bindungen aufbauen konnte. Der große Truck, mit dem sein Team das Equipment quer durch Deutschland von Gig zu Gig fuhr, das war sein Zuhause. Darüber hinaus gab es nur Zahnbürsten, die in diversen Städten bei diversen Freundinnen standen. Was würde er dazu sagen?

Carolin wandte sich ab und setzte sich wieder an ihren Schreibtisch. Die E-Mail mit den Bauplänen, die Max ihr geschickt hatte, war noch geöffnet. Sie klickte sie weg, sie hatte noch immer keine Idee, wie sie diese Information nutzen sollte. Dazu musste sie mit Max sprechen. Sie vertrieb die Gedanken an Julias ungeborenes Kind und ihren bindungsscheuen Bruder, stand auf und machte sich auf die Suche nach ihrem Praktikanten.

Sie fand Max bei Peter Brunneder im Technikraum. Eigentlich hätte der Student am Tresen am Computer sitzen müssen, um die Neuzugänge einzubuchen, die er und Julia vorgestern ausgepackt und eingeschlagen hatten, doch da war er nicht gewesen, und auch ihre beiden Mitarbeiterinnen hatten nicht sagen können, wo er sich aufhielt. Zuletzt hatte Carolin den Lichtstreifen unter der Tür zum Technikraum gesehen und wollte Peter fragen, ob er wusste, wo Max steckte – und da saßen sie einträchtig an Peters Arbeitstisch und starrten auf einen grauen Kasten, aus dem mehrere dicke Kabel ragten.

»Max, was machst du denn hier?«, fragte sie.

Max fuhr herum. »Ah, Frau Magister. Tschuldigung. Die Verbindung zum Server war weg, deswegen hab i den Peter g'sucht.«

»Komisch, bei mir funktionierte eben noch alles.«

»Des Internet is a net betroffen.« Peter wies auf den grauen Kasten. »Des is der VPN-Router. Den brauchst, damitst di aufm Gemeindeserver einloggen kannst.«

»Und ohne den kann ich die neuen Bücher net einbuchen, weil die Bibliothekssoftware aufm Server lauft.« Max hob die Schultern.

»Verstehe.« Carolin trat näher. »Was ist denn kaputt?«

»Des wiss ma no net.« Peter stand auf. »Mir haben ihn erst amal nur vom Strom g'nommen und an Neustart g'macht. Normalerweise geht's dann wieder. Aber diesmal net. Deswegen hab i den Max g'fragt, ob er no a Idee hat.«

»Ach so.« Carolin sah ihn fragend an. »Und? Bekommst du das hin?«

Max schüttelte den Kopf. »Des liegt ziemlich sicher net an dem Router da, sondern am VPN vom Gemeindeserver. Da geh i net dran.«

»I hab den Burmeister Friedl schon ang'rufen«, sagte Peter. »Der macht die EDV vom Gemeindeamt«, erklärte er auf Carolins fragenden Blick. »Der kann des aber a net selber reparieren, sondern nur der Firma Bescheid sagen, die des mit dem VPN bei uns installiert hat.«

»Hm.« Carolin runzelte die Stirn. »Wie lange wird es dauern, bis das wieder funktioniert?«

»Die Wochen wird des bestimmt nix mehr«, antwortete Peter. »Die schicken an vorbei, der si des anschaut, aber der kommt sicher erst nächste Wochen.«

»Das ist ja dumm.« Carolin sah Max an. »Das heißt, wir können die ausgeliehenen Bücher nicht mehr ein- und ausbuchen?«

»Nur no mit der Hand, so wie früher«, antwortete Peter.

»Außer wenn mir …« Max verstummte. »Aber des is sicher net erlaubt.«

»Was meinst du?«

»Na ja, des is ja nur a Softwaresache. Wenn ma den Bibliotheksserver ohne VPN über den öffentlichen Gateway routen tät, dann würd des sofort wieder funktionieren.«

»Und warum machen wir das dann nicht?«

»Des is dann net so sicher wie sonst«, antwortete Max. »Theoretisch könnt dann jeder auf den Bestand zugreifen, der es probiert.«

»Was soll denn da groß passieren? Dass jemand virtuell unsere Bücher klaut?« Carolin sah ihn fragend an. »Außerdem geht es nur um ein paar Tage. Kannst du das nicht … umschalten? Oder was immer du dafür tun musst?«

»Ich kann des net. Aber ich kann des dem Burmeister vorschlagen.« Max nickte zustimmend. »Weil eigentlich haben S' recht. Des mit die Bücher, des sind ja keine sensiblen Daten. Mir können nur in der Zeit keine neuen Ausweise ausstellen.«

»Das wäre völlig okay.« Carolin machte eine auffordernde Handbewegung. »Leite das doch sofort in die Wege. Und anschließend komm bitte zu mir ins Büro.«

Wenig später klopfte Max an ihrer Tür. Nicht so kräftig, wie es Julia sonst tat, aber doch lauter als ihre Mitarbeiterin eine Stunde zuvor. Er kam herein und schloss die Tür hinter sich. »Der Burmeister wird des mit der Serverumstellung gleich heut noch machen«, sagte er. »Mit a bisserl Glück haben mir heut Nachmittag wieder Normalbetrieb.«

Carolin lächelte ihn an. »Danke, Max. Das ist wirklich eine große Erleichterung.«

»Koa Problem.« Er erwiderte ihr Lächeln. »Was wollten S' denn von mir?«

»Ich wollte mich für deine Mail bedanken.«

Er nickte knapp. »Ich tät des ausdrucken und die Mail vom Server löschen. Nur zur Sicherheit.«

»Das werde ich tun.« Carolin sah ihn ernst an. »Aber ich fürchte, ich kann damit gar nichts anfangen. Sobald ich das jemandem zeige, wird man wissen wollen, woher ich die Pläne habe.«

»Ja eh.« Max hob die Schultern. »Aber Sie wollten's doch wissen.«

»Natürlich. Ich habe nur noch keine Idee, was ich mit diesem Wissen anfangen werde. Oder kannst du mir sagen, wie ich mit legalen Methoden an die Pläne gelangt sein könnte?«

Er schüttelte den Kopf. »Na, echt net.« Er grinste schief. »Mei alter Zugang war auch schon g'sperrt, wie sich des gehört. Aber … na ja, der Benutzer war no ang'legt, und der hat dann auf einmal wieder a Berechtigung g'habt. Zumindest a paar Minuten lang.«

»Verstehe.« Carolin erwiderte das Grinsen. »Nein, ich verstehe es nicht. Aber das ist vielleicht auch besser so.« Sie wurde wieder ernst. »Ich danke dir jedenfalls sehr herzlich. Ich weiß nicht, ob uns das irgendwie weiterhilft, aber zumindest wissen wir nun, woran wir sind.«

»Is sonst no was?« Max sah auf die Uhr. »I tat sonst jetzt Mittagspause machen.«

»Natürlich, Max.« Carolin hob die Hand. »Sag mir bitte Bescheid, sobald der Server wieder funktioniert.«

»Klar.« Er winkte zurück und verschwand durch die Tür.

Carolin seufzte. Das mit der Baugenehmigung war wirklich ärgerlich. Sowohl die Frechheit der Bauherren als auch die Tatsache, dass sie offenbar nichts dagegen unternehmen konnte.

Kurz vor zwei stand Carolin am Mozartplatz und wartete darauf, dass die Arztpraxis öffnete. Sie hatte zuvor angerufen, die Arzthelferin hatte gemeint, sie solle gleich nach der Mittagspause kommen, aber »bringen S' a bisserl Zeit mit«.

Zeit hatte Carolin zwar nicht, eigentlich sollte sie in der Bibliothek sein, aber ihre Hand war inzwischen so geschwollen, dass sie sie kaum noch bewegen konnte. Die Einstichstelle selbst war gerötet und schmerzte bei der geringsten Berührung. So konnte sie nicht arbeiten, das war klar, also hatte sie sich widerstrebend auf den

Weg zu dem praktischen Arzt gemacht, bei dem sie bereits vor einigen Wochen zur Nachsorge nach ihrer Belladonna-Vergiftung gewesen war.

Als sie das Behandlungszimmer betrat, blieb sie unwillkürlich in der Tür stehen. Hinter dem dunklen Schreibtisch saß niemand anderer als Bruno Hunold. Jener Bruno Hunold, der normalerweise als Arzt in der Kurklinik arbeitete, und den sie – das schlechte Gewissen trieb ihr das Blut in die Wangen – noch immer nicht angerufen hatte. Mit allem hätte sie gerechnet, aber nicht damit.

»Was machst du denn da?« Die Worte waren ihr herausgerutscht, und sie klangen deutlich vorwurfsvoller, als sie sie gemeint hatte.

»Ich hab die Wochen frei und mach die Vertretung vom Doktor Brettschneider«, gab Bruno zurück. Er hatte den Kopf gehoben und musterte sie mit ungnädigem Blick. »Ich vermute, du bist net 'kommen, weilst dich entschuldigen willst?«

»Ich soll mich entschuldigen?« Carolin trat in den Raum und schloss nachdrücklich die Tür hinter sich. »Immerhin warst du es, der mich da oben auf der Alm stehen gelassen hat.«

»Offenbar war dir die G'sellschaft von die anderen ja lieber.« Brunos Miene hatte sich noch mehr verfinstert.

»Das stimmt doch gar nicht«, schnappte Carolin zurück. »Ich habe einfach das Angebot angenommen, mit dem Auto hinunterzufahren. Was du abgelehnt hattest, ohne mich zu fragen.«

Bruno senkte den Kopf. »Wannst mit mir auf'n Berg gehst, dann erwart i halt, dass d' mit mir a wieder obigehst«, knurrte er.

»Das hätte ich normalerweise auch getan.« Carolin setzte sich auf den Stuhl, der ihm gegenüber am Schreibtisch stand. »Aber durch den Fund des Toten hatte sich die Lage doch geändert.« Sie stieß die Luft durch die Nase aus. »Außerdem hatte ich schon Blasen an den Zehen.«

»Des hättst ja sagen können.« Bruno sah nicht mehr ganz so finster drein. »Des hätt ich doch verstanden.«

»Du warst so schnell weg, dass ich überhaupt nichts mehr sagen konnte«, erwiderte Carolin. Sie atmete tief durch. Jetzt war der Zeitpunkt gekommen, reinen Tisch zu machen, aber es fiel ihr nicht leicht. »Was mich am meisten gestört hat, war, dass du einfach über mich bestimmt hast, ohne mich zu fragen. Das geht so nicht, Bruno.«

Er seufzte. »Tut mir leid, Caro.« Er beugte sich vor und fasste nach ihrer Hand. »I hab net nachdenkt in dem Augenblick.«

»Aua.« Carolin zuckte zusammen, als er ihren Handrücken umfasste, und zog ihre Hand zurück.

»Was hast denn?« Von einem Augenblick auf den anderen war Bruno Hunold wieder Arzt. »Zeig amal her.«

Sie hielt ihm ihre Linke hin. »Ich wurde gestern von einer Biene gestochen.«

»I seh schon.« Er fuhr mit dem Finger vorsichtig über die Schwellung.

Eine irgendwie zärtliche Geste, aber diesmal nur der Untersuchung geschuldet, was Carolin einen Moment lang bedauerte. Gleichzeitig schalt sie sich selbst dafür: Wenn sie wüsste, was sie wirklich wollte, hätte sie zumindest mit Bruno deutlich weniger Probleme.

»Hast sonst no a Reaktion g'habt nach dem Stich?«, fragte er.

»Mir war unmittelbar danach ein wenig schwummrig«, antwortete Carolin. »Aber das ging gleich vorbei. Vielleicht lag das nur daran, dass ich nichts gegessen hatte.«

»Hm, vielleicht.« Bruno ließ ihre Hand los und griff nach einem Stethoskop, das auf dem Tisch lag. »Mach di oben amal frei, damit i di abhören kann.«

Carolin schloss kurz die Augen. Bruno war Arzt, und als Arzt war seine Bitte absolut zulässig. Sie stand auf und streifte das Shirt über den Kopf.

Bruno erhob sich ebenfalls und trat auf sie zu. »Dreh di um.«

Das kalte Metall des Stethoskops auf ihrem Rücken verursachte ihr Gänsehaut, als er es unter den Träger ihres BHs schob. Unwillkürlich verschränkte sie die Arme vor der Brust.

»Jetzt vorn.«

Widerwillig löste sie die Arme, doch Bruno war völlig auf seine Tätigkeit konzentriert, er sah sie nicht einmal an, während er das Stethoskop gegen ihren Brustkorb drückte.

Zuletzt ergriff er ihre rechte Hand, blickte auf seine Armbanduhr und fühlte den Puls. »Das is alles in Ordnung.« Erst jetzt blickte er auf und lächelte schmal. »I schreib dir a Salben auf, die hilft gegen die Schwellung. Und i verschreib dir zur Sicherheit a Antibiotikum, des musst eine Woche lang nehmen. Net dass sie des no mehr entzündet.« Er wandte sich ab und setzte sich hinter den Schreibtisch.

Carolin nickte und zog ihr Shirt wieder an. »Das ist gut.«

»Bist auf was allergisch?«, fragte er. »Oder hast schon amal reagiert auf a Antibiotikum?«

»Nein, bisher noch nicht. Außer offenbar jetzt auf diese Biene.«

»In Ordnung.« Er tippte etwas in den Computer, dann hämmerte er auf die Enter-Taste. »Des Rezept kriegst dann vorn bei der Frau Grassl«, sagte er.

»Grassl?«, fragte Carolin. »So wie der Besitzer der Alm?«

Bruno nickte und erhob sich wieder. »Die Anna is die Frau vom Moritz, dem Grassl Lois sein Bruder«, erklärte er und kam um den Tisch herum. Vor Carolin blieb er stehen. »Also wannst magst …«, begann er.

»Bruno, ich …« Carolin musste lachen, sie hatten gleichzeitig gesprochen. Sie atmete tief durch. »Bruno, ich mag dich als Freund, als Kumpel, zum Bergsteigen und zum Quatschen. Wirklich. Aber …«

»Aber net mehr.« Bruno nickte. »Ich hab di schon verstanden.« Er grinste schief. »Ich werd beim nächsten Mal dran denken.« Er beugte sich vor und gab ihr einen Kuss auf die Wange. »Ich hoff, ich vergess des net gleich wieder.«

Carolin sah ihn mit gespielter Strenge an. »Herr Doktor, ich muss schon bitten.« Dann lachte sie, irgendwie war sie erleichtert. »Ich würde dich ungern als Freund verlieren.«

»Des is doch schon was.« Bruno öffnete die Tür für sie. »Ich ruf dich nächste Wochen an, dann mach ma uns was aus, okay? Und wenn des mit deiner Hand net besser wird, dann kommst no amal vorbei.«

Die Frau an der Rezeption war noch im Gespräch mit einem älteren Mann, der offenbar schwerhörig war. Sie war halb von ihrem Stuhl aufgestanden und beugte sich zu ihm, trotzdem musste sie die Stimme erheben, damit der Patient sie verstand.

Endlich war sie fertig, der Mann verabschiedete sich mit einem »Pfiat Gott«, und Anna Grassl wandte sich Carolin zu. »Ja bitte, Frau Halbach?«

»Ich bekomme noch ein Rezept«, erklärte Carolin.

»Moment.« Die Frau hatte sich wieder gesetzt und tippte am Computer. »Ich druck's Ihnen aus.« Sie hob den Kopf und musterte Carolin.

»Sie san doch die ...«

»... aus der Zeitung«, vervollständigte Carolin und rollte innerlich mit den Augen.

»Aber naa, des moan i net«, gab Anna Grassl zurück. »Sie haben doch den Toten g'funden auf unserer Alm. Und gestern des G'wehr vom Lois.«

»Ach, das Gewehr gehört Ihrem Schwager?« Carolin riss die Augen auf. »Heißt das ...«

»Des heißt gar nix.« Die Frau rümpfte die Nase und sah sie missbilligend an. »Der Lois sagt, er hat koa Ahnung, wie sei Büchsen da hinkommt.«

»Verstehe.« Carolin runzelte die Stirn. »Aber wer hat denn sonst Zugriff auf seine Waffen?«

»Des hat uns die Polizei a scho g'fragt.« Anna Grassl machte ein abweisendes Gesicht. »Jedenfalls haben s' den Lois gestern am Abend no abg'holt und mitg'nommen nach Salzburg zum Verhör.«

»Zur Vernehmung«, korrigierte Carolin automatisch.

»Egal.« Anna Grassl hob die Schultern. »Jedenfalls is der Lois jetzt verdächtig. Dabei mag der doch net amal auf die Mankei schießen, außer mit'm Fotoapparat.«

»Das hat er mir auch erzählt«, sagte Carolin. »Trotzdem hatte er am Sonntag auf der Alm ein Gewehr dabei.«

»Ja, sicher.« Anna Grassl nickte ernsthaft. »Er is ja verantwortlich fürs Wild auf der Alm. Und wenn er a verletzte Gams sieht, dann muaß er s' erlösen. Alles andere warert ja Tierquälerei.«

»Ist Ihr Mann denn auch Jäger?«, wollte Carolin wissen.

»Der Moritz?« Anna Grassl lachte. »Aber geh. Der interessiert si für so was net. Der is Lehrer in Zell am See am Gymnasium. In die Berg geht der nur, wann er muss. Schad eigentlich, weil i gangert gern öfter.« Sie zuckte mit den Schultern. »Aber jetz is eh vorbei mit'm Bergsteigen.« Sie strich sich über ihren deutlich gerundeten Bauch.

Carolin wusste, was von ihr erwartet wurde. »Wann ist es denn so weit?«

Das Gesicht von Anna Grassl bekam einen verträumten Ausdruck. »In acht Wochen.«

»Dann wünsche ich Ihnen alles Gute.«

»Danke.« Die Frau reichte ihr das Rezept. »Wenn S' wollen, dann sag ich dem Lois, dass Sie nach eam g'fragt haben.«

Carolin zögerte kurz. Anna Grassl sah sie abwartend an. »Ja, natürlich. Sagen Sie ihm das ruhig.«

Die Frau grinste. »Wird endlich Zeit, dass er si was Festes sucht, der Lois«, sagte sie.

»Aber ich …« Carolin machte eine abwehrende Geste. Sie und Lois Grassl? Was interpretierte sich seine Schwägerin da gerade zusammen?

»Die Friseurin von der Badbergstraßen hat euch zwoa auf der Windischgrätzhöhe g'sehen. Was meinen S', was d'Leit jetzt reden.«

»Ach so.« Carolin musste lachen. »Wir haben nur gemeinsam zu Mittag gegessen.«

»Glauben S', des interessiert wen? Der Grassl Lois und die Frau Magister aus Deutschland, des is doch a Sensation im Dorf.«

»Als ob es hier sonst keine Sensationen gäbe.« Carolin verzog das Gesicht. »Der Mord an dem Russen sollte doch Gesprächsthema Nummer eins sein und nicht, mit wem ich essen gehe.«

»Wann die Russen si gegenseitig ermorden, des interessiert doch koan.« Anna Grassl blinzelte ihr zu. »A Liebesg'schicht dagegen, des is viel spannender.«

Carolin hob die Schultern. »Ich versichere Ihnen, dass da nichts ist.«

»Was net is, kann ja no werden.« Anna Grassl stand auf. »Der Lois is a feiner Kerl. Is nur schad, dass er die Richtige no net g'funden hat.« Sie beugte sich etwas vor. »Verstehen S' mi net falsch, i will Sie net verkuppeln. Und i gib a nix auf des, was d'Leit reden. Aber dem Lois tat a Frau net schaden. Des is alles, was i sagen will.«

»Okay.« Carolin nickte knapp. »Er kann mich ja anrufen, falls er mich … treffen will.« Im nächsten Moment bereute sie ihre Worte schon. Wollte sie das wirklich? Andererseits war er ihr durchaus sympathisch gewesen. Und schließlich konnte er ihr aus erster Hand berichten, wie weit die Ermittlungen der Polizei im Fall des toten Russen gediehen waren. Und genau genommen interessierte sie das viel mehr als der Mann. Egal, wie schön seine blauen Augen waren.

Der dritte Mann

Carolin beeilte sich auf dem Rückweg zur Bibliothek. Sie hatte noch einen Abstecher zur Apotheke gemacht, die sich im oberen Teil des Dorfes befand, wo sie ihre Salbe und die Antibiotikatabletten bekommen hatte. Als sie am Hotel Salzburger Hof vorbei die steile Straße hinunterging, bemerkte sie drei Männer, die auf dem kleinen Vorplatz vor der Eingangstür zusammenstanden. Sie unterhielten sich halblaut in einer Sprache, die Carolin aufgrund der kehligen Laute für Russisch hielt. Ob das die Geschäftsfreunde von Goscha Rubinsky waren? Sie sahen nicht wie die üblichen Sommertouristen aus, deren Outfits eher aus bunter Funktionskleidung bestanden, sondern trugen Anzughosen und Hemden. Einer der drei schien etwas jünger zu sein als die anderen beiden, er hatte eine Krawatte umgebunden und ein Sakko lässig über die Schulter geworfen. Sein Blick war misstrauisch, und er runzelte die Stirn, während sie vorbeiging, aber er sagte nichts. Carolin schüttelte irritiert den Kopf. Ob sie wussten, dass sie es war, die den Toten gefunden hatte? Natürlich nicht, woher sollten sie das erfahren haben? Aber warum dann dieser Blick? Oder dachte er, sie wollte sie belauschen? Hatten die drei doch etwas zu verbergen? Sie zuckte mit den Schultern. Wahrscheinlich war es nur Zufall gewesen.

Trotz des schönen Wetters hatten sich am Nachmittag ein paar Besucher in der Bibliothek eingefunden. Der

Spielebereich war wie immer gut besucht, wie Carolin feststellte, als sie ihre Runde drehte: Zwei Familien mit Kindern nutzten das Angebot, hier an den Spieltischen zu spielen. Oben bei den Büchern stöberten gleich mehrere Personen in den Regalen, und im Lesesaal saß ein junges Pärchen mit dem Rücken zu ihr an einem der Computer und steckte die Köpfe zusammen. Offenbar mussten die beiden arbeiten, jedenfalls diskutierten sie halblaut, während der junge Mann immer wieder auf der Tastatur tippte. Die Frau trug ihr dunkelblondes Haar in zerzausten Dreadlocks, die ihr fast bis zur Taille reichten. Unwillkürlich musste Carolin an die dunkelblonden Haare in dem grünen Haargummi denken, den sie an der Stelle gefunden hatte, an der ihr Fahrrad gestohlen worden war. Irritiert schüttelte sie den Kopf. Sie konnte nicht jeden Menschen mit dunkelblonden Haaren verdächtigen, schalt sie sich selbst. Außerdem hatte Max einen Mann gesehen, der mit ihrem Rad abgehauen war.

Sie wandte sich ab. Frau Krauskopf stand am Info-Desk und schien alles im Blick zu haben, also ging Carolin weiter nach oben. Julia saß hinter dem Ausgabetresen, von Max war nichts zu sehen.

Auf ihre Nachfrage hin hob Julia die Schultern. »I hab koa Ahnung, wo der is«, meinte sie. »Vorhin war der Brunneder da und hat was von ihm wollen. Vielleicht woaß der was.«

»Ist schon gut.« Carolin runzelte die Stirn. Max war tüchtig, aber dass er, ohne Bescheid zu geben, einfach verschwand, war nicht in Ordnung. Sie warf einen Blick in Peters Technikraum, doch niemand war da. Schließlich zuckte sie mit den Schultern und ging in ihr Büro.

Irgendwann im Lauf des Nachmittags klopfte es an Carolins Tür. Sie war völlig vertieft gewesen im Versuch, eine Rezension zu einem Sachbuch zu verfassen, das sie vor einiger Zeit gelesen hatte. Es handelte sich um einen Ratgeber über Zeitmanagement, der ihr gut gefallen hatte, es war um Strukturierung gegangen und um Strategien, das Verzetteln zu verhindern, zu dem sie gern neigte, wenn sie sich nicht selbst disziplinierte, und beim Schreiben ertappte sie sich dabei, dass sie auch hier vom Hundertsten ins Tausendste geriet und weit weg war von der prägnanten Kürze, die eine bibliothekarische Rezension eigentlich verlangte.

Sie schrak auf, als sie plötzlich unterbrochen wurde. »Herein«, rief sie.

Die Tür ging auf, und Max kam ins Zimmer. »Der Bibliotheksserver geht wieder, Frau Magister.«

»Das ist gut.« Carolin atmete tief durch und unterdrückte ihren Ärger. »Hat es so geklappt, wie du vorgeschlagen hast?«

»Ja.« Er grinste schief. »Ich war grad oben im Gemeindeamt und hab dem Burmeister g'holfen, alles umzustellen. Ich hoff, des war okay?« Er sah sie fragend an.

»Aber natürlich.« Carolin nickte. »Das nächste Mal sag nur Bescheid, wenn du nicht da bist.«

»Der Brunneder hat's doch g'wusst. Hat er nix g'sagt?«

»Nein.« Carolin runzelte die Stirn. »Hauptsache, es funktioniert wieder alles. Danke dir.«

Max nickte, aber er machte keine Anstalten zu gehen.

»Ist noch etwas?«

Er blickte zur Tür, als wolle er sich vergewissern, dass sie auch wirklich geschlossen war. »Der Burmeister war so begeistert von der Idee, dass er alle Datenbanken auf den öffentlichen Gateway umgeroutet hat«, sagte er halblaut. »Auch die Baubewilligungen vom Bauamt.« Er wackelte mit den Augenbrauen, was lustig aussah, und Carolin brauchte einen Moment, bis sie schaltete.

»Du meinst, dass …«

»Genau.« Max grinste nun offen. »Sie müssen nur des richtige Verzeichnis aufrufen, dann können S' auf alles zugreifen.«

»Und wie komme ich an das Verzeichnis?«

»Ausprobieren.« Er zwinkerte. »Der Formularserver vom Bauamt is öffentlich. Und wenn ma a bisserl Fantasie hat mit die Namen …«

»Verstehe.« Carolin schmunzelte. »Danke, Max.«

»Gern, Frau Magister.«

Am Ende war es sogar noch einfacher, als Max angedeutet hatte. Carolin hatte Zugriff auf das Intranet der Gemeinde und konnte darüber auch die internen Seiten des Bauamts aufrufen. Von da aus gab es wiederum einen Link zu den bereits erteilten Bewilligungen, und dieser setzte sich tatsächlich aus Klartext zusammen, sodass man ihn durch einfaches Ausprobieren würde erraten können, falls man das versuchte. Falls Rosi das versuchte, korrigierte sie sich im Stillen. Und die hatte das ganze Wochenende dafür Zeit. Konnte vielleicht jemanden aus der Nachbarschaft um Hilfe bitten. Jedenfalls war das völlig ausreichend als Erklärung gegenüber der Bürgermeisterin, die Rosi daraufhin mit dem Verstoß gegen die Baubewilligung konfrontieren konnte, ohne Max damit zu belasten. Das war eine wirklich gute Nachricht.

Als Carolin an diesem Abend nach Hause kam, parkte Herzingers grüner Toyota vor der Tür. Carolin hatte eigentlich vorgehabt, Rosi sofort zu erzählen, wie sie an die Baubewilligung für das Haus gegenüber kommen konnte, doch in Anwesenheit des Revierinspektors würde sie sich hüten, diese doch nicht ganz legale Aktion zu erwähnen.

Sie zögerte an der Tür zu Rosis Küche und wollte sich gerade abwenden, als sich die Tür öffnete. Rosi stand vor ihr.

»Caro, wieso stehst denn da ummadum?«, fragte sie und stemmte die Hände in die Hüften. »Kumm eina, es gibt glei was z'essen.« Offenbar hatte ihre Zimmerwirtin sie durchs Fenster gesehen.

»Ich wollte nicht stören«, antwortete Carolin und folgte Rosi.

»Du störst do net«, gab Rosi zurück und trat an den Herd.

Carolin nickte Herzinger grüßend zu, der auf der Eckbank saß, eine Tasse Kaffee vor sich. Dann schnupperte sie. »Was kochst du denn da?«

»Nix B'sonders«, erwiderte Rosi. »Kasnocken gibt's, mit an Salat dazu.«

»Ah. Kann ich dir helfen?« Carolin sah sich um.

»I mach schon.« Rosi deutete auf die Bank. »Du schon liaber dei Hand. Setz di hin und red solang mit'm Valentin.«

Der Revierinspektor grinste und blinzelte ihr zu. »Also, Frau Magister. Dann red ma.«

Carolin musste lachen. »In Ordnung.« Sie setzte sich auf ihren üblichen Platz. »Erzählen Sie mir doch, was es in unserem Almfall Neues gibt.«

»Almfall, des passt.« Herzinger nickte zustimmend. »Also die von der Ballistik haben heut des Gewehr untersucht, und wie mir schon erwartet haben, is es die Waffen, mit der der Rubinsky erschossen worden ist.«

»Tatsächlich.« Carolin hob die Augenbrauen. »Und weiß man schon, wer geschossen hat?«

Herzinger schüttelte den Kopf. »Naa. Es san Fingerabdrück sicherg'stellt worden, aber sie haben no kane Vergleichsproben. Dem Lois seine sans jedenfalls net.«

»I kenn den Grassl Lois, seit er auf der Welt is«, mischte sich Rosi ein. »Der macht doch so was net.«

»Wer waß des scho.« Herzinger hob die Schultern. »Wenn der Druck groß gnug ist, kann jeder Mensch zum Mörder werden. Aber vorstellen kann i mir des a net.« Er wandte sich an Carolin. »Wissen S', i bin mit seim Bruder, dem Moritz, in d'Schul 'gangen. Deswegen kenn i den Lois auch ziemlich gut.«

»Verstehe.« Carolin nickte.

»Magst mitessen, Valentin?«, fragte Rosi den Polizisten.

Herzinger sah auf die Uhr. »Tut mir leid, i hab koa Zeit. I muss gleich nach Anif.«

»Versteh schon.« Rosi wandte sich wieder ihrer Pfanne zu. »Richtest der Andrea schöne Grüße aus, ja?«

»Mach i.« Herzinger nickte und stand auf. »Wegen Ihrem Radl hat si leider no keiner g'meldet«, sagte er zu Carolin. »Sonst hätt i Sie direkt ang'rufen.«

»Ich habe mir ohnehin nicht viele Hoffnungen gemacht«, antwortete Carolin. »Aber einen Versuch war es wert.«

»Vielleicht kommt ja no was. Die Plakate hängen ja no net lang.« Er winkte in die Runde. »Pfiat eich.«

Carolin wartete, bis sich die Tür hinter ihm geschlossen hatte. »Wer ist Andrea?«, fragte sie Rosi, als sie draußen die Haustür ins Schloss fallen hörte.

Rosi tat, als hätte sie nichts gehört. Sie holte Teller und Besteck und deckte den Tisch mit geübten Handgriffen. Draußen polterte es, Carolin hörte die Haustür erneut, dann kam Peter in die Küche und nickte ihr zu.

»Griaß eich«, sagte er und ließ sich auf einen Stuhl fallen. »Super, Rosi, mit die Kasnocken. I bin am Verhungern.«

Rosi strich ihm im Vorbeigehen über das kurze eisengraue Haar. »Is glei so weit.«

»Rosi!« Carolin schlug mit der Hand auf den Tisch. »So antworte mir doch!«

Ihre Zimmerwirtin drehte sich zu ihr um, ihre Miene war schmerzvoll verzogen. »Die Andrea is dem Valentin sei Frau. Kannst dir des net denken?«

»Ja, natürlich habe ich mir das gedacht«, erwiderte Carolin. »Aber warum spricht nie jemand von ihr? Wieso ist sie in Anif und nicht hier?«

Rosi hatte sich schon wieder abgewandt.

Carolin sah fragend zu Peter. Er hob die Schultern. »Des is a tragische G'schicht«, sagte er halblaut. »Die Rosi redet net gern drüber.«

»Gar niemand soll drüber reden«, sagte Rosi resolut und stellte mit hörbarem Knall die Pfanne auf den Tisch. »Des is alles scho schlimm gnug, auch ohne dass si d'Leit des Maul zerreißen.«

»Nun sag doch, was los ist.« Carolin verstand ihre Zimmerwirtin nicht. Normalerweise war sie für Klatsch und Tratsch im Dorf immer zu haben.

»Na ja, irgendwann erfahrst es sowieso.« Rosi klang resigniert. »Aber bitte sag nix zum Valentin, dass d' es weißt.«

»Nein, mache ich nicht.« Carolin sah sie aufmerksam an. »Versprochen.«

»Die Andrea hat an Unfall g'habt und sitzt seitdem im Rollstuhl«, sagte Rosi. »Und der Valentin gibt si die Schuld dran.«

»Aber wieso …«

Rosis Miene war verschlossen, als sie sich zu ihnen an den Tisch setzte.

Peter griff nach ihrer Hand und drückte sie. »Der Valentin wollt si damals von ihr scheiden lassen«, sagte er leise. »Und wie er ihr 's g'sagt hat, is die Andrea vor seine Augen vom Balkon g'sprungen. Seitdem is sie querschnittsgelähmt. A Pflegefall sozusagen. Wohnt in Anif in an Heim. Und der Valentin …«

»Der Valentin is a anständiger Mann und is natürlich bei ihr 'blieben«, setzte Rosi den Satz fort. »Aber er red't net drüber, und deswegen reden mir a nimmer davon.«

»In Ordnung.« Carolin nickte. »Danke, dass du es mir gesagt hast. Ich habe mich schon gewundert, dass nie jemand von seiner Frau spricht, obwohl er einen Ehering trägt.«

»So is des.« Rosi seufzte tief. »Und jetzt nehmts eich was, bevor's kalt wird.«

Später am Abend lag Carolin in ihrem Bett und konnte nicht einschlafen. Ihre Hand schmerzte kaum noch, Brunos Salbe hatte gut geholfen, aber zu viel war heute geschehen, zu viel ging ihr durch den Kopf.

Nach dem Abendessen hatte sie Rosi erklärt, wie sie an die bewilligten Baupläne des Hausumbaus kommen konnte, über den sie sich so ärgerte. Peter hatte demonstrativ den Raum verlassen, er wollte damit nichts zu tun haben, um nicht selbst in Verdacht zu geraten, etwas auf illegalem Weg beschafft zu haben. »Des is der Rosi ihr Sach«, hatte er gesagt und war in den Keller verschwunden, um eine Flasche Wein zu holen.

Rosi hatte erst nicht verstanden, worum es ging. Carolins Zimmerwirtin besaß zwar einen Computer, mit dem sie die Buchungen und Abrechnungen ihrer Frühstückspension verwaltete und E-Mails der Gäste beantwortete, aber geübt im Umgang mit Datenbankprogrammen war Rosi natürlich nicht.

»I woaß, was i mach«, sagte Rosi zuletzt. »I frag die Jutta. Der ihr Bua is siebzehn, der kennt si da bestimmt aus.«

»Das ist eine gute Idee«, stimmte Carolin ihr zu. Durchaus mit Erleichterung, wie sie sich eingestand – Frau Axamer hätte Rosi allein wohl kaum zugetraut, den Gemeindeserver nach irgendwelchen digitalen Unterlagen zu durchsuchen. Aber einem der Kids aus der Nachbarschaft war das durchaus zuzumuten. Und offenbar hatte ja auch diese Jutta ein Interesse an der Baustelle, zumindest hatte sie die Arbeiten genau im Blick.

Peter kam mit einer Weinflasche zurück, und der Abend wurde noch gemütlich. Es war fast Mitternacht, als Carolin ins Dachgeschoß hochstieg und sich bettfertig machte. Zuletzt trat sie nochmals hinaus auf den Balkon und blickte zu der Baustelle hinüber. Das Netz war inzwischen verschwunden, dafür war das Gerüst in die Höhe gewachsen und überragte sogar das neu aufgebaute zweite Stockwerk. Offenbar kam nun das Dach an die Reihe, vermutete Carolin, obwohl von einem Dachstuhl noch nichts zu sehen war. Vielleicht wurde der auch vormontiert von einem Lkw geliefert, überlegte sie. Das wäre sicher ein spektakulärer Anblick.

Schließlich wurde ihr draußen zu kühl. Selbst im Hochsommer sank die Temperatur nachts spürbar unter zwanzig Grad, und sie fröstelte in ihrem dünnen Pyjama. Sie ging zu Bett, kuschelte sich in ihre Decke und schloss die Augen, doch der Schlaf wollte nicht kommen. Ihre Gedanken kreisten um Herzinger und das Unglück mit seiner Frau, eine Situation, so schmerzhaft, dass sie es sich gar nicht vorstellen konnte. Und auch nicht wollte. Sie zwang ihre Gedanken stattdessen zu dem Fall des toten Russen. Wie kam eines von Lois Grassls Gewehren auf die Alm? War doch jemand von der Familie an der Sache beteiligt? Aber warum? Niemand hatte etwas davon, einen der Vertreter des Konsortiums zu töten. Es änderte nichts an der Verhandlungsbasis – die Russen wollten kaufen, die Verkäufer waren uneins. Gerald Grassl wollte gar nicht verkaufen, Lois würde vermutlich nur unter bestimmten Bedingungen wie einer sanften touristischen Nutzung der Alm zustimmen, während es seinem Bruder Moritz ziemlich egal zu sein schien. Wenn überhaupt hätte man Gerald Grassl ermorden müssen, um an der Ausgangslage etwas zu ändern.

Carolin schüttelte den Kopf, selbst erschrocken über das, was sich ihr übermüdetes Gehirn gerade zusammengesponnen hatte. Gerald Grassl erfreute sich bester Gesundheit, niemand hatte einen Anschlag auf ihn verübt. Goscha Rubinsky war gestorben, und vermutlich war das Motiv wirklich im Umfeld des Russen zu suchen. Der Mörder hatte wahrscheinlich ein Gewehr von Lois entwendet, um den Mord zu begehen. Wenn er die Waffe wie letztens mehr oder weniger offen im Rucksack auf der Ladefläche seines Pick-ups transportiert hatte, wäre es ein Leichtes, sie zu stehlen. Oder sein Haus war, wie die meisten Häuser hier in Gastein, immer unversperrt, und jeder konnte ein und aus gehen, wie es ihm beliebte. Das war ja in Rosis Pension auch nicht anders – die Haustür war nur nachts verschlossen. Tagsüber könnte man einfach hereinspazieren. Mit diesem Gedanken schlief Carolin endlich ein.

Als Carolin am nächsten Morgen zur Arbeit kam, parkte – mal wieder – der Streifenwagen der Gasteiner Polizeidienststelle auf der Plaza vor dem Eingang zum Kulturzentrum. Revierinspektor Herzinger war in Begleitung seines korpulenten Kollegen, den Carolin bei den Ermittlungen rund um den Tod von Professor Hutter bereits kennengelernt, dessen Namen sie aber nie erfahren hatte. Zusammen mit zwei weiteren Männern standen sie am Parkscheinautomaten, der vor dem Kulturzentrum am Bürgersteig aufgestellt war.

Carolin trat zu ihnen. »Was ist denn passiert?«, fragte sie. Im nächsten Augenblick erkannte sie den Grund für die Anwesenheit der Polizei. Die seitliche Verkleidung des Automaten hing schief in den Angeln, in der dunklen Höhlung dahinter sah sie blinkende LEDs und lose Kabel.

»Den Automaten haben s' heut Nacht auf'brochen«, brummte Herzingers Kollege und wandte sich ihr zu. »Und des is net der einzige.« Er deutete die Straße hoch. »Alle Automaten bis zum Mozartplatz san auf'brochen. Nur der oben am Bahnhof is no intakt. Da waren wahrscheinlich no z'vü Leit unterwegs.«

»Das ist ja …« Carolin schluckte. »Unglaublich.«

Herzinger nickte. »Ihnen is nix aufg'fallen?«, fragte er.

»Nein.« Carolin sah ihn irritiert an. »Gestern Nachmittag, als ich die Bücherei verlassen habe, war noch alles in Ordnung.«

»Ja eh.« Herzinger nahm seine Dienstmütze ab und fuhr sich über die Stirn. »War a blöde Frag.«

»Es hätte ja sein können.« Carolin lächelte ihn an. »Aber mir ist niemand aufgefallen, der sich irgendwie auffällig an dem Automaten zu schaffen gemacht hätte.«

»Des is a mitten in der Nacht passiert«, sagte einer der Männer. Er erhob sich aus der gebückten Haltung und zog ein Kabel ab. Er hielt ein Tablet in der Hand, das mit dem Automaten verbunden gewesen war. »Genau gesagt um Viertel vor drei in der Früh.«

»Wie viel wurde denn gestohlen?«, fragte Carolin.

»Net viel«, antwortete der Mann. »Dem Protokoll nach waren des koane fuffzig Euro. Die meisten zahlen ja mit Karten oder per SMS.«

»Verstehe.« Carolin nickte in Richtung des kaputten Automaten. »Vermutlich ist der Sachschaden deutlich höher.«

»Des können S' laut sagen.« Der Mann machte ein finsteres Gesicht. »Die haben die Seitenwand auf'brochen und dann die Box mit'm Geld komplett außerg'rissen und mitg'nommen. Des kost locker zwoatausend Euro zum Reparieren. Ganz abg'sehen von die fehlenden Parkeinnahmen, bis des alles wieder funktioniert.«

Carolin schüttelte den Kopf. »Wer tut denn so etwas?«

»Oaner, der Geld braucht«, mischte sich der vierte Mann ein. »Des is ja net der Einzige, den's erwischt hat.«

»Wie hoch is der Schaden insgesamt?«, fragte Herzinger und zog einen seiner unvermeidlichen Zettel aus der Tasche.

»I muaß die anderen Automaten no auslesen«, antwortete der Mann mit dem Tablet. »Aber ich schätz, des san insgesamt koane dreihundert Euro.«

In diesem Augenblick läutete Herzingers Telefon. »Ja?« Während er zuhörte, weiteten sich seine Augen. »Ja, bei uns a. Vier Automaten.« Er sah den Mann mit dem Tablet an. »I sag ihm glei Bescheid.« Er beendete das Gespräch und wandte sich an die anderen. »In Bad Hofgastein san a Automaten geknackt worden. Genau wie bei uns.«

»Also a ganze Bande?«, fragte der vierte Mann. »Des is ja was.«

»So schaut's aus.« Herzinger nickte. »Mir müssen die Anwohner befragen, ob wem a Auto aufg'fallen is letzte Nacht. Und des Radar auswerten, was oben auf der Bundesstraßen steht. Vielleicht haben mir Glück.«

Carolin musterte nochmals den aufgebrochenen Automaten. »Sind das nicht Stofffasern?«, fragte sie und deutete auf den Winkel, den die verbogene Tür mit dem Gehäuse bildete.

Herzinger beugte sich vor und kniff die Augen zusammen. »Sie haben recht, Miss Marple«, sagte er und blinzelte ihr zu. Er holte eine Tüte aus einer Hosentasche und förderte aus seiner Brusttasche eine Pinzette zutage. Vorsichtig zupfte er die Fasern ab und ließ sie in die Tüte fallen, dann hielt er sie ins Licht. »Schaut nach aner Jeans aus.«

Carolin musste ihm recht geben. Die Fasern waren hellblau, an einer hing ein winziges ausgefranstes Stück Stoff. »Dann müssen Sie ja nur noch nach einem Dieb mit einem Loch im Ärmel seiner Jeansjacke suchen«, meinte sie.

Herzinger lachte freudlos auf. »Der wird ja net so deppert sein und damit ummadumrennen«, sagte er. »Aber ich schick s' auf alle Fälle ins Labor. Vielleicht finden die no an Hinweis.«

Carolin überließ die Männer ihrer Arbeit und wandte sich ihrer eigenen zu. Als sie die Glastür zum Kulturzentrum aufdrückte, kam ihr im Foyer Peter Brunneder entgegen.

»Was macht denn die Polizei scho wieder da?«, wollte er wissen.

»Die Parkscheinautomaten sind letzte Nacht aufgebrochen worden«, antwortete Carolin. »Hier und in Bad Hofgastein.«

»Oha.« Peter kratzte sich den Bart. »Irgendwie is in dem Sommer der Wurm drin«, sagte er. »Erst dei Radl und jetzt die Automaten, des is scho komisch.«

»Du denkst, das hat miteinander zu tun?«

Peter sah hinaus auf die Plaza. »I waß net.« Er hob die Schultern. »Normalerweise is Bad Gastein sicher. Zumindest auf der Straßen haben mir no nie a Problem g'habt. Höchstens amal Diebstähle in an Hotel.«

»Ich halte das eher für Zufall. Mein Fahrrad war vermutlich ein Gelegenheitsdieb, während es sich bei den Parkscheinautomaten um eine professionelle Bande zu handeln scheint.«

»Wirst scho recht haben.« Peter wandte sich ab und hob grüßend die Hand. »I red trotzdem amal mit dem Valentin.«

Carolin winkte ebenfalls und lief die Treppe nach unten. Heute brannte in der Lounge bereits Licht. Sie sah auf die Uhr, es war halb neun, die ersten Besucher würden erst in einer halben Stunde kommen. Vielleicht hatten die Putzleute vergessen, es auszuschalten, oder Peter hatte es angemacht. Aus Gewohnheit trat sie an den Tisch, auf dem sie zuletzt die Krümel entdeckt hatte, und warf einen Blick in den Mülleimer. Tatsächlich, auch heute lag etwas darin. Sie runzelte die Stirn. Die bunte Verpackung eines Müsliriegels. Und zwar von genau der Marke, die sie in Svens Vitrine in seinem Bistro gesehen hatte. Das war allerdings mehr als eigenartig.

Sie trat von dem Tisch zurück und ging die Treppe wieder hoch. Draußen auf der Plaza stieg Herzinger gerade in den Streifenwagen, sein Kollege saß bereits hinter dem Steuer. Carolin hob die Hand. »Herr Herzinger!«

Er wandte sich zu ihr um. »Frau Magister, was gibt's denn noch?«

»Würden Sie bitte einmal mitkommen? Ich möchte Ihnen etwas zeigen.«

Herzinger stieg aus und kam auf sie zu. »Was is denn? Die Kollegen in Bad Hofgastein warten auf uns.«

»Es dauert nicht lang.« Carolin drückte die Eingangstür auf und winkte ihn herein. »Mir sind in letzter Zeit manchmal morgens Spuren in der Leselounge aufgefallen«, sagte sie, während sie die Treppe hinuntergingen. Beim Näherkommen deutete sie auf die Tische. »Erst dachte ich, die Leute von der Reinigungsfirma haben schlampig gearbeitet. Aber nun befürchte ich, dass sich jemand nachts im Gebäude aufhält. Jemand, der hier nichts zu suchen hat.« Sie deutete auf den Mülleimer. »Sehen Sie selbst.«

Herzinger griff nach dem Mülleimer und leerte ihn kurzerhand auf dem Tisch aus. Zusammengeknülltes buntes Papier kullerte heraus. Herzinger hob die Brauen. »Was ist damit?«, fragte er.

»Das ist die gleiche Marke wie die Müsliriegel, die Sven im Hotel Cäcilia gestohlen wurden«, erklärte Carolin. »Vielleicht ist es ja nur ein Zufall, aber …«

»San S' ganz sicher? Dann is des bestimmt koa Zufall.« Herzinger stellte den Mülleimer auf den Boden und zog einen Handschuh sowie eine Tüte aus einer seiner unerschöpflich scheinenden Taschen. Er streifte den Handschuh über die Linke, mit der Rechten hielt er die Tüte auf und fegte die Verpackung hinein. »Des lass i auf Fingerabdrück untersuchen«, sagte er. »Vielleicht gibt's a Übereinstimmung.«

»Haben Sie auch Abdrücke von dem Parkscheinautomaten genommen?«, fragte Carolin.

»Was denken S' denn, Miss Marple.« Herzinger sah sie irritiert an. »Natürlich haben mir des g'macht. San halt alles Mischspuren. Aber mit a weng Glück, können mir die Papierln da zuordnen. Dann haben mir zumindest an Hinweis.«

»Sehr gut.« Carolin nickte. »Vielleicht ist der Täter ja ein polizeibekannter Einbrecher.«

»Des wär schön. Aber so viel Glück werden mir wohl net haben.« Er sah sich um. »Wie soll der Einbrecher denn einakommen sein?«, fragte er. »Haben S' Einbruchspuren g'funden?«

Carolin schüttelte den Kopf. »Nein, mir ist nichts aufgefallen. Aber es gibt ja nicht nur einen Zugang zum Gebäude. Vielleicht ist hinten am Bühneneingang etwas zu finden.«

»Oder er is einfach mit wem mit'gangen und dann herinnen blieben«, überlegte Herzinger. »Wegen dem Konzert heut Abend is sicher a ständiges Kommen und Gehen.«

»Das kann natürlich sein«, gab Carolin ihm recht. »Ich habe übrigens da, wo mein Fahrrad gestohlen wurde, einen Haargummi gefunden. Meinen Sie, das ist auch von Belang?«

Herzinger runzelte die Stirn. »Eher net«, meinte er. »Außerdem nutzt uns des nix. Aus die Haar können mir nur DNA entnehmen, aber mir haben ja koane zum Vergleich.«

»Außer Sie finden DNA-Spuren an den Stoffresten«, widersprach Carolin. »Würde sich da nicht ein Abgleich lohnen?«

»Vielleicht scho.« Herzinger schüttelte bedauernd den Kopf. »Aber wegen an g'stohlenen Radl und so an unsicheren Indiz rentiert si koa Untersuchung. Tut mir leid.«

»Schade.« Carolin zuckte mit den Schultern. Im Grunde hatte sie nichts anderes erwartet. Aber falls die Person, die hier offenbar regelmäßig nachts ihre Leselounge aufsuchte, auch für die anderen Vorfälle in Bad Gastein verantwortlich war, hätte man es so vielleicht herausfinden können.

Sie sah Herzinger hinterher, der über die Treppe nach oben verschwand, und kratzte sich gedankenverloren am Handrücken. Der Bienenstich schmerzte inzwischen kaum noch, dafür hatte er zu jucken begonnen, was nicht viel besser war. Sie schüttelte ihre Hand aus und wandte sich dem Eingang zur Bibliothek zu. Das *Warrior-Cats*-Buch kam ihr in den Sinn. Ob sie Herzinger davon hätte berichten sollen? Die Zielgruppe dieser Bücher waren eher junge Mädchen. Es war doch ziemlich unwahrscheinlich, dass das etwas mit den Diebstählen zu tun hatte. Das war bestimmt nur ein Zufall.

16 Uhr 13 ab Schwarzach-St. Veit

Den Nachmittag über war Carolin gut beschäftigt. Eigentlich hätte sich Julia zusammen mit Max um die Bestuhlung für die Lesung heute Abend kümmern sollen. Das bedeutete, die Stühle aus dem Lager im Keller zu holen, sie zum Aufzug zu schleppen und dann im Kuppelsaal aufzustellen. Der Raum unter den vier Glaskuppeln war normalerweise völlig leer und diente als eine Art Wandelhalle, die vom Dach aus frei zugänglich war – nur für Veranstaltungen wurde er entsprechend eingerichtet. Jedenfalls war das eine Arbeit, die Carolin Julia in Anbetracht der Umstände nicht zumuten wollte. Frau Krauskopf in ihrem beigen Kostümrock war dafür erst recht nicht geeignet, abgesehen davon war sie schon nach Hause gegangen, weshalb Carolin diese Aufgabe kurzerhand selbst übernommen hatte.

Als sie fertig waren, war Carolin schweißgebadet. »Ich glaube, ich muss nach Hause, mich duschen und umziehen«, meinte sie und sah an sich herunter. Ihre Jeans war staubig, ihre Haare verschwitzt.

»Kommt doch heut eh keiner mehr«, gab Max lakonisch zurück. Er sah nicht viel besser aus als sie.

»Aber Barbara Meinert soll um siebzehn Uhr eintreffen, und so will ich ihr nicht unter die Augen treten.«

»Versteh schon.« Max grinste halb. »Dann gehen S' halt schnell duschen und kommen nachher wieder.«

»Das werde ich tun.« Carolin nickte. Sie sah auf die Uhr. »Es ist jetzt drei, ich bin spätestens um fünf zurück. Bekommst du das mit der Tontechnik allein hin?«

»Klar.« Max grinste. »Unter einer Bedingung.«

»Und die wäre?«

»Ich tät heut Abend lieber zu der Lizzy ihrem Meet-and-Greet gehen anstatt zu der Lesung.«

»Du bist wohl ein Fan«, meinte Carolin und musterte ihren Praktikanten. Der pummelige junge Mann mit dem runden Kindergesicht wirkte nicht wie der typische Anhänger der Musik von Lizzy House, die mit ihren pinkfarbenen Haaren eher wie eine Punkerin aussah.

»Immer scho.« Er grinste. »I hab mir sogar a Karten fürs Konzert besorgt. Nur mit 'm Meet-and-Greet hat's net geklappt.«

»Da sprichst du am besten mit Martin Schilling oder Manfred Federmoser. Die sind für diese Veranstaltung zuständig.« Sie deutete nach draußen, wo Martin Schilling gerade das Aufstellen von Sonnenschirmen und Stehtischen überwachte.

»Können net Sie des für mi machen?« Max sah sie bittend an. »Wann ich ihn frag, sagt der bestimmt Nein.«

»Also gut.« Carolin nickte. »Aber ich verlasse mich auf dich, dass unsere Technik heute Abend funktioniert.«

»Versprochen.«

Das Gespräch mit Martin Schilling dauerte nur kurz. Carolin schlug ihm vor, dass Max oben am Kuppelsaal den Gästen des Meet-and-Greet den Weg zur richtigen Veranstaltung weisen sollte. Im Gegenzug dürfe sich der Student anschließend unauffällig unter die geladenen Gäste mischen – das würde ohnehin niemand mehr kontrollieren. Martin Schilling war mit dem Kopf sichtlich nicht bei der Sache, bekam wohl nur mit, dass Max ihm quasi helfen würde, und stimmte allem zu. Mitten in ihrem Gespräch klingelte sein Handy, und während er mit einer Hand das Telefonat entgegennahm und mit der anderen die Verteilung der Stehtische dirigierte, wandte er sich schon von ihr ab.

»Ich sage dann Max Bescheid«, rief Carolin ihm hinterher.

Schilling signalisierte Zustimmung mit einem erhobenen Daumen und verschwand hinter einem Sichtschutz. Sie stieg die Treppe nach unten und machte sich auf den Weg zum Haus Sonnenschein.

Carolin stand gerade im Bad und zog sich die Lippen nach, als ihr Handy klingelte. Es war eine deutsche Mobiltelefonnummer, und während sie auf den grünen Knopf drückte, hatte sie schon einen Verdacht, um wen es sich handeln könnte.

»Hallo, Frau Halbach? Hier spricht Barbara Meinert.« Eine angenehme Altstimme, die allerdings im Augenblick leicht verzweifelt klang.

»Hallo, Frau Meinert.« Carolin warf einen Blick auf die Uhr, es war kurz vor halb fünf. Zu früh, die Autorin konnte nicht vor fünf in Bad Gastein sein. Hoffentlich …

»Frau Halbach, es ist mir furchtbar peinlich, aber ich habe gerade meinen Bus verpasst.« Ein Seufzen. »Der nächste geht erst in zwei Stunden, und es gibt hier weit und breit kein Taxi.«

»Wo sind Sie denn?« Carolin runzelte die Stirn.

»In Schwarzach-Sankt Veit. Ich hätte von hier aus den Bus nach Bad Gastein nehmen sollen, aber unser Zug hatte ein paar Minuten Verspätung, und nun ist er weg. Wenn ich auf den nächsten Bus warte, komme ich zu spät zur Lesung.«

»Ich verstehe.« Carolin atmete tief durch und zwang sich zur Ruhe. So hatte sie sich den Nachmittag nicht vorgestellt. Aber nun ging es darum, rasch eine Lösung zu finden. »Bleiben Sie bitte, wo Sie sind. Ich organisiere jemanden, der Sie abholt.«

»Danke, Frau Halbach.« Das klang mehr als erleichtert. Offenbar war die Autorin mit der Situation ebenfalls überfordert.

Carolin presste die Lippen aufeinander, dann steckte sie ihr Handy in die Tasche und verließ ihre Wohnung. In der Küche traf sie Rosi an. »Sag mal, wie weit ist es von hier bis Schwarzach-Sankt Veit?«

Rosi wandte sich vom Herd ab, wo sie in einem Topf gerührt hatte. Auf der Arbeitsfläche standen mehrere Schraubgläser mit der Öffnung nach unten auf einem Geschirrtuch, ein süßer Duft lag in der Luft. »Kommt drauf an«, sagte sie. »Mit 'm Postbus brauchst a dreiviertel Stund. Mit 'm Auto bist in aner halben Stund da.«

»Puh.« Carolin sah nochmals auf die Uhr. »Das könnte klappen«, sagte sie. »Gibt es hier ein Taxi, das man rufen kann?«

»Nach Schwarzach?« Rosi schüttelte den Kopf. »Jetzt glei? Da müsstest wirklich Glück haben. Heit spielt doch der SC Sankt Johann gegen Austria Salzburg. Alle Taxis san beim Stadion in Sankt Johann, da wirst so kurzfristig koa Fahrt kriegen.«

»Mist.« Carolin biss sich auf die Unterlippe. »Meinst du, Peter könnte …?«

»Nach Schwarzach fahren? Naa.« Rosi schüttelte den Kopf. »Der kann heit net weg, da is doch des Konzert von der Lizzy bei eich im Kulturzentrum. Da brauchen s' eam wegen der Technik.« Sie musterte Carolin. »Was is denn passiert?«

»Meine Autorin, die heute Abend im Kuppelsaal lesen soll, hat ihren Bus verpasst und hängt in Schwarzach-Sankt Veit am Bahnhof fest.«

Rosi zuckte mit den Achseln. »Dann nimmst halt mei Auto und fahrst selber«, schlug sie vor.

»Du würdest mir dein Auto leihen?« Carolins Miene hellte sich auf.

»Ja, freili.« Rosi wandte sich wieder ihrem Kochtopf zu. »I fahr heit nirgends mehr hin. Hab mit meiner Marmelad gnug z'tuan.«

»Rosi, du bist ein Schatz.« Carolin umarmte ihre Zimmerwirtin von hinten.

»Fahr fei vorsichtig«, antwortete Rosi. »Net dass d' an Unfall baust, weils d' es eilig hast.«

»Ich passe schon auf.« Carolin drückte ihr einen Kuss auf die Wange.

Rosi wehrte sie lachend ab. »Schau, dass d' weiterkommst. Der Schlüssel hängt draußen am Brettl, die Papiere san im Handschuhfach.«

»Danke, Rosi.« Carolin sah erneut auf die Uhr. »Wenn ich wirklich nur eine halbe Stunde bis Schwarzach brauche, dann reicht die Zeit locker. Ich muss mich gar nicht beeilen.«

Vorsichtig steuerte Carolin den alten roten Golf aus der Siedlung hinaus auf die Hauptstraße. Sie besaß zwar einen Führerschein, hatte aber in Düsseldorf keine Notwendigkeit für ein eigenes Auto gesehen, entsprechend war sie keine geübte Fahrerin. Aber über die gut ausgebaute

Bundesstraße nach Schwarzach-Sankt Veit zu fahren, das traute sie sich gerade noch zu. Die einzige Sorge bereitete ihr, in Schwarzach den Bahnhof zu finden – sie war noch nie da gewesen, und Handynavigation hin oder her, die Gefahr, dass sie sich dabei hoffnungslos verirrte, war absolut gegeben.

Carolin machte noch einen Abstecher zum Kulturzentrum, um Max Bescheid zu sagen. Sie fand ihn oben im Kuppelsaal, wo er gerade das Mikrofon testete. »Unsere Autorin hat den Bus verpasst«, erklärte sie und verzog das Gesicht. »Ich muss nach Schwarzach-Sankt Veit, um sie abzuholen. Aber wenn ich mich nicht verfahre, sind wir bestimmt pünktlich zurück.« Sie hob die Schultern. »Falls ich es nicht schaffe, müsste sich Frau Krauskopf in der Zwischenzeit um unsere Gäste kümmern und die Situation erklären.«

»Soll ich vielleicht mitfahren?«, fragte Max. »Ich bin scho fertig. Und ich kenn mich aus in Schwarzach.«

»Das würdest du tun?« Carolin sah ihn hoffnungsvoll an. Wenn jemand neben ihr saß, der den Weg kannte, würde sie sich wesentlich sicherer fühlen.

»Eh klar.« Max grinste. »Ich komm ja aus Bischofshofen, des is sozusagen in der Nachbarschaft.«

»Das ist gut.« Carolin seufzte erleichtert. Mit Max an ihrer Seite konnte nichts schiefgehen. »Das ist wirklich gut.«

Der Student erwies sich tatsächlich als angenehmer Beifahrer. Die meiste Zeit tippte er auf seinem Handy herum, und er kritisierte Carolin nicht ein einziges Mal. Er sagte nicht einmal etwas, als sie den Motor am Kreisverkehr in Bad Hofgastein abwürgte, sondern brummte nur: »Nach dem Bus da geht's.« Wenig später schaltete er das Radio ein. »Wegen dem Verkehrsfunk«, meinte er. »Net dass mir no in an Stau kommen.«

»Würde das denn etwas ändern?«, fragte Carolin. »Wenn es sich im Gasteinertal staut, können wir dem doch ohnehin nicht entgehen.«

»Stimmt scho.« Max hob die Schultern. »Ausm Tal aussi gibt's nur die Bundesstraßen. Aber sobald ma hinterm Klammtunnel san, kann ma auch anders fahren.«

Als sie das Gasteinertal verließen, wurde der Verkehr tatsächlich dichter, und am Ortseingang von Schwarzach gerieten sie prompt in einen kleinen Stau. Vor dem hatte sie der Verkehrsfunk nicht gewarnt, nur vor einer Vollsperrung der Tauernautobahn, aber die betraf sie zum Glück nicht. Erst als sie über die Salzach hinweg in Richtung Bahnhof abbogen, konnten sie den zähen Verkehr hinter sich lassen, und Carolin beschleunigte den alten Golf, der protestierend aufjaulte.

Frau Meinert saß auf einer Bank vor dem Bahnhofsgebäude und war in ihr Handy vertieft. Carolin erkannte sie von dem Foto auf dem Veranstaltungsplakat, an dem sie in den letzten Tagen mehrfach vorbeigelaufen war. Da wirkte die Autorin allerdings deutlich seriöser als heute: eine dezent geschminkte Dame mittleren Alters in typischer Schriftstellerpose mit der Hand am Kinn, in grauer Bluse und mit unscharfer Natur im Hintergrund. Heute dagegen erschien sie ein wenig aufgelöst, sie trug einen bunten Kaftan zu einer hellen Hose, und ihr rötliches Haar war hochgesteckt zu einem unordentlichen Dutt.

»Frau Meinert?«

»Liebe Frau Halbach!« Die Autorin sprang auf und kam Carolin mit ausgestreckter Hand entgegen. »Ich bin Ihnen ja so dankbar.« Theatralisch rollte sie mit den Augen. »Wer rechnet denn mit so was, dass der einzige Bus nicht auf mich wartet!«

Carolin schmunzelte. »Es hat ja alles geklappt«, sagte sie. »Wir sind rechtzeitig zurück, sodass Sie sogar noch in Ihrem Hotel einchecken können.«

»Darüber bin ich ausgesprochen froh«, sagte Frau Meinert und sah an sich herunter. »Ich muss mich unbedingt umziehen, bevor ich mich den Leuten zeigen kann.«

»Ich glaube, niemand würde sich daran stören«, antwortete Carolin. »Das steht Ihnen sehr gut.« Das war nicht einmal gelogen – tatsächlich wirkte die Frau in den bunten Farben deutlich jünger und vor allem viel sympathischer als auf dem strengen Foto.

»Das ist lieb, dass Sie das sagen.« Frau Meinert zwinkerte Carolin zu. »Aber ich habe schließlich einen Ruf zu verlieren.«

Carolin musste lachen. »Das ist Max, unser Student«, stellte sie ihren Begleiter vor. »Er hat mich hierher gelotst.«

»Grüß Ihnen, Frau Meinert.«

»Ah, ein Eingeborener mit Ortskunde?«, fragte Frau Meinert und kicherte. »Freut mich.«

In diesem Augenblick läutete es in Max' Hosentasche, und er zog sein Handy hervor. »Kevin, was gibt's denn?« Er entfernte sich ein paar Schritte vom Auto.

Carolin sah ihm stirnrunzelnd nach. Sie hatten zwar noch genügend Zeit, aber sie wollte trotzdem so schnell wie möglich zurück.

»Mir san in Schwarzach«, hörte Carolin ihn sagen. »I waß net, ob des geht.« Er warf Carolin einen unsicheren Blick zu. »I glaub net, dass sie des macht. Aber i kann s' fragen, klar.« Er senkte das Telefon und wandte sich an Carolin. »Frau Halbach, die Lizzy House hat grad im Kulturzentrum ang'rufen«, sagte er. »Die steckt mit ihrer Managerin in dem Stau auf der Autobahn, irgendwo bei Werfen. Des is sicher die Vollsperrung, was in die Nachrichten war. Der Schilling und die Axamer san in heller Aufregung wegen dem Konzert.«

Carolin hob die Brauen. »Was hat das mit uns zu tun?«

»Na ja, mir san sozusagen in der Nähe«, sagte Max. »Mir könnten sie vielleicht einsammeln.«

»Ich dachte, sie ist auf der Autobahn? Wenn da gesperrt ist, kommen wir doch genauso wenig hin wie sie von da weg. Oder nicht?«

»Ja, schon.« Max hob die Schultern. »Aber es kommt drauf an, wo sie grad is. Da gibt's Dienstwege und Zufahrten, über die ma vielleicht hinkönnt.«

»Und du kennst dich da aus?« Carolin runzelte die Stirn. »Wie weit ist das von hier?«

»Net weit. Zwanzig Minuten vielleicht«, gab Max zurück. »Der Kevin, der Freund, der mi ang'rufen hat, der arbeit jetzt in die Ferien im Veranstaltungszentrum, und der hat g'wusst, dass mir grad unterwegs san.« Er sah Carolin bittend an. »Des wär einfach ursuper, wann mir des machen täten.«

In diesem Augenblick läutete Carolins eigenes Telefon. »Ja?«

»Frau Halbach, hier spricht Axamer.« Die Stimme der Bürgermeisterin klang atemlos. »Ich hab gerade gehört, dass Sie in Schwarzach sind? Meinen Sie, Sie können die Lizzy irgendwie aus diesem Stau holen? Und sie herbringen? Unser Konzert, Sie wissen doch, wie wichtig das ist!«

»Frau Axamer, ich weiß noch nicht einmal, wo sich diese Lizzy gerade befindet. Wie stellen Sie sich das vor?«

Max hob sein Handy. »Der Kevin hat mir die Nummer von der Lizzy g'schickt. Ich ruf die jetzt an.«

Carolin hatte keine Zeit, sich zu wundern, wieso ihr schüchterner Praktikant auf einmal wie ausgewechselt erschien. Aus ihrem eigenen Telefon erklang erneut die Stimme von Frau Axamer. »Frau Halbach, das is a dienstliche Anweisung. Die Lizzy soll aussteigen und z'Fuß zur nächsten Ausfahrt gehen, und Sie holen sie da ab. Des is wirklich wichtig.«

»Unsere Lesung ist auch wichtig«, gab Carolin zurück. »Ich habe hier Frau Meinert im Auto, und sie muss ebenfalls pünktlich zu ihrer Veranstaltung kommen.«

»Aber da ist doch no mehr als genug Zeit.« Frau Axamer klang flehentlich. »Jetzt seien S' doch net so. Bitte.«

Frau Meinert war herangekommen, rumpelnd zog sie ihren Koffer hinter sich her. »Lizzy House?«, fragte sie. »Die tritt heute Abend auf?«

»Ja.« Carolin sah sie verwundert an. »Sie kennen sie?«

»Sie nicht?« Die Autorin lachte. »Meine Töchter spielen sie den ganzen Tag rauf und runter. Wenn ich denen erzähle, dass ich das Konzert von Lizzy House hätte retten können und es nicht getan habe ...« Sie schnitt eine Grimasse. »Ich bräuchte gar nicht mehr nach Hause zu kommen.«

»Na dann.« Carolin resignierte. Sie hob den Hörer wieder ans Ohr. »Frau Axamer? Wir versuchen es. Aber ich kann Ihnen nichts versprechen.«

»Scho klar.« Frau Axamer klang jetzt sehr erleichtert. »Danke, Frau Halbach. Und auch an die Frau Meinert.« Offenbar hatte sie die Worte der Autorin mitgehört.

Max hob sein Handy. »Ich hab den Standort«, sagte er. »Sie steckt a paar Kilometer vorm Helbersbergtunnel, der is g'sperrt. Da is zwar koa Abfahrt, aber a Parkplatz, den kenn ich. Da gibt's a Zufahrt. Kommen S'.«

Max hatte Frau Meinert den Sitz auf der Beifahrerseite überlassen und saß nach vorne gebeugt auf dem mittleren Platz der Rückbank – vermutlich nicht angeschnallt, aber Carolin hatte gerade keine Nerven, das mit ihm zu diskutieren. Von da aus gab er Carolin Anweisungen, wie sie zu fahren hatte, und das war auch gut so, denn die Stelle, zu der Max sie dirigierte, hätte sie im Leben nicht gefunden. Sie überquerten die Salzach auf einer Brücke, die kaum breit genug erschien für ihr Auto, und folgten anschließend einer so schmalen Straße, dass Carolin sich fragte, was sie im Fall von Gegenverkehr tun sollte – Platz zum Ausweichen gab es hier nicht. Aber sie hatten Glück, niemand kam ihnen entgegen. Anfangs gab es noch einige Abzweigungen, die offenbar zu einzelnen Gehöften führten, doch abgesehen davon zog sich das Sträßchen einsam über einen baumbestandenen Hügelrücken nach oben. Dicht und dunkel ragten Nadelbäume um sie herum auf, und einmal erhaschte Carolin einen Blick auf eine mächtige Brückenkonstruktion hoch über ihnen: Das musste die Autobahn sein.

Unerwartet war der Weg zu Ende – eine Schranke verhinderte die Weiterfahrt, dahinter verschwand die Straße um eine Rechtskurve nach oben. Carolin ließ den Wagen ausrollen und hielt vor der Schranke an. Ihre Hand schmerzte wieder, vermutlich weil sie das Lenkrad auf den letzten Kilometern so fest umklammert hatte.

»Und was jetzt?«, fragte sie und wandte sich zu Max um.

»Mir san da«, sagte der Student und hielt Carolin sein Handy hin, auf dem eine Straßenkarte zu erkennen war. »Hinter der Schranken geht's zum Parkplatz. Die Lizzy muss glei kommen.«

In diesem Augenblick tauchte eine Gestalt in der Kurve auf. Sie hob eine Hand, winkte und schien ihren Schritt zu beschleunigen, bis sie fast rannte. Carolin stieg aus, Max kletterte hinter ihr aus dem Fond, kaum dass sie die Fahrertür geöffnet hatte.

Im Gegensatz zu Frau Meinert hätte Carolin die Sängerin nicht ohne Weiteres erkannt. Auf dem Foto posierte sie in einem knallengen schwarzen Overall, stark geschminkt, eine E-Gitarre in der Hand, ihre pinkfarbenen Haare wie eine lodernde Flamme über ihrem Kopf. Die junge Frau, die ihr nun etwas außer Atem gegenüberstand, trug ganz normale Jeans, dazu eine weiße Sweatjacke und hellblaue Sneakers. Ihr tatsächlich pinkfarbenes Haar hatte sie zu einem Pferdeschwanz nach hinten gebunden, sie war ungeschminkt und sah völlig anders aus als auf dem Foto. Über der Schulter trug sie eine riesige Reisetasche, die Max ihr galant abnahm.

»Hallo allerseits«, sagte Lizzy und winkte in die Runde. »Danke schön für die schnelle Rettung.«

»Hallo, Liesel«, sagte Max und lächelte schüchtern.

Die junge Frau riss die Augen auf. »Max, bist du des? Der Puntschuh Markus aus der B-Klass?«

Max wurde rot und nickte. »Genau der.«

Lizzy fiel ihm um den Hals. »Des hätt i eigentlich scho wissen können, wies d' mi vorhin ang'rufen hast. Super, i g'frei mi!«

Max' Gesicht wurde noch eine Spur dunkler, unbeholfen tätschelte er Lizzys Rücken. »I g'frei mi a«, antwortete er mit belegter Stimme.

Carolin hob die Brauen. »Ihr kennt euch?«

»Mir san z'sammen in d'Schul 'gangen«, antwortete Lizzy. »In Bischofshofen.« Sie grinste. »I kumm ja a von da.« Unvermittelt wechselte sie ins Hochdeutsch. »Das weiß nur so gut wie niemand.«

»Elisabeth Hausberger«, erklärte Max. »Musikalisch war s' schon immer, die Lizzy, aber im Schulchor hätt si des kaner träumen lassen, dass aus ihr amal a Star wird.« Er klang so stolz, als wäre Lizzys Verwandlung zur Rockmusikerin ganz allein sein Werk.

Lizzy boxte ihn gegen die Rippen. »Geh, red net so bled.« Sie grinste. »Privat bin i immer no die Liesel.«

»Des will i hoffen.« Max nickte ernsthaft. »Weil sonst ...«

»Leute, wir müssen los!« Carolin unterbrach das Geplänkel und klatschte in die Hände. »Euer Wiedersehen könnt ihr auch im Auto feiern.« Sie deutete einladend auf die Rückbank.

Lizzy nickte und kletterte hinein. Max stellte die Reisetasche in den Kofferraum und folgte ihr. Carolin stieg ebenfalls ein und ließ den Motor an. Bevor sie den Rückwärtsgang einlegte, um zu wenden, sah sie auf die Uhr. Halb sechs. Es wurde knapp, aber wenn nichts mehr dazwischenkam, würde Lizzy gerade noch rechtzeitig zu ihrem Meet-and-Greet kommen. Nur zum Umziehen würde vermutlich keine Zeit mehr bleiben – die Besucher würden also eine ganz neue Lizzy House erleben. Max' Wunsch nach einem Meet-and-Greet mit Lizzy war hiermit jedenfalls mehr als erfüllt.

Die Rückfahrt verlief ereignislos, wenn man von dem ständigen halblauten Gekicher auf der Rückbank absah. Einmal gerieten sie in einen Stau, offenbar war das Fußballspiel in Sankt Johann zu Ende, doch Max kannte einen Schleichweg, der sie abseits der Bundesstraße über einen Hügel führte. Von hier aus hatte man einen schönen Blick auf die an der Salzach gelegene Stadt.

»Jetzt komm ich sogar noch zu einer Sightseeingtour«, bemerkte Frau Meinert vergnügt und sah aus dem Fenster. »Lizzy abzuholen war wirklich eine gute Idee.«

Carolin schmunzelte, aber im Stillen musste sie ihr zustimmen. Die Aktion hatte sich als überraschend einfach erwiesen, was natürlich in erster Linie Max zu verdanken war, der nicht nur die Kontaktaufnahme, sondern auch das Navigieren zum Treffpunkt bravourös gemeistert hatte.

»Lizzy, wieso bist du eigentlich allein?«, fragte Carolin. »Warum ist deine Managerin nicht mitgekommen?«

»Die Miriam wollt ihr Auto net stehen lassen«, antwortete Lizzy von hinten. »Die kommt dann nach, sobald die Autobahn wieder offen is.«

»Das verstehe ich.« Carolin lächelte ihr durch den Rückspiegel zu. »Hoffen wir, dass es nicht zu lange dauert.«

Lizzy nickte. »Des hoff i a.«

Carolin konzentrierte sich wieder auf den Verkehr, um die Abzweigung ins Gasteinertal nicht zu verpassen. Die Strecke kannte sie schon, auch wenn sie sie zum ersten Mal selbst mit dem Auto fuhr. Inzwischen fühlte sie sich schon deutlich sicherer als zu Beginn der Fahrt – sie war einfach nur aus der Übung.

Ihre Selbstsicherheit verschwand allerdings kurz nach dem Tunnel, der unter dem Klammstein hindurch ins

Gasteinertal führte: Auf dem Armaturenbrett blinkte eine rote Warnlampe auf. Sie versuchte, das Symbol zu erkennen, dabei geriet sie fast auf die Gegenfahrbahn, ein Lastwagen hupte, und mit klopfendem Herzen lenkte sie das Auto zurück. Das fehlte gerade noch, dass sie auf den letzten Kilometern einen Unfall baute!

Die Stimmen hinter ihr waren bei ihrem Manöver schlagartig verstummt.

»Was is passiert, Frau Magister?« Das war Max, er klang alarmiert.

»Da leuchtet was«, antwortete Carolin, doch sie wagte nicht mehr, die Augen von der Straße zu nehmen.

Frau Meinert beugte sich herüber. »Das ist nur die Reserveanzeige vom Tank«, stellte sie fest. »Sie müssen tanken.«

Max lehnte sich nach vorne. »Aber Sie san erst am Anfang von der Reserve«, konstatierte er. »Bis Bad Gastein geht sich des noch aus.«

»Bist du sicher?« Carolin machte das Leuchten nervös. »Ich glaube, ich würde lieber gleich tanken.«

Max zuckte mit den Schultern. »In Bad Hofgastein is a Tankstelle.« Er sah auf die Uhr. »Aber die Zeit is halt schon knapp. Die Lizzy muss ja zu ihrem Meet-and-Greet.«

»Wegen mir können mir a no tanken«, gab Lizzy zurück. »Die Leit können a fünf Minuten warten. Die wissen ja, dass i kumm, oder net?«

»Ja, schon.« Carolin sah Max im Rückspiegel lächeln. »I hab nix dagegen.«

Carolin konnte ein Grinsen nicht unterdrücken. Wenn es nach Max ging, dürfte die Fahrt vermutlich noch Stunden dauern. Sie selbst konnte allerdings nicht verhindern, dass sie immer wieder nervös auf die Tankanzeige schielte, und war entsprechend froh, als sie in Bad Hofgastein zu der von Max benannten Tankstelle einbiegen konnte. Natürlich fuhr sie erst mit der falschen Fahrzeugseite an die Tanksäulen heran und verärgerte einen Autofahrer in einem protzigen schwarzen Mercedes, als sie zweimal zurücksetzen musste, bis sie den richtigen Platz gefunden hatte. Zum Glück stand der Treibstoff, den das Auto benötigte, auf der Innenseite des Tankdeckels vermerkt – sie hätte sonst nicht einmal gewusst, was sie tanken sollte.

Als der Zapfhahn endlich im Einfüllstutzen steckte und der Diesel floss, war sie regelrecht erleichtert. Sie tankte voll, das war das Mindeste, was sie zum Dank für Rosi tun konnte, dann ging sie hinein, um zu bezahlen. Als sie wieder aus dem Gebäude kam, lief sie dem Fahrer des Mercedes in die Arme, und für einen Moment stutzte sie. Sie kannte den Mann! Er dagegen schien sie nicht wiederzuerkennen, er sah praktisch durch sie hindurch und ging eilig an ihr vorbei zur Kasse. Sie brauchte einen Moment, um sich zu erinnern. Das war doch einer der Russen, die sie gestern vor dem Hotel Salzburger Hof gesehen hatte, der jüngste der drei Männer, der als einziger eine Krawatte getragen hatte. Heute war er leger gekleidet, trug Jeans und ein helles Poloshirt, weswegen sie nicht sofort geschaltet hatte, aber er war es ganz bestimmt. Was er wohl in Bad Hofgastein wollte? Wobei Rosi ja angedeutet hatte, dass das russische Konsortium im gesamten Gasteinertal zugange war. Die Wiesneralm lag ja auch auf halber Strecke zwischen Bad Gastein und dem benachbarten Bad Hofgastein. Wer wusste schon, wonach sie hier noch ihre Finger ausstreckten.

Der Mercedes stand auf der anderen Seite ihrer Zapfsäule, die Seitenscheibe war heruntergelassen, und Carolin erblickte eine Frau auf dem Beifahrersitz. Sie öffnete ihre eigene Fahrertür und stieg ein. Die Frau wandte den Kopf, und zu Carolins Überraschung nickte sie grüßend. Carolin grüßte zurück und sah aus dem Augenwinkel, dass Max die Hand hob.

»Des war die Elfi«, erklärte er, während Carolin den Golf zurück auf die Straße lenkte. »Die, von der ich erzählt hab. Die im Bauamt arbeitet.«

»Ach so.« Während sie auf eine Lücke im Verkehr wartete, um wieder auf die Bundesstraße einzubiegen, warf sie einen Blick nach hinten. Der Russe war zurückgekehrt und stieg gerade in den Wagen. Seinem Gesichtsausdruck nach zu schließen, war das, was er da mit Elfi unternahm, keine reine Vergnügungsfahrt – seine Miene war finster, und die Frau neben ihm gestikulierte heftig. Er fuhr an und reihte sich hinter dem Golf ein.

»Jetzt geht's«, rief Max von hinten.

Eine Lücke hatte sich im Verkehr aufgetan, und Carolin trat aufs Gas. Der Mercedes des Russen folgte dicht hinter ihr, er klebte praktisch an ihrer Stoßstange. Carolin fuhr etwas schneller, der schwarze Wagen fiel zurück.

»Vorsicht, da kommt gleich a Radar«, sagte Max und deutete nach vorne. »Net dass s' uns no blitzen.«

Carolin nahm den Fuß vom Gas und schalt sich selbst für ihre Reaktion. Es gab keinen Grund, dem Russen davonfahren zu wollen. Auch wenn es schon verdächtig war, dass er sich ausgerechnet mit einer Angestellten des Bauamts traf. Sie runzelte die Stirn. Ob sie Herzinger davon berichten sollte? Hatte er nicht angedeutet, dass der ermordete Russe ein Verhältnis mit einer Mitarbeiterin der Gemeindeverwaltung gehabt hatte? Womöglich hatte dieses Treffen ja wirklich etwas mit dem Fall zu tun. Andererseits war das ein sehr weit hergeholter Verdacht. Weder wusste sie, ob diese Elfi wirklich die angebliche Geliebte von Goscha Rubinsky gewesen war, noch war gesichert, dass die Russen überhaupt etwas mit dessen Ermordung zu tun hatten.

Sie schüttelte den Kopf, als könnte sie ihre wirren Gedanken dadurch ordnen, und konzentrierte sich wieder auf den Verkehr.

Die Schneewittchen-Party

Zurück in Bad Gastein, fuhr Carolin direkt zum Kulturzentrum und stellte den Wagen vor dem Haupteingang auf der Plaza ab, genau dort, wo sie sich sonst selbst immer über die Falschparker ärgerte. Frau Meinert kletterte aus dem Auto, Max und Lizzy folgten eilig. Es war kurz nach halb sieben, und Lizzy bestand darauf, sich noch umzuziehen und zu schminken. »Die Leit wollen des so«, war ihre Antwort, als Max versuchte, sie davon zu überzeugen, dass sie auch in »normaler« Kleidung toll aussah. »Die wollen die Lizzy House und net die Hausberger Liesel.«

Carolin musste Max recht geben, aber sie verstand auch Lizzys Standpunkt. Ihr Bühnenoutfit war eine Rolle, in die sie schlüpfte, sobald sie sich in der Öffentlichkeit bewegte. Ohne ihren Lederoverall und den wild geschminkten Augen käme sie sich wahrscheinlich ähnlich unpassend gekleidet vor wie Frau Meinert in ihrer bunten Tunika.

»Ihr könnt in mein Büro gehen«, bot sie an. »Lizzy kann sich in der Mitarbeitertoilette schminken. Das geht schneller, als wenn ihr erst ihre Garderobe suchen müsst.«

»Lieb von Ihnen, Frau Magister.« Lizzy winkte ab. »Aber mei Make-up-Artist wartet scho in der Garderob auf mi. Der Max kann mir's ja zeigen.«

Max nickte. Er wuchtete Lizzys Reisetasche über die Schulter und winkte der Sängerin, ihm zu folgen. Carolin sah ihnen nach, als sie nach drinnen verschwanden, und erhaschte einen Blick auf Martin Schilling, der die beiden händeringend in Empfang nahm. Nun, immerhin war Lizzy hier, und der Make-up-Artist hatte noch – sie sah auf die Uhr – knapp zwanzig Minuten.

»Wie weit ist es zu meinem Hotel?«, fragte Frau Meinert. »Ich würde mich auch gern noch umziehen.«

»Das ist gleich da drüben«, antwortete Carolin und wies zum Hotel Elisabeth schräg gegenüber. »Soll ich Ihnen helfen?«

»Danke, es geht schon.« Frau Meinert ergriff ihren Koffer. »Aber wenn Sie mir eine Kleinigkeit zu essen organisieren könnten? Ich verhungere sonst.«

»Ich werde sehen, was sich machen lässt«, versprach Carolin. »In der Pause gibt es Häppchen, aber ich finde bestimmt vorher noch etwas für Sie.«

»Danke.« Frau Meinert enteilte mit dem Versprechen, in fünfzehn Minuten wieder da zu sein. Carolin überlegte kurz, dann überquerte sie mit raschen Schritten die Plaza und bog zum benachbarten Hotel Cäcilia ab. Für »richtiges« Essen war die Zeit zu knapp, aber mit etwas Glück hatte Sven die Snack-Vitrine bereits nachgefüllt, sodass sie sich dort bedienen konnte – natürlich gegen Bezahlung.

Das dem Hotel angeschlossene Bistro war bis auf den letzten Platz gefüllt, und Sven winkte ihr nur über die Köpfe der Gäste hinweg zu. Das Publikum war jung, bunte Haarmähnen und schwarze Klamotten prägten das Bild. Vermutlich würden all diese Menschen in einer halben Stunde am Eingang zum Kulturzentrum anstehen, um Lizzy House zu sehen. Martin Schilling hatte recht gehabt, die junge Sängerin war ein Publikumsmagnet.

Nun, ihr sollte es recht sein – jede erfolgreiche Veranstaltung kam auch ihrer Bibliothek zugute. Aber nun musste sie sich um ihren eigenen Star kümmern.

Sie zog an der Glastür der Vitrine, hinter der die Müsliriegel einsortiert waren, aber die Tür öffnete sich nicht. Carolin runzelte die Stirn. Ein Metallbügel war am Rahmen angeschweißt, der beim letzten Mal noch nicht da gewesen war, und daran hing – deutlich sichtbar – ein Vorhängeschloss. Natürlich, Sven hatte den Schrank nach dem Diebstahl vor zwei Tagen gesichert, alles andere wäre auch unverzeihlich dumm gewesen.

Sie drängte sich zwischen den Tischen hindurch und tippte dem Manager auf die Schulter. »Sven, ich brauche ein paar Müsliriegel«, sagte sie. »Hast du den Schlüssel?«

Er wandte sich zu ihr um. »Hi Carolin, kannst du einen Moment warten? Du siehst doch, was hier los ist.« Seine Miene wirkte genervt.

»Tut mir leid, ich habe es auch eilig«, erwiderte Carolin. »Ich wollte mir nur schnell ein paar Snacks greifen und wieder verschwinden.«

Sven verdrehte die Augen. »Ausgerechnet jetzt?«

»Ja, ausgerechnet jetzt.«

Er seufzte theatralisch. »Dann komm in Gottes Namen mit.« Er winkte ihr. »Aber beeil dich. Ich bin allein und habe nicht mit so einem Ansturm gerechnet.«

»Wo ist denn deine Bedienung?«, fragte Carolin. Sie musste fast laufen, um mit ihm Schritt zu halten.

»Die hat vorgestern überraschend gekündigt«, antwortete er. »Es war ihr wohl zu langweilig hier.«

»Langweilig?« Carolin hob die Brauen. »In Gastein ist es doch nicht langweilig.«

»Wenn du jeden Tag Party machen willst, dann schon.« Sven war am Tresen des Hotelempfangs angekommen und bückte sich dahinter. »Die Party spielt sich hier nur im Winter ab. Im Sommer ist tote Hose.«

»Außer wenn Lizzy House kommt«, merkte Carolin an und deutete nach draußen. »Der verdankst du die Invasion.«

»Ich weiß. Ich hab ja auch versucht, die Bärbel zu überreden, wenigstens bis zum Wochenende zu bleiben, aber da war nichts zu machen.« Er drückte ihr den Schlüssel in die Hand. »Bedien dich, und dann leg bitte den Schlüssel wieder hier in die Schublade. Die Hotelgäste wissen Bescheid.«

»Alles klar. Danke.«

Sven verschwand mit langen Schritten in Richtung Bistro. Diese Menge an Gästen allein zu bewältigen war eine riesige Herausforderung, und er tat ihr wirklich leid. Trotzdem musste sie sich um ihren eigenen Job kümmern. Sie ging zurück zur Vitrine, schloss das Vorhängeschloss auf und nahm eine Handvoll Müsliriegel und eine Flasche Orangensaft heraus. In der Ecke des Schranks stand ein kitschiges Plastikmurmeltier mit der Aufschrift »Willkommen im Gasteinertal«, das einen Schlitz auf dem Rücken aufwies und offenbar als Kasse fungierte. Carolin stopfte einen Fünf-Euro-Schein hinein und schloss den Schrank wieder ab. Sven war nirgendwo zu sehen, vermutlich war er gerade hinten in der kleinen Küche, also brachte sie den Schlüssel zurück an seinen Platz und machte sich auf den Rückweg zum Kulturzentrum.

Von Frau Meinert war noch nichts zu sehen. Ein Auto mit Münchner Kennzeichen wollte auf die Plaza einbiegen, sie trat ihm in den Weg und winkte dem Fahrer zu. »Hier ist kein Parkplatz, Sie können hier nicht stehen bleiben.«

Der Mann sah sie böse an, aber er setzte zurück und entfernte sich im Schritttempo, sichtlich auf der Suche nach einem kostenfreien Parkplatz. Offenbar verleitete Rosis alter Golf zum Falschparken, deshalb stieg sie ein, verließ die Plaza und fuhr das Auto hinüber ins Parkhaus. Es war voll, sie musste bis ganz nach oben, und sie beeilte sich mit dem Rückweg. Trotzdem stand Frau Meinert bereits auf der Plaza und sah sich suchend nach ihr um.

Julia kam die Treppe vom Dach herunter. »Frau Magister, wo bleiben S' denn?«

»Ich bin ja schon da.« Carolin war außer Atem, sie strich sich die Haare aus der Stirn. Sie hätte sich auch gern noch frisch gemacht vor der Veranstaltung, aber das konnte sie nun vergessen.

»Die ersten Gäst' san scho da«, sagte Julia und deutete nach oben. »Sie san bestimmt die Frau Meinert?«, wandte sie sich an die Autorin. »I bin die Julia.«

Frau Meinert nickte. »Freut mich, Sie kennenzulernen.«

Nun sah die Autorin tatsächlich aus wie auf dem Foto. Sie trug einen dunklen Hosenanzug und war dezent geschminkt. Ihr Haar hatte sie zu einem adretten Pagenkopf frisiert und mit so viel Haarspray fixiert, dass es sich keinen Millimeter bewegte, als sie Julia die Hand schüttelte. Wie die Frau das innerhalb von – Carolin sah auf die Uhr – nicht einmal fünfzehn Minuten hinbekommen hatte, war ihr ein Rätsel.

»Haben Sie etwas zu essen für mich aufgetrieben?«, fragte sie Carolin.

»Ja, klar.« Carolin riss sich zusammen. Die Hektik der letzten Stunden war auch an ihr nicht spurlos vorübergegangen. »Ich habe hier ein paar Müsliriegel und Orangensaft.« Sie förderte die Schätze aus ihrer Umhängetasche zutage. »Kommen Sie mit runter in die Bücherei, da können Sie in Ruhe essen. Wir haben noch zehn Minuten.« Sie wandte sich an Julia und drückte ihr alles in die Hand. »Begleitest du Frau Meinert, bitte? Ich gehe schon mal nach oben in den Kuppelsaal.«

Julia nickte und drehte sich zu Frau Meinert. »Kommen S', gnä' Frau. Da entlang.«

Carolin stand an das Podest gelehnt, vor dem Frau Meinert in einem wuchtigen Ohrensessel saß, ihren neuesten Krimi auf dem Schoß und ein Mikrofon vor dem Gesicht. Der mit geblümtem Samt bezogene Sessel mit den goldenen Troddeln war Carolins Idee gewesen. Im Kuppelsaal gab es keine Bühne, nur zwei kleine Emporen, auf denen man Musiker platzieren konnte, um die Akustik des Raums perfekt zu nutzen, doch für eine Lesung war der Autor da oben zu weit entfernt von seinem Publikum. Deshalb hatte Carolin einen Teil des Budgets zur Ausstattung der Bücherei für die Anschaffung eines nicht gerade billigen Ohrensessels im Barockstil aufgewendet. Dazu gehörte ein kleiner runder Tisch mit geschwungen Beinen, auf dem ein Glas Wasser stand. Das Ensemble passte wie die Faust aufs Auge in das futuristische Ambiente der Glaskuppeln und verfehlte seine Wirkung nicht: Es sah einfach fantastisch aus.

Carolin hörte nur mit halbem Ohr Frau Meinerts Altstimme zu, die gerade an einer besonders spannenden Stelle angelangt war und sich zu einem verschwörerischen Flüstern senkte. Alle Plätze waren besetzt, sie hatte ihr Publikum im Griff, und die Leute lauschten gebannt. In der ersten Reihe saß eine junge Frau mit rotem Haar und zwirbelte eine ihrer Locken, während sie gespannt lauschte, ein bebrillter Mann neben ihr hatte die Unterlippe zwischen die Zähne gezogen und schien den Atem anzuhalten.

Die meisten der großen dreieckigen Glasscheiben der Kuppeln waren einen Spalt weit geöffnet, doch Martin Schilling hatte sein Versprechen gehalten und das Meet-and-Greet am anderen Ende der Dachfläche aufgebaut. Carolin sah bunt gekleidete Menschen zwischen den Stehtischen, nur Lizzy konnte sie nicht entdecken, sie wurde vermutlich von dem Sichtschutz verdeckt, der die beiden Veranstaltungsbereiche trennte.

Sie musste lächeln beim Gedanken an Max, den sie vorhin bei der Begrüßung von Lizzys Gästen beobachtet hatte – er war keinen Moment von der Seite der jungen Frau gewichen und fühlte sich offenbar wie ihr persönlicher Leibwächter. Nun, sie gönnte ihm das Zusammensein mit seinem Star. Sie hoffte nur, dass Lizzys Freude beim Wiedersehen ehrlich gewesen war und sie nicht morgen wieder aus seinem Leben verschwand.

Frau Meinert schien zu einem Ende zu kommen. Sie hatte aufgehört zu lesen und trank einen Schluck Wasser. Carolin warf einen Blick auf die Uhr, ja, es war Zeit für die Pause. Sie nickte Julia zu, die hinter einem weiß gedeckten Tisch stand, auf dem Platten mit Keksen und Knabbereien auf die Gäste warteten. Ein lautes »Plopp« ertönte, als ihre Mitarbeiterin die erste Flasche Prosecco öffnete. Frau Meinert erhob sich, und Carolin trat ans Mikrofon.

»Wir machen nun zwanzig Minuten Pause«, verkündete sie. »Bitte bedienen Sie sich an den Erfrischungen, die wir für Sie vorbereitet haben.«

Eine Stunde später waren die letzten Gäste gegangen. Frau Meinert hatte noch Bücher signiert und Fragen beantwortet, bevor sie sich sichtlich müde verabschiedet hatte. »Schnell noch was essen und dann ins Bett«, sagte sie, als sie Carolin die Hand drückte. »Danke für die schöne Veranstaltung und natürlich für Ihren Taxidienst.«

»Ich habe zu danken«, antwortete Carolin und versuchte, das Knurren ihres Magens zu unterdrücken. Außer ein paar Keksen in der Pause hatte sie seit dem Morgen nichts gegessen. »Ich wünsche Ihnen noch einen schönen Aufenthalt.«

Am liebsten hätte sie die Autorin begleitet, aber sie konnte noch nicht weg. Seufzend warf sie einen Blick in die Runde. Julia stellte gerade die Gläser und Platten zusammen. Die Stühle würden sie morgen abbauen, aber den schweren Barocksessel würde sie nicht über Nacht unter den Kuppeln stehen lassen – der war zu teuer gewesen, und nach den Diebstählen der letzten Tage wollte Carolin keine Begehrlichkeiten wecken.

Sie gab sich einen Ruck. »Bringst du bitte die Gläser noch nach unten?«, bat sie Julia. »Dann kannst du auch gehen.«

»Brauchen S' mi net dafür?«, fragte Julia und deutete auf das geblümte Ungetüm.

Carolin winkte ab. »Ich sage Peter Bescheid, der wird mir helfen.«

Julia nickte und balancierte das Tablett zum Aufzug. Carolin hielt ihr die Türen auf, dann rief sie Peter

Brunneder an, der wenig später aus dem Aufzug trat. Gemeinsam wuchteten sie das schwere Möbel in die Kabine, es passte kaum in den Fahrstuhl. Carolin musste allein nach unten fahren, Peter würde gleich folgen.

Ächzend setzte sich das Gefährt in Bewegung. Die Aufzugsanlage war so alt wie das Gebäude, aber natürlich mit modernster Technik nachgerüstet worden. Trotzdem hatte Carolin immer ein mulmiges Gefühl, denn der Stahlzylinder des Aufzugsschachts verstärkte alle Geräusche zu einem metallischen Stöhnen, das wirklich gruselig klang.

Endlich hielt die Kabine mit einem weichen Ruck. Sie hob das Tischchen heraus, dann zog und zerrte sie an dem Stuhl, bis er endlich vor dem Aufzug stand. Die Türen schlossen sich hinter ihr, und sie stand im Dunkeln. Erschrocken sah sie sich um. Sie kam so gut wie nie hier herunter ins Untergeschoß, deshalb hatte sie keine Ahnung, wo sich ein Lichtschalter befinden mochte. Schnell drückte sie auf den Rufknopf des Aufzugs, um die Türen wieder zu öffnen, doch die Kabine war bereits nach oben entschwunden. Peter hatte sie wohl gerufen, denn die roten Ziffern der Anzeige änderten sich von »-3«, wo sie sich gerade befand, zu »-2«, dem Zugang zum Parkett des Eventsaals, »-1«, der Leselounge, »E«, dem Foyer und zuletzt zu »+1«, dem Kuppelsaal auf dem Dach des Gebäudes. Quälend langsam erschien ihr diese Fahrt, hinter den geschlossenen Türen ächzte und stöhnte es furchterregend. Sie biss die Zähne zusammen. Es gab keinen Grund zur Panik. Peter würde gleich kommen. Niemand war hier, ihr konnte nichts passieren. Es war einfach nur … dunkel.

Das Ächzen war verstummt, sie schloss die Augen und lauschte. Von fern war Musik zu hören. So tief im

Bauch des Gebäudes klangen selbst die wummernden Bässe gedämpft, sie vernahm sie nur als rhythmisches Vibrieren in ihren Fußsohlen. Sie öffnete die Augen wieder, die Anzeige des Aufzugs stand immer noch auf »+1«. Was trieb Peter so lange? Sie drehte sich einmal um ihre Achse. Hinter ihr befanden sich große Glasscheiben, doch dahinter war es stockdunkel. Die unterste Ebene des Gebäudes hing auf halber Höhe im Steilhang, umgeben von dichtem Wald und gestützt von mächtigen Betonsäulen, die die Geschoße darüber trugen. Kein Licht fiel herein, trotzdem hatten sich ihre Augen inzwischen ein wenig an die Finsternis gewöhnt. Sie blickte hoch zur Decke, wo sie die rohe Betonkonstruktion erahnen konnte. Rohre und Leitungen verliefen hier, kaum zu erkennen, und bildeten ein wahres Labyrinth von Verzweigungen: Die Adern des Gebäudes, ohne die überhaupt nichts funktionieren würde. Peter kannte sie wie seine Westentasche.

Endlich vernahm sie ein Geräusch in ihrem Rücken. Erneut ächzte es hinter den Türen des Fahrstuhls, sie fuhr herum und beobachtete, wie sich die Zahlen mit der sich nähernden Kabine änderten. Viel zu langsam, wie ihr schien. Doch schließlich knarzte es ein letztes Mal, und die Türen öffneten sich mit leisem Zischen, Carolin blinzelte in der plötzlichen Helligkeit, Peter stand vor ihr.

»Wieso hast denn kein Licht g'macht?«, fragte er und drückte auf einen Taster links an der Säule neben dem Aufzug. Mehrere Lampen flammten auf.

»Weil ich nicht wusste, wo der Schalter ist«, schnappte Carolin zurück. »Wo bleibst du denn so lange?«

»Tschuldige. Der Federmoser hat mi noch aufg'halten.«

»Sollte der nicht hinter der Bühne sein?« Carolin hob die Brauen.

Peter zuckte mit den Achseln. »Der war am Dach und hat telefoniert. Dann is er mit mir wieder obig'fahren.«

»Na, jetzt bist du ja da.« Carolin wies auf den Sessel. »Können wir?«

»Freilich.«

Peter packte mit an, und gemeinsam trugen sie das Ungetüm den Gang entlang, bis zu dem Raum, in dem die Stühle gelagert wurden. Peter schloss auf und knipste das Licht an. Tomatenrote Sitzflächen mit verchromten Beinen stapelten sich hier bis zur Decke. Beim Lizzy-House-Konzert heute wurden sie nicht gebraucht, es gab nur Stehplätze und im Parkett eine riesige Tanzfläche anstelle der Bestuhlung, aber bei Konzerten wie dem der Salzburger Symphoniker vor einigen Wochen wurden sie in langen roten Reihen im Eventsaal aufgestellt.

Carolin schob den Sessel in seine Ecke hinter der Tür, Peter verschwand, um noch das Tischchen zu holen. Carolin trat hinaus auf den Gang und blickte sich um. Angeblich gab es hier unten sogar einen Tresorraum, der noch aus der Zeit stammte, als die Stadthalle ein Casino beherbergt hatte, doch den hatte sie noch nie gesehen. Genauso wenig wie die meisten anderen Räume im Keller des Gebäudes – hier herunter kam sie normalerweise nie.

Die Neonbeleuchtung ging aus, sie wurde offenbar von einer Zeitautomatik gesteuert, aber diesmal war es kein Problem, denn aus dem Lager hinter ihr fiel genug Licht, sodass sie den Schalter fand und die Lampe wieder einschaltete. In diesem Moment kam auch Peter mit dem kleinen Tisch um die Ecke. Carolin half ihm, ihn neben dem Sessel an die Wand zu lehnen, wo er nicht im Weg sein würde.

Peter sperrte wieder ab, dann wandte er sich ihr zu. »Magst mitkommen und dir den Rest vom Konzert anhören?«, fragte er. »Wird eh nimmer so lang dauern.«

Carolin zögerte nur kurz, dann nickte sie. Zwar war sie müde und wirklich sehr hungrig, doch sie war neugierig auf Lizzys Musik und wollte sich die Chance nicht entgehen lassen.

Sie folgte Peter durch das Labyrinth der Gänge zu einer Treppe, die nach oben führte. Zur Rechten verschwand ein weiterer Gang im Dunkeln. »Da war früher der Durchgang zum Hotel Carinthia«, erklärte er. »Der is inzwischen natürlich zug'mauert, weil des Hotel ja no immer leer steht.«

»Ist so eine Immobilie mitten im Zentrum nicht interessant für das russische Konsortium?«

Peter schüttelte den Kopf. »Des is so kaputt, da traut si kaner dran. Net amal die Russen. Eigentlich kann ma des nur abreißen, aber des steht unter Denkmalschutz, deswegen kann si des keiner leisten.«

»Verstehe.« Carolin blickte den dunklen Gang entlang. »Das ist eigentlich traurig.«

»Natürlich, des is a Katastrophen.« Peter stieg die Stufen nach oben und sprach im Gehen weiter: »Die Annamirl wollt damals glei beide Gebäude kaufen, aber die Renovierung hätt si die Gemeinde net leisten können. Und so geht's halt immer mehr kaputt.«

Die Treppe endete an einem Absatz. Peter stieß eine Metalltür auf und trat hinaus auf einen hell erleuchteten, weiß getünchten Gang. Die Musik war hier deutlich lauter zu hören.

»Da vorn is der Lizzy ihr Garderob«, erklärte Peter. »Kumm, mir gehn zum Bühneneingang. Da hast den besten Blick.«

Carolin folgte ihm. Es ging ein paar Stufen nach unten, die Musik war nun so laut, dass sie Peter nicht mehr verstand, der irgendetwas sagte. Dann waren sie in dem großen Raum hinter der eigentlichen Bühne. Scheinwerferlicht geisterte diffus durch den schweren Vorhang, der den Bühnenbereich begrenzte. Peter winkte sie neben eine Glaswand, die zu einer abgetrennten Kabine gehörte, in der sich ein großes Pult mit zahllosen Knöpfen und Schaltern befand. Hier saß Manfred Federmoser, der technische Leiter der Bühne. Er nickte ihr grüßend zu und wandte sich wieder dem zu, was immer er da zu tun hatte – für Carolin ein Buch mit sieben Siegeln. Sie blinzelte ins Halbdunkel und erkannte Max, der ebenfalls am Rand der Bühne stand und rhythmisch in die Hände klatschte – ein Geräusch, das völlig unterging in der Kakofonie aus Gitarren, Keyboard, Schlagzeug und der Stimme von Lizzy House. Carolin musterte die Sängerin überrascht – dass in diesem zarten Persönchen so eine gewaltige Stimme steckte, hatte sie nicht erwartet. Lizzy selbst war kaum wiederzuerkennen. Ihr pinkfarbenes Haar war zu einer Mähne auftoupiert, die über ihr wie eine Fackel loderte, ihre Augen hinter blauem Glitzer-Make-up versteckt, so fegte sie in ihrem Catsuit über die Bühne.

Eigentlich war das nicht Carolins Musik, zu wild, zu laut, zu sehr regelloser Lärm, wie sie es zu nennen pflegte, doch tatsächlich machte Lizzys Anwesenheit einen Unterschied: Ob es daran lag, dass sie die junge Frau persönlich kennengelernt hatte, oder ob ihr Gesang doch eine

Qualität hatte, die etwas in Carolin ansprach – sie konnte es nicht sagen. Sie wusste nur, dass sie es mochte, und stellte fest, dass ihr Körper ganz ohne ihr Zutun begonnen hatte, im Rhythmus des Songs zu wippen.

Erst nach der dritten Zugabe fiel der Vorhang. Beim letzten Lied hatte Lizzy allein auf der Bühne gestanden, nur mit einer Akustikgitarre in der Hand, und eine alte Ballade von Bob Dylan interpretiert: *Blowin' in the Wind.* Das Publikum sang mit, viele hatten die Taschenlampen ihrer Handys eingeschaltet, ein Lichtermeer wogte hin und her, und Carolin war wie verzaubert. Dann war es vorbei, und sie fühlte sich, als erwachte sie aus einem Traum. Wann war sie zum letzten Mal auf einem Konzert gewesen? Sie wusste es nicht mehr, hatte es vergessen, so wie sie vergessen hatte, wie es sich anfühlte, so völlig loszulassen und sich nur der Musik hinzugeben. Vielleicht sollte sie öfter mal loslassen und die Dinge ein wenig lockerer angehen. Schlecht fühlte sich das nicht an.

Doch bevor sie diesen Gedanken vertiefen konnte, kam Lizzy auf sie zu, atemlos und strahlend. Sie lachte sie an, dann fiel sie Max um den Hals. »War des net super?«

»Oh ja.« Max tätschelte ihr den Rücken und blickte etwas hilflos zu Carolin hinüber.

Sie zwinkerte ihm zu. »Lizzy, das war wirklich großartig.«

Die junge Frau löste sich von Max und wandte sich Carolin zu. Ihre Haare türmten sich noch immer nach oben, offenbar durch Unmengen von Haarspray fixiert. Ihr Gesicht glänzte nass vor Schweiß, die Schminke war etwas verlaufen, und sie sah auf einmal sehr jung und verletzlich aus. »Danke, Frau Magister. G'freit mi, dass es Ihnen g'fallen hat.«

»Das hat es wirklich.« Carolin nickte nachdrücklich.

»Und d'Leit waren Gott sei Dank alle friedlich.« Revierinspektor Herzinger trat zu ihnen. Er war in Uniform und wirkte sehr dienstlich. Bis er seine Kappe abnahm und sich durch die rotbraunen Locken fuhr. »Ich fand's a super.« Seine Sommersprossen kräuselten sich, als er lachte, seine blauen Augen leuchteten.

Lizzy schaute sich suchend um. »Is die Miriam no net da?«

»Wen meinst du?« Carolin sah sie fragend an.

»Mei Managerin, die Frau Eckinger.«

»G'sehen hab i sie no net.« Manfred Federmoser war aus seiner Kabine gekommen. »Ob die am End no immer im Stau steckt?«

Carolin wandte sich zu ihm, im gleichen Augenblick erfasste sie ein Schwindel, sie schwankte.

Doch schon war Herzinger zur Stelle und griff nach ihrem Arm. »Frau Halbach, was is los?«

Carolin spürte, wie ihre Knie zitterten, alles drehte sich um sie, und unwillkürlich fasste sie nach Herzingers Schulter. Sie holte tief Luft und schüttelte den Kopf. »Ich glaube, ich habe nur zu lange nichts gegessen«, sagte sie. Ihre Stimme klang rau, fühlte sich nicht wie ihre an. Die Welt stand wieder still, doch vor ihren Augen tanzten Sterne.

Herzinger umfasste sie fester. »Sollen mir an Arzt rufen?«

»Aber nein.« Carolin versuchte halbherzig, sich aus seinem Griff zu befreien. »Es geht gleich wieder.«

Peter Brunneder schaute auf die Uhr. »Zum Essen wirst heut nirgends mehr was kriegen«, meinte er. »Außer bei der Rosi natürlich. Soll i sie anrufen? Sie kann di abholen kommen. I kann leider no net weg.«

»Kann sie nicht.« Carolin schloss einen Moment die Augen. »Ich habe mir doch ihr Auto geliehen.«

»Soll ich Sie ...« Herzinger sah sie fragend an.

»Oder Sie kommen einfach mit in mei Garderob«, fiel ihm Lizzy ins Wort. »Nach'm Konzert gibt's da immer was zum Essen.«

Carolin sah die Sängerin an. »Das kann ich doch nicht ...«

»Freilich können S'«, antwortete Lizzy resolut. »Sie haben mir heit Nachmittag ja a g'holfen. Kommen S'.« Sie marschierte los.

»Halt«, rief Peter Brunneder. »Wo gehen S' denn hin, Frau House? Da drüben müssen S' hin!«

Lizzy blieb stehen. »Des is des reinste Labyrinth da. San S' so nett und zeigen S' uns den Weg?«

»Klar.« Peter lachte und winkte sie in die andere Richtung.

Herzinger hatte Carolins Arm umfasst und ließ sie nicht los, und wie selbstverständlich schloss sich auch Max der Gruppe an.

Lizzy hatte recht behalten. Der Duft nach Oregano, Käse und Tomaten wehte ihnen entgegen, als Peter Brunneder die Tür zu ihrer Garderobe öffnete. Auf einem Tisch lag ein riesiger Pizzakarton, es gab eine Schale mit Obst und eine Schüssel voll mit Schokoriegeln. Getränke standen bereit, Wasser, Cola und Almdudler, und erinnerten Carolin einen Moment lang an den Toten von der Alm. Rasch verdrängte sie das Bild.

»Kommts eina«, sagte Lizzy und winkte sie mit theatralischer Geste herein. »Fühlts eich wie daham.«

»Danke.« Beim Geruch der Pizza wurde Carolin erneut schwindlig, gleichzeitig knurrte ihr Magen hörbar. Womöglich war das immer noch die Reaktion auf den Bienenstich, ging ihr durch den Kopf, denn so etwas kannte sie sonst nicht.

Herzinger machte nicht viele Umstände. Er griff nach einem Schokoriegel, packte ihn aus und drückte ihn ihr in die Hand. »Da, essen S' des.«

Carolin gehorchte. Sie biss ab, kaute, schluckte. Der Zucker schien ihren Kreislauf sofort zu fluten, schlagartig ging es ihr besser. In der Zwischenzeit hatte Lizzy den Karton geöffnet und bot den anderen Pizza an. Max griff zu, seine Miene wirkte erleichtert. Der Junge hatte wahrscheinlich auch seit dem Mittag nichts gegessen, ging Carolin durch den Kopf. Sie schluckte den Rest der Schokolade hinunter und nahm sich ebenfalls ein Stück Pizza.

Lizzy winkte sie zu dem tomatenroten Sofa, das an der Wand stand. Dankbar ließ sie sich nieder, die etwas labberige Pizza in der Hand balancierend.

Peter hielt ihr ein Glas Cola hin. »Da, trink des«, befahl er mit einer Stimme, die keinen Widerspruch duldete.

Carolin verzog das Gesicht. Sie mochte keine Cola, aber vermutlich würden der Zucker und das Koffein ihren Kreislauf beleben, also zwang sie sich, das halbe Glas auf einmal zu trinken. »Brrr.« Sie schüttelte sich.

Lizzy lachte und goss sich ebenfalls ein Glas ein. Ruhe kehrte ein. Auch Herzinger hatte sich ein Stück Pizza genommen, er lehnte am Türstock, die Dienstmütze hielt er in der freien Hand.

Nach dem zweiten Stück Pizza ging es Carolin deutlich besser. Lizzy hatte sich inzwischen die Schminke vom Gesicht gewaschen und sich umgezogen, war wieder in

Jeans und Sweatshirt, nur ihr Haar stand immer noch senkrecht nach oben – vermutlich würde sie es waschen müssen, damit es wieder normal fiel.

Carolin stand auf. »Ich glaube, jetzt schaffe ich den Heimweg«, sagte sie. Peter war wieder verschwunden, aber sie musste ohnehin noch Rosis Auto holen.

Herzinger öffnete die Tür, draußen war es still geworden. »Ich glaub, die anderen san alle schon weg«, meinte er und steckte den Kopf hinaus. »Hoffentlich haben s' uns net eing'sperrt.«

»Ich habe ja einen Schlüssel«, meinte Carolin. »Allerdings ist der in meiner Tasche, und die ist oben in meinem Büro.« Erschrocken sah sie Max an. »Julia hat bestimmt abgeschlossen.«

»Koa Problem«, antwortete Max. »Den Schlüssel hab i dabei.« Er klopfte auf seine Hosentasche.

»Gott sei Dank.« Carolin lächelte. »Dann muss ich dich leider bitten, mich zu begleiten.«

»I komm a mit.« Lizzy stand auf. »Allan tat i mi da unten doch nur wieder verrennen.«

»Also los.« Herzinger grinste anzüglich. »Is vielleicht eh besser, wenn die Frau Magister net allan im Gebäude umanand strawanzt.«

Carolin sah ihn erbost an. »Was soll das denn heißen?«

»Na, beim letzten Mal hab i Sie befreien müssen.«

»Stimmt.« Mit Schaudern erinnerte sie sich an den Vorfall vor einigen Wochen, als der Saboteur, der die Bauarbeiten des Eventbereichs zu stören versuchte, sie in einem Lagerraum für Putzmittel eingesperrt hatte. »Aber das war ja etwas anderes.«

»Scho recht.« Herzinger setzte seine Kappe wieder auf. »Dann gehn mir.«

Die Kleptomanin

Im Gänsemarsch folgten die anderen Carolin den hell erleuchteten Gang entlang. Sie stieß die Tür zum Treppenhaus auf. Die Künstlergarderoben schienen sich in einer Art Zwischengeschoß zu befinden, und sie hatte keine Ahnung, wohin die Treppe nach oben führte. Deshalb wandte sie sich nach unten, von wo sie zuvor mit Peter gekommen war. Da waren irgendwo die Aufzüge, die sie nach oben in die Leselounge bringen würden, und sie war zuversichtlich, den Weg auch ohne Peter zu finden.

Doch so weit kamen sie nicht. Als sie den unteren Treppenabsatz erreichten, blieb Carolin irritiert stehen – Stimmen waren zu hören, seltsam dumpf und wie aus weiter Ferne. Sie hob die Hand und lauschte. Nun war es wieder still. Nur das Atmen von Herzinger neben ihr war zu vernehmen. Sie kniff die Augen zusammen und spähte in die Dunkelheit des Ganges vor ihr. War da nicht ein schwacher Lichtschein zu sehen?

»Ich glaube, da vorne ist jemand«, flüsterte sie.

»Ja und?« Herzinger sprach ebenfalls leise. »Ist des verboten?«

»Das ist ein stillgelegter Verbindungsgang, der zum Hotel Carinthia führt«, flüsterte Carolin. »Da hat niemand etwas zu suchen.«

»Ein Geheimgang?« Das war Lizzy, mit unterdrückter Aufregung in der Stimme.

»Echt wahr?« Max kam heran. »Ich wollt immer schon wissen, wie man da eini kommt.«

Carolin wandte sich zu ihm um und sah ihn irritiert an. »Warum sollte man das wollen?«

»Angeblich is des Hotel no voll eingerichtet«, wisperte Max. »Im Internet gibt's Fotos von an Urbexer, der letztes Jahr drin war. Des is richtig cool da.«

Herzinger war einige Schritte in den Gang hineingegangen und lauschte. Schließlich schüttelte er den Kopf. »Nix mehr zum Hören.«

Er holte eine Taschenlampe aus der Hosentasche, knipste sie an und ließ den Lichtstrahl über die weiß gestrichenen Wände wandern. An der Decke zogen sich Rohre und dicke Kabel entlang und verschwanden in der Dunkelheit vor ihnen. Schließlich richtete er die Lampe auf den Boden. Carolin sog scharf die Luft zwischen den Zähnen ein.

»Da sind Reifenspuren!«

»Ich seh's.« Herzinger ging in die Hocke und musterte die kreideweißen Abdrücke auf dem betonierten Boden. »Turnpatschen, und a Fahrradl mit Trekkingreifen.« Er sah Carolin an. »Können die von Ihnerem Radl sein?«

»Ich habe keine Ahnung.« Carolin runzelte die Stirn und betrachtete die Spuren. »Kann sein. Doch. Der Verkäufer nannte es ein Trekking-Bike, weil man damit auf der Straße genauso gut fahren kann wie auf Feldwegen.«

»Ihr bleibts da. Ich schau mir des amal an.« Herzinger klang bestimmt.

»Kommt gar nicht infrage.« Carolin trat hinter ihm in den Gang. »Wer weiß, wie viele das sind. Außerdem geht es hier um mein Fahrrad.«

»Mir kommen auch mit.« Max warf Lizzy einen Blick zu, die junge Frau nickte mit leuchtenden Augen. »Des lassen mir uns doch net entgehen.«

Herzinger musterte seine Begleiter mit gerunzelter Stirn. »Aber des is …« Dann schien er sich zu besinnen und schüttelte den Kopf. »I kann euch net dran hindern.« Er hob den Zeigefinger und sah sie streng an. »Aber ihr machts genau des, was i sag. Und wann i sag, bleibts stehen, dann bleibts es sofort stehen. Ohne Diskussion.«

»Versprochen.« Max nickte ernsthaft. Dann schaltete er die Lampe seines Handys ein. »Die Spuren werden da vorn immer deutlicher«, meinte er. »Des is ja komisch.«

Herzinger rückte seine Kappe zurecht und winkte den anderen, ihm zu folgen. Das Licht seiner Taschenlampe erhellte einen schmalen Kegel rechts vor ihm. Er selbst hielt sich links, bemüht, die Fahrradspuren nicht zu betreten. Nach vielleicht zwanzig Metern blieb er stehen. »Da is a Mauer«, sagte er und wies nach vorn.

Carolin trat neben ihn und blinzelte. Seine Taschenlampe beschien eine unverputzte Wand aus Porenbeton, die bis zur niedrigen Decke reichte, wo sie eine Öffnung aufwies, durch die Rohre liefen. An der linken Seite war die Mauer durchbrochen, Carolin erkannte Spuren von Werkzeug an den brüchigen Kanten der Steine. Der Durchgang war nicht groß, maß vielleicht sechzig Zentimeter in der Breite und gut einen Meter in der Höhe, doch er reichte aus, dass ein Mensch hindurchsteigen konnte. Mitsamt Fahrrad offenbar. Die Reifenspuren verliefen geradewegs hindurch, deutlich zu erkennen in dem Schutt, der auf dem Boden lag.

»Da schau her«, sagte Herzinger. Er bückte sich und tauchte unter den Steinen hindurch.

Carolin folgte ihm und richtete sich ächzend auf der anderen Seite auf. Der Gang sah hier nicht anders aus als drüben: weiße Wände, grauer Betonboden, Rohre an der Decke, dunkel.

Max und Lizzy krabbelten ebenfalls durch den Mauerdurchbruch und blickten sich um. »Die Spuren gehn weiter«, stellte Max fest und leuchtete mit dem Licht seiner Handytaschenlampe den Gang entlang.

»Dann los, worauf warten mir noch?« Herzinger setzte sich wieder in Bewegung.

Schweigend drangen sie weiter in den Gang vor. Der Übergang zum Hotel Carinthia war so unspektakulär, dass sie ihn erst bemerkten, als rechts und links die ersten Türen auftauchten. Offenbar gab es hier ähnliche Lager- und Versorgungsräume wie auf der anderen Seite im Kulturzentrum.

Niemand sprach ein Wort, alle setzten ihre Füße nur leise auf, dabei waren die Stimmen, die Carolin zuvor vernommen hatte, inzwischen längst verklungen. Die Eindringlinge vor ihnen wussten ganz genau, wohin sie unterwegs waren. Sie dagegen mussten langsamer folgen, in abzweigende Gänge spähen und gut aufpassen, um die schwächer werdenden Fußabdrücke nicht aus den Augen zu verlieren. Die Spuren der Fahrradreifen waren schon längst nicht mehr zu sehen.

Schließlich endete der Gang an einer Treppe. Sie war schmal und eng und nicht beleuchtet. Natürlich nicht, woher sollte hier auch Strom kommen, dachte Carolin. Sie leuchtete mit ihrer Handytaschenlampe nach links, wo ein weiterer Gang abzweigte, doch das schwache Licht reichte nicht bis ans Ende. Sie wandte sich ab, der Treppe zu.

Herzinger ließ seine Taschenlampe ebenfalls kreisen, da hörte Carolin ihn lachen. »Was ist denn?«

»Is des Ihr Radl?«

Carolin kniff die Augen zusammen. Tatsächlich. In dem dunklen Gang zur Linken lehnte ein Fahrrad an der Wand. Die bunten Reflektoren an den Speichen glitzerten, der Scheinwerfer spiegelte das Licht von Herzingers Lampe. Eilig lief sie hin, griff nach dem Lenker und zog es an sich. »Ja, das ist es!« Dankbarkeit durchflutete sie. Ihr Fahrrad war wieder da! Und soweit sie das im Dunkeln erkennen konnte, schien es intakt zu sein. Nur von den Dieben war nichts zu sehen.

»Sehr gut.« Herzinger nickte zufrieden, dann deutete er auf die Treppe. »Kommen S', wir wollen doch wissen, wer des war.«

»Sollen wir das Fahrrad nicht mitnehmen?«, fragte Carolin. »Nicht dass der Dieb erneut damit flüchtet.«

»Der entwischt uns scho net.« Herzinger machte eine wegwerfende Handbewegung.

Carolin war sich da nicht so sicher. Aber sie wollte nicht streiten, im Gegenteil: Sie war genauso begierig, den Dieb zu schnappen wie der Inspektor.

Die schmale Treppe entließ sie in einen Bereich des Hotels, der wohl einmal der Verwaltungstrakt gewesen sein musste. Büros, eine Toilette mit einem Schild »Personal« und ein Aufenthaltsraum, in dem noch Spinde an der Wand standen, reihten sich in einem düsteren Flur aneinander. Kühl war es hier, kühler als im Keller, und es roch nach Muff und Moder. Das wenige Licht kam von vorn, der Gang mündete in die Hotelhalle, und Carolin blieb staunend stehen. Der Mamorboden war staubig,

Fußspuren waren deutlich zu sehen, ein riesiger Kronleuchter hing an der stuckverzierten Decke. Der Empfangstresen aus dunklem Holz schien unversehrt, auch wenn anstelle von Prospekten und Zeitschriften Bruchstücke von herabgefallenem Mauerwerk herumlagen. Trotzdem sah es so aus, als wären hier vor ein paar Tagen noch Gäste ein und aus gegangen, als bräuchte es nur einen tüchtigen Putztrupp, um das alte Hotel in neuem Glanz erstrahlen zu lassen.

Herzinger sah sich kaum um, sondern hielt den Blick auf den Boden gerichtet. Die Fußspuren liefen auf eine breite Treppe zu, die sich nach oben schwang. Roter Teppich kleidete die Stufen aus, das aufwendig verzierte Treppengeländer warf bizarre Schatten. Schatten? Carolin blickte zu den Fenstern. Die im Erdgeschoß waren von außen mit massiven, milchigen Platten verschlossen, die kaum das Licht der Straßenlaternen durchließen, doch durch ein vergittertes Fenster am Treppenabsatz fiel das Licht des vollen Mondes und erhellte das Treppenhaus. Auf dem roten Teppich waren deutlich die staubigen Fußabdrücke zu sehen, die nach oben wiesen. Herzinger setzte sich wieder in Bewegung.

Carolin folgte ihm und bemühte sich, ihre Füße leise aufzusetzen, bis sie die Treppe erreicht hatte. Der rote Teppich schluckte jedes Geräusch ihrer Schritte, sie hörte nur Max leise schnaufen, während sie Herzinger nach oben folgte.

Im ersten Stock blieb Herzinger stehen und lauschte. Die Taschenlampe hatte er ausgeschaltet. Auch hier war der Boden von einem roten Läufer bedeckt. Das Licht kam nur von den Fenstern im Treppenaufgang, der Flur, der sich nach rechts und links erstreckte, lag im Dunkeln. Nein, es war nicht ganz dunkel. Ein Stück weiter schien fahles Licht durch eine offen stehende Tür zu fallen. Herzinger legte den Finger an die Lippen und winkte sie vorwärts.

Leise schlichen sie den Gang entlang. Kurz vor der Tür hielt Herzinger erneut an. Nichts war zu hören. Doch dann: ein Rascheln. Das Knistern von ... Papier? Ein Räuspern. Herzinger spannte sich an, machte einen großen Schritt nach vorn, stand in der Tür und schaltete im selben Moment die Taschenlampe ein. Aus dem Zimmer ertönte ein leiser Schrei, etwas fiel zu Boden.

Carolin sprang vor. Mitten im Zimmer stand ein junges Mädchen mit weit aufgerissenen Augen. Aus dem Fenster hinter ihr fiel das Licht der Straßenlaternen, genug, um die Szene zu erhellen. Sie war knabenhaft schlank, trug eine zu große Jeansjacke und hatte raspelkurze Haare. In der Hand hielt sie einen Schokoriegel, in der Bewegung erstarrt, in der sie ihn gerade zum Mund führen wollte. Aus dem Augenwinkel nahm Carolin die Einrichtung wahr: ein aufgeschlagenes Doppelbett, ein Tisch mit geschwungenen Beinen, ein geschnitzter Stuhl, ein Schrank, vor dem ein großer Rucksack auf dem Boden lag. Kleidung lag herum.

Das Mädchen ließ den Schokoriegel fallen, wandte sich zum Fenster, das nur angelehnt gewesen war, und hechtete über die niedrige Fensterbank nach draußen. Carolin schrie halblaut auf, hörte, wie Max und Lizzy ebenfalls ins Zimmer kamen. Doch wie durch ein Wunder stürzte das Mädchen nicht ab – offenbar befand sich vor dem Fenster so etwas wie ein Vordach, nein, eher ein Balkon, das Mädchen schwang soeben einen Fuß übers Geländer. Ihre Augen waren immer noch in Panik geweitet. »Lassen Sie mich in Ruhe, oder ich springe!«, rief sie. Ihre Stimme war heiser, schien gar nicht zu ihrem jugendlichen Aussehen zu passen.

Carolins Gedanken rasten. Wie hoch mochten sie sein? Im ersten Stock, doch die Halle im Erdgeschoß war hoch, fünf Meter bestimmt, genug, um sich bei einem Sprung vom Balkon schwer zu verletzen, wenn nicht sogar Schlimmeres. Sie warf einen Blick zu Herzinger. Der war bleich wie ein Laken geworden, sein Gesicht wirkte verzerrt, er taumelte zurück und suchte Halt an der Wand.

Seine Frau, schoss Carolin blitzartig ins Bewusstsein. Das war genau die Situation, in der seine Frau … Sie trat einen weiteren Schritt auf das Mädchen zu. »Ganz ruhig«, sagte sie und versuchte, ihrer Stimme einen besänftigenden Klang zu geben. Fast unmöglich. »Mach bitte keine Dummheiten.«

»Gehen Sie weg!«, schrie das Mädchen. »Alle!«

Carolin blieb stehen. »Ich will doch nur mit dir reden. Bitte.«

»Der Polizist …« Die Stimme des Mädchens zitterte. »Ich will nicht …«

Rasch wandte Carolin sich um. Der Revierinspektor stand wie erstarrt an der Wand. »Herr Herzinger, bitte gehen Sie. Sie sehen doch …«

Von draußen auf dem Flur ertönten Geräusche. Eine Tür schlug, ein Keuchen, Schritte, die sich im Laufschritt entfernten.

»Komm, Max«, rief Herzinger, endlich aus seiner Starre erwacht. »Den schnappen mir uns!«

Max zuckte zusammen, dann ließ er Lizzys Hand los, die er festgehalten hatte, machte auf dem Absatz kehrt und folgte Herzinger nach draußen.

»Er ist weg.« Carolin wandte sich wieder dem Mädchen zu. »Bitte komm wieder rein. Dir wird nichts geschehen.«

»Bestimmt nicht?« Das Mädchen klang unsicher.

»Ich verspreche es.« Carolin hoffte inständig, dass sie das Versprechen würde halten können. Dass das Mädchen nichts Schlimmeres getan hatte, als ihr Fahrrad und ein paar Schokoriegel zu stehlen. Wenn sie mit Sven sprach …

Lizzy trat ans Fenster und streckte die Hand aus. »Komm, ich helfe dir.«

Das Mädchen zuckte zurück, dann wurden ihre Augen groß. »Bist du Lizzy House?«, fragte sie. Ihre Stimme klang ehrfürchtig.

Lizzy nickte. »Im Augenblick bin i die Liesel. Aber sonst … Ja. Ich bin's wirklich.«

Zaghaft streckte das Mädchen die Hand aus und ließ sich über die Fensterbank helfen. Carolin schloss demonstrativ das Fenster hinter ihr. »Habt ihr euch hier versteckt?«, fragte sie und sah sich um. »Im Hotel?«

Das Mädchen nickte. »Es war ja alles da«, sagte es leise. »Die Betten, sogar das Wasser im Bad funktioniert noch. Es gibt nur keinen Strom.«

»Verstehe.« Carolin betrachtete sie aufmerksam. Ganz so jung war sie doch nicht mehr, wenn sie ihr Gesicht aus der Nähe betrachtete. Vielleicht achtzehn? In jedem Fall strafmündig. »Wie alt bist du? Und wissen deine Eltern, dass du hier bist?«

Das Mädchen schniefte durch die Nase, Lizzy reichte ihr ein Taschentuch. »Ich bin siebzehn«, sagte sie ins Taschentuch. »Und meine Mutter glaubt, dass ich mit meinem Vater in Spanien bin.«

»Während dein Vater denkt, dass du bei deiner Mutter bist, nicht wahr?« Carolin sah sie fragend an. »Und du dachtest, du machst stattdessen allein Urlaub, ist es nicht so?«

Das Mädchen zerknüllte das Taschentuch in der Hand und nickte verzagt. »Wir wollten per Anhalter nach Italien«, flüsterte sie. »Aber dann sind wir hier …«, sie schniefte erneut, »… gestrandet. Sozusagen. Wir hatten nicht einmal mehr das Geld für den Tunnel.«

»Ihr habts geglaubt, ihr kommts von da per Autostopp nach Italien?« Lizzy lachte auf. »Des is der falsche Tunnel. Da fahrt nur der Zug durch.«

»Das haben wir auch gemerkt.« Das Mädchen ballte die Fäuste. »Wir wollten erst auch nur eine Nacht bleiben. Aber dann …« Erneut traten Tränen in ihre Augen. »Thorsten meinte, wenn wir genug Geld zusammenbekommen, können wir ein Zugticket bis nach Italien kaufen und müssen nicht mehr per Anhalter fahren.«

»Deshalb habts es … g'stohlen?« Lizzy sah sie erschrocken an. »Des war doch klar, dass ma eich erwischt. Mir san da aufm Dorf, da kann ma si net lang verstecken.«

»Es sieht nicht aus wie ein Dorf.« Das Mädchen zog die Nase hoch. »Thorsten meinte, hier sind Touristen. Und in den Bars und Diskotheken gibt's auch Möglichkeiten, an Geld zu kommen. Dass hier tote Hose herrscht, wussten wir nicht.«

Carolin unterdrückte ein Grinsen. Das Mädchen hatte recht – Bad Gastein verbrachte den Sommer nach wie vor in einer Art Dornröschenschlaf. Wo andere Wintersportorte den Trend erkannt hatten und ihre Berge mit Mountainbike-Trails, Klettergärten und Sommerrodelbahnen vermarkteten, setzte dieser Ort noch immer auf die klassische Sommerfrische mit Wandern und Bergsteigen. Was einen guten Teil seines Charmes ausmachte, und Carolin hoffte inständig, dass das auch so blieb. Aber natürlich kamen dadurch weniger Besucher, und vor allem gab es keine nächtlichen Besäufnisse mit entsprechendem Gedränge an der Bar, wo man vergleichsweise einfach an die Besitztümer der Gäste kam. Die einzige Diskothek befand sich in Badberg und gehörte Sepp Pechheim, dem windigen Ex-Freund von Julia, doch ohne fahrbaren Untersatz war das ein ganzes Stück zu laufen.

»Deshalb habt ihr das Fahrrad geklaut.« Carolin hob die Brauen. »Ihr wolltet damit eure Reichweite vergrößern.«

Das Mädchen nickte zaghaft. »Thorsten meinte, er kann damit bis Bad Hofgastein fahren. Da ist mehr los.«

»Verstehe.« Carolin seufzte. »Wie heißt du? Und woher kommst du?«

»Jana.« Das Mädchen setzte sich auf das Bett und knetete das Taschentuch in ihren Händen. Offenbar hatte sie jeden Widerstand aufgegeben. »Wir kommen aus Dresden.«

»Wir müssen deine Mutter anrufen«, sagte Carolin leise. »Sie sollte wissen, wo du bist.«

»Bitte nicht.« Erneut kullerten die Tränen. »Kann ich nicht einfach hierbleiben?« Mit nassen Augen sah sie Carolin an. »Ich könnte jobben, Geld verdienen. Bis ich genug zusammen habe, um ein Zugticket zu bezahlen.«

»Madl, ihr habts g'stohlen«, mischte sich Lizzy ein. »Des kannst net einfach ung'schehen machen.«

Carolin bedeutete ihr mit einer Handbewegung zu schweigen. »Vielleicht doch.« Sie sah Jana an. »Soweit ich das sehe, waren das ja nur Bagatelldelikte. Die Schokoriegel und mein Fahrrad. Und das ist ja wieder da.«

Jana schniefte. Dann nickte sie, aber sie sah Carolin nicht an.

»Oder war da noch etwas?« Carolin musterte das Mädchen erneut und bemerkte den Riss im Ärmel der Jeansjacke. »Die Parkscheinautomaten. Das wart auch ihr?«

Jana schlug die Hände vors Gesicht. »Das war Thorsten«, flüsterte sie. »Es war seine Idee. Damit würden wir auf einen Schlag genug Geld haben, meinte er.«

»Soso«, erklang Herzingers Stimme von der Tür. »Der junge Mann da behauptet allerdings, dass du des warst. Und dass du des Radl g'stohlen hast und beim Fahrradhändler ein'brochen bist.«

Carolin fuhr herum. Herzinger hielt einen Jungen im Polizeigriff, hatte ihm einen Arm auf den Rücken gedreht. Er schien ein wenig älter zu sein als Jana, ein zauseliges Bärtchen bedeckte sein Kinn. Als Herzinger seinen Griff verstärkte, ruckte er nach vorn, dunkelblonde Dreadlocks rutschten unter der Kapuze seines Pullovers hervor.

»Aber das stimmt doch gar nicht!« Jana war aufgesprungen und starrte ihren Freund wütend an.

Der machte eine fahrige Geste mit der freien linken Hand. »Halt die Klappe, Jana«, knurrte er. »Du bist noch minderjährig, dir wird nichts passieren.«

Herzinger schüttelte den Kopf. »Da warert i mir net so sicher.« Er sah das Mädchen an. »Du sagst, er war des?«

Jana nickte unter Tränen. »Ich habe nur die Schokolade geklaut. Und diese Spardose, die danebenstand.«

»Im Hotel Cäcilia«, erklärte Carolin. Unnötigerweise, denn Herzinger nickte. »Das Fahrrad war bestimmt er.«

Sie deutete auf Thorsten. »Erinnern Sie sich an den Haargummi? Vermutlich kann man ihm das sogar nachweisen.«

»Bestimmt kann ma des.« Herzinger nickte. »Der wird ja auch Fingerabdrück hinterlassen haben. Und wenn ma von ihr keine finden, is sie quasi entlastet.«

Das Mädchen ließ sich auf das Bett sinken, es wirkte erleichtert.

»Du kommst jedenfalls jetzt mit.« Herzinger drehte den jungen Mann herum. »Wir werden deine Personalien feststellen und deine Fingerabdrück nehmen. Wann ma die auch nur auf an einzigen Parkscheinautomaten finden, dann bist dran, Bürscherl.«

Thorsten bäumte sich in Herzingers Griff auf und versuchte, sich zu befreien. Max trat heran und griff ungeschickt nach seinem anderen Arm.

»In meiner Hosentaschen san Handschellen«, sagte Herzinger. »Gib mir die bitte.«

Max gehorchte, Herzinger ließ sie zuschnappen, einmal, zweimal. Thorsten stand wie ein begossener Pudel da, hatte den Kopf gesenkt und seinen Widerstand offenbar aufgegeben. Eine Erinnerung keimte in Carolin auf. Das junge Pärchen, das sie im Lesesaal der Bücherei an einem der Computer gesehen hatte. Thorstens Dreadlocks hatte sie für die einer Frau gehalten und Jana mit ihren kurzen Haaren für einen Jungen. Die beiden waren in der Bibliothek gewesen! Sie hätte gleich schalten müssen – junge Menschen, die an einen öffentlichen Computer gingen und keinen eigenen Laptop besaßen oder wenigstens ein Handy, das war zumindest ungewöhnlich. Aber Jana und Thorsten hatten mit einer solchen Selbstverständlichkeit agiert …

»Ihr wart gestern in der Bücherei, nicht wahr?«

Jana hob die Schultern. »Das ist aber nicht verboten, oder?«

»Nein.« Carolin lächelte ihr aufmunternd zu. »Ich habe euch da gesehen.«

»Wir haben recherchiert, was die Bahntickets kosten. Das war am Rechner einfacher als am Handy.«

»Verstehe.« Sie sah das Mädchen fragend an. »Dann wart ihr das auch, die nachts in der Leselounge waren?«

Jana nickte. »Wir mussten doch unsere Handys laden. Außerdem ist es da sehr bequem. Und wärmer als hier.«

Carolin musste ihr recht geben. Im Zimmer war es empfindlich kühl, die Mauern des alten Gebäudes strahlten eine Kälte aus, die sich langsam, aber sicher durch die Knochen fraß.

»Und du hast *Warrior Cats* gelesen.« Eine Feststellung, keine Frage.

»Sie haben das Buch gefunden.« Jana verzog das Gesicht. »Ich habe es schon vermisst.«

Carolin schüttelte den Kopf. Auf eine bestimmte Art erschien Jana deutlich jünger als ihre siebzehn Jahre, auch wenn sie so erwachsen tat und mit ihrem Freund durch halb Europa trampte.

»Was passiert nun mit mir?«, fragte Jana und sah Herzinger angstvoll an.

»Soweit ich seh, besteht kein Grund, sie einzusperren«, antwortete Herzinger, an Carolin gewandt. »Die Schokoriegel san a Bagatelle, des lasst si sicher klären.« Er nickte zu Jana hin. »Wollen net Sie des Dirndl mitnehmen?«

»Mitnehmen?« Carolin sah ihn irritiert an. »Wohin soll ich sie denn bitte mitnehmen?«

»Na zur Rosi. Die wird ja no Platz haben.«

»Ohne sie zu fragen?«

»Fragen Sie s' halt morgen früh.« Herzinger grinste. »Sonst sagen S' ihr, dass i des g'sagt hab.«

Carolin hob die Schultern. »Von mir aus. Aber auf Ihre Verantwortung.« Tatsächlich hatte sie nicht vorgehabt, das Mädchen in ihre Obhut zu nehmen. Aber offenbar blieb ihr nun nichts anderes übrig. Sie sah auf die Uhr. Es war fast Mitternacht. Aussichtslos, dass Jana heute noch ein Hotelzimmer oder sonst eine Bleibe finden würde. Abgesehen davon, dass sie dafür gar kein Geld hatte. Die einzige Möglichkeit war tatsächlich, sie zu Rosi mitzunehmen, denn hier konnte sie nicht bleiben. Morgen würde man weitersehen.

Sie sah Jana an. »Dann pack deine Sachen und komm mit.«

Obwohl Rosis Auto quasi in Sichtweite im Parkhaus hinter dem Hotel Carinthia stand, mussten sie den kompletten Weg durch den Verbindungsgang zurück zum Kulturzentrum laufen, um wieder hinauszukommen. Den Weg, den auch Jana und Thorsten benutzt hatten, um aus und ein zu gehen, denn aus dem leer stehenden Hotel gab es keinen Ausgang. Die Fenster im Erdgeschoß waren verbarrikadiert, die Türen verschlossen und gesichert.

Tagsüber sei das kein Problem, wie Jana erzählte, während sie den Gang entlanggingen. Das Kulturzentrum stand Besuchern offen, die Fahrstühle waren in Betrieb und brachten jeden, der es wollte, ins Untergeschoß, von wo aus man unauffällig im Verbindungsgang verschwinden konnte. Und nachts stiegen sie durch das Fenster eines Lagerraums im Untergeschoß aus, das sie angelehnt ließen, um wieder zurückkehren zu können.

»Woher habts es denn von dem Verbindungsgang g'wusst?«, fragte Herzinger zuletzt.

»Ich habe das mal im Internet gelesen«, brummte Thorsten. »Hätte nur nicht gedacht, dass das noch immer funktioniert.«

Herzinger verzog das Gesicht. »In Zukunft bestimmt nimmer«, erwiderte er und schob Thorsten durch den Mauerdurchstieg. Die anderen folgten, Max wuchtete Carolins Fahrrad hinterher. Das Surren der Gangschaltung im Leerlauf klang wie Musik in Carolins Ohren. Ihr Fahrrad war wieder da, das war beinahe das Wichtigste.

Es gab noch ein wenig Hin und Her, bis Carolin ihre Tasche aus dem Büro geholt und ihr Fahrrad sicher im Lager eingeschlossen hatte. Schließlich standen sie draußen auf der Plaza. Der Junge trug noch immer Handschellen und Herzinger seinen Rucksack. Der Polizist schob ihn mit der freien Hand zum Streifenwagen, den er auf der Plaza abgestellt hatte. Er öffnete die hintere Tür und ließ Thorsten einsteigen, dann warf er die Tür ins Schloss und wandte sich an Carolin. »Sie kommen morgen z'Mittag mit dem Dirndl zur Dienststelle, kann i mi drauf verlassen?«

»Natürlich.« Carolin nickte. Sie wollte sich abwenden, doch Herzinger machte keine Anstalten zu gehen, sondern sah sie unverwandt an, mit einem Ausdruck im Gesicht, den sie nicht deuten konnte.

Schließlich gab er sich einen Ruck. »Danke, Frau Magister«, sagte er. »Sie haben vorhin super reagiert.«

Carolin lächelte. »Schon gut. Ich sah ja, dass Sie …« Sie verstummte. Eigentlich durfte sie gar nichts wissen von der Tragödie um seine Frau.

Er nickte knapp und wandte sich zum Auto, ohne noch ein Wort zu sagen. Carolin sah dem Wagen hinterher, als er zurücksetzte und die Kaiser-Franz-Joseph-Straße nach oben verschwand. Dann drehte sie sich zu den anderen um. »Wir fahren jetzt auch.« Unvermittelt musste sie gähnen. »Wo müsst ihr hin? Soll ich euch mitnehmen?«

Lizzy deutete die steile Straße hoch. »I bin im Salzburger Hof«, sagte sie. »Des Stückerl geh i z'Fuaß.«

»Und ich komm mit«, sagte Max bestimmt und griff nach Lizzys Hand. Sie widersprach nicht, im Gegenteil, sie sah nicht so aus, als ob sie etwas dagegen hätte.

»Du denkst dran, dass wir morgen die Stühle wegräumen müssen?«, erinnerte ihn Carolin.

»Klar.« Max nickte. »Um neun bin i da.«

»Sehr gut. Dann wünsche ich euch noch einen schönen Abend.« Sie wandte sich an Jana. »Komm mit, mein Auto steht im Parkhaus.«

Trotz Carolins Versuch, sich leise und ungesehen ins Haus zu schleichen, stand Rosi vor ihr im Flur, als sie die Tür aufschloss. »Wo kommst denn jetzt erst her?«, fragte sie in vorwurfsvollem Ton. »Der Peter is scho längst daham. Und wer is des Madl da?«

Carolin verzog einen Moment lang das Gesicht, dann hob sie die Schultern. »Das ist eine lange Geschichte. Willst du die wirklich heute noch hören?«

»Freilich«, gab Rosi zurück. »Wannst mitten in der Nacht wen mitbringst, will i des schon wissen.« Sie stemmte resolut die Fäuste in die Seiten. »Also, erzähl.«

Carolin seufzte. Jana ließ ihren Rucksack zu Boden gleiten. »Das ist Jana«, stellte Carolin sie vor. »Ihr Freund hat mein Fahrrad gestohlen, und Herr Herzinger meinte, ich soll sie mitnehmen.«

Rosi starrte sie an. »Der Valentin hat des g'sagt?« Dann musterte sie Jana. »Du bist ja nur Haut und Knochen«, stellte sie fest. »Und du brauchst dringend a Bad.«

Jana hob die Schultern und sah unsicher zu Carolin. »Ich kann auch wieder gehen«, meinte sie mit verzagter Stimme.

»Nix da.« Rosi straffte die Schultern. »Wann der Valentin meint, ich soll auf dich aufpassen, dann bleibst da.« Sie wandte sich zu dem Schlüsselbrett an der Wand und musterte die Haken. Die meisten waren leer, Haus Sonnenschein war fast ausgebucht. »Zimmer 5 is heut no frei, die Gäst kommen erst morgen am Nachmittag. Dann schaun mir weiter.«

»Danke, Rosi.« Carolin umarmte sie kurz.

»Geh weiter.« Rosi schüttelte sie ab. »Und schau, dass d' ins Bett kommst.«

»Ja, Mama.« Carolin lachte. »Rosi zeigt dir dein Zimmer«, wandte sie sich an Jana. »Und bitte lauf nicht wieder weg.«

»Bestimmt nicht.« Jana gähnte. »Nicht, wenn es hier heißes Wasser im Bad gibt.«

»Aber sicher gibt's des.« Rosi deutete auf die Treppe. »Und jetzt auffi mit eich.«

Von Jana war noch nichts zu sehen, als Carolin am Samstagmorgen ihr Appartement verließ. Sie blieb kurz vor der Tür von Zimmer 5 stehen, sie war geschlossen, und Carolin hörte keinen Laut dahinter. Sie gab sich einen Ruck. Herzinger hatte ihr zwar quasi die Verantwortung für das Mädchen übertragen, aber sie war nicht seine Mutter, und außerdem war Rosi da: wie immer in der Küche, wo es frischen Kaffee und warme Semmeln gab.

Beim Frühstück berichtete sie ihrer Zimmerwirtin ausführlich von den Geschehnissen des gestrigen Abends.

»Im Hotel Carinthia?« Rosi konnte es gar nicht glauben. »Des Hotel steht seit bald zwanzig Jahr leer. A Schand is des.« Sie schlug auf ihren Brotteig ein.

»Es gibt einen unterirdischen Verbindungsgang zum Kulturzentrum«, erzählte Carolin. »Der war zwar mal zugemauert, aber offenbar wurde er aufgebrochen, und so kamen die beiden rein und haben sich in zwei der Zimmer eingerichtet. Eigentlich ein perfektes Versteck, da wird man bestimmt nicht gefunden.«

»Außer ma wird in flagranti erwischt.«

»Genau.« Carolin beschmierte die Semmelhälfte dick mit Honig. Es war der Almhonig von Gerald Grassl, wie sie feststellte, und er schmeckte wirklich ganz ausgezeichnet. »Jedenfalls ist dieser Thorsten ein ganz übles Früchtchen. Er hat mein Fahrrad gestohlen und ist im Fahrradladen eingebrochen. Und er war das vermutlich auch mit den Parkscheinautomaten. Für Jana gilt wohl eher mitgegangen, mitgefangen. Ich glaube nicht, dass sie kriminelle Ambitionen hat.«

»Des will i hoffen.« Rosi wandte sich mit mehligen Händen zu ihr um. »Was hat denn der Valentin g'sagt, was d' mit ihr tun sollst?«

»Ich soll sie heute Mittag zur Dienststelle bringen. Ich denke, er wird ihre Personalien feststellen und ihre Fingerabdrücke nehmen. Wenn sie die Wahrheit sagt, wird sie das entlasten. Und mit Sven vom Hotel Cäcilia werde ich sprechen, damit er die Anzeige zurückzieht.«

Rosi nickte. »Des is fein. I glaub a net, dass die Jana was ang'stellt hat. Da verlass i mi auf mei Menschenkenntnis.« Sie wandte sich wieder ihrem Brotteig zu.

»Ich muss zum Kulturzentrum«, sagte Carolin und stand auf. »Ich bin in zwei Stunden wieder hier. Passt du solange auf sie auf?«

»Eh klar.« Rosi lächelte. »Mach dir kane Sorgen.«

»Mach ich nicht.« Carolin legte Rosi den Arm um die Schulter und drückte sie kurz. »Bis nachher!«

Ein guter Plan

Carolin hatte nicht erwartet, dass Max pünktlich erscheinen würde, doch zu ihrer Überraschung war er bereits oben im Kuppelsaal und stapelte die Stühle übereinander. Er sah übernächtigt aus, aber sein Gesichtsausdruck ließ sich nur mit dem einer Katze beschreiben, die Sahne genascht hatte. Einer überaus glücklichen Katze. Er summte vor sich hin, als Carolin die Kuppel betrat, und sie meinte, *Blowin' in the Wind* zu erkennen. »Guten Morgen, Max.«

»Gu' Morgen, Frau Magister.« Er hob einen Stapel Stühle, als ob sie nichts wiegen würden. »Halten S' bitte die Aufzugtür auf?«

Carolin tat wie geheißen, dann sah sie sich um. »Du bist ja fast fertig.«

»Mir müssen die Sesseln nur no obifahren.« Er wandte sich ab, um den nächsten Stapel zu holen.

Carolin nickte und trug weitere Stühle herbei, die Max geschickt in der Kabine verstaute. Schließlich machte er eine einladende Geste. »Wollen S' scho fahren? Dann komm ich mit der nächsten Fuhr nach.«

»In Ordnung.«

Während sie der Aufzug ächzend nach unten brachte, gestattete sie sich das Grinsen, das sie die ganze Zeit unterdrückt hatte. Max und Lizzy. Soso. Einerseits freute sie sich für ihren Praktikanten, der ganz offensichtlich über beide Ohren verliebt war. Für ihn war letzte Nacht wohl ein Traum in Erfüllung gegangen. Ob Lizzy auch so empfand? Wenn sie ähnlich gestrickt war wie ihr Bruder, der seinen unsteten Lebenswandel immer mit seiner Arbeit begründete, die ihn alle paar Tage an einen neuen Einsatzort zwang, dann sah sie schwarz für eine ernsthafte Beziehung. Aber vielleicht war das bei Lizzy auch anders, schließlich kam sie von hier, und sie und Max kannten sich nicht erst seit gestern. Abgesehen davon ging sie das auch überhaupt nichts an.

Die Kabine hielt federnd im Untergeschoß und öffnete sich ins Halbdunkel des Vorraums. Heute war es hell genug, trotzdem tastete sie nach dem Lichtschalter und war erleichtert, als die Neonröhren aufflammten. Sie räumte die Stühle aus dem Aufzug, die Türen schlossen sich wieder, die Kabine verschwand nach oben. Kurze Zeit später rumpelte es im Liftschacht hinter ihr, offenbar war Max schon auf dem Weg nach unten.

Eine halbe Stunde später waren sie fertig, und Carolin stand draußen auf der Plaza. Mit Max' Hilfe war das wirklich schnell gegangen – er hatte es sichtlich eilig gehabt, zurück zu Lizzy zu kommen. Beim Abschied hatte er etwas von Lizzys Managerin gemurmelt, die sie nach Bischofshofen fahren würde, dann war er in Richtung Hotel Salzburger Hof verschwunden.

Carolin sah auf die Uhr. Ob sie Rosi noch ein paar Minuten länger mit Jana allein lassen konnte? Sie gab sich einen Ruck. Was sie vorhatte, kam schließlich auch Jana zugute. Entschlossen wandte sie sich nach rechts, auf das Hotel Cäcilia zu.

Sie hatte Glück, Sven stand hinter dem Tresen des Bistros und polierte Gläser. Heute war nicht viel los, das Frühstücksgeschäft war offenbar vorbei.

»Morgen, Caro«, begrüßte sie Sven. »Sorry, dass ich gestern Abend so kurz angebunden war. Hat alles geklappt?«

»Ja, klar, kein Problem.« Sie setzte sich auf einen der Barhocker und beschloss, nicht lange um den heißen Brei herumzureden. »Stell dir vor, wir haben letzte Nacht das Pärchen erwischt, das für den Diebstahl deiner Müsliriegel verantwortlich ist.«

»Und der Kasse«, fügte Sven hinzu. Seine Miene hatte sich verfinstert. »Ich hoffe, die beiden sind verhaftet worden?«

»Der Junge, ja.« Carolin nickte. »Er hat mein Fahrrad gestohlen und vermutlich auch die Parkscheinautomaten aufgebrochen. Hier und in Bad Hofgastein.«

»Und das Mädchen?« Sven hob den Kopf. »Was willst du mir sagen?«

»Jana ist erst siebzehn, und ich glaube, sie ist da in was reingeraten. Sie ist nicht wirklich kriminell.« Carolin sah ihn bittend an. »Könntest du dir vorstellen, die Anzeige zurückzuziehen?«

»Ernsthaft?« Sven hob die Brauen. »Carolin, sie hat gestohlen. Damit kann man sie doch nicht durchkommen lassen.«

»Du meinst, sie muss bestraft werden? Was soll das bringen?«

Sven stellte das Glas, das er gerade abgewischt hatte, auf die Theke, goss Orangensaft aus einer Flasche ein und schob es Carolin hin. »Caro, ich bin kein Mensch, der andere bestrafen will«, sagte er. »Aber ich will auch nicht so tun, als wäre nichts geschehen.«

»Das verstehe ich.« Carolin nahm das Glas und trank. »Aber wenn das Mädchen vorbestraft ist, bringt dir das dein Geld auch nicht zurück.«

Er machte eine wegwerfende Handbewegung. »Es geht doch nicht um die fünfzig Euro. Sie soll was draus lernen. Und wenn ich die Sache auf sich beruhen lasse, ist es das völlig falsche Signal.«

»Hm.« Carolin runzelte die Stirn. »Ich sehe deinen Punkt. Mir tut nur das Mädchen leid. Ihr Freund hat sie da in was reingezogen, das sie nicht mehr gestoppt bekommen hat. Kannst du das nicht nachvollziehen?«

»Doch. Schon.« Sven wandte sich ab und griff sich das nächste Glas.

Carolin sah ihm zu, wie er es polierte und dabei offensichtlich nachdachte.

Schließlich stellte er das Glas auf das Bord zu den anderen und wandte sich ihr zu. »Weißt du, Caro, ich versuche immer, Lösungen zu finden anstelle von Problemen. Die Anzeige zurückzuziehen ist sicher eine Lösung für das Problem dieser Jana, aber keine Lösung für mich. Das ist zu einfach.« Er nahm das nächste Glas und hob es ins Licht. »Schau dir dieses Glas an. Es ist sauber. Trotzdem poliere ich es. Weil der Gesamteindruck am Ende ein anderer ist.«

»Und du meinst, Jana einfach laufen zu lassen wäre der falsche … Gesamteindruck?«

»So ungefähr.« Er verzog das Gesicht zu einem anerkennenden Lächeln. »Und das ist auch schon die Lösung. Ich stehe hier und poliere Gläser, obwohl ich eigentlich ganz andere Dinge zu tun habe.« Er wischte ein letztes Mal über das Glas und stellte es ins Regal. »Frag sie, ob sie ihre Schulden nicht abarbeiten will. Sie kann hier im Cäcilia wohnen, und sie bekommt das gleiche Gehalt, das ich meiner letzten Bedienung gezahlt habe. Eine Woche auf Probe, und wenn sie sich geschickt anstellt, kann sie bis zum Ende der Sommerferien bleiben. Was hältst du davon?«

Carolin seufzte auf. »Sven, das ist eine wunderbare Idee. Ich werde es ihr gleich vorschlagen, und ich bin sicher, sie ist einverstanden.«

»Sehr gut.« Sven nickte und griff nach dem nächsten Glas. »Sie soll heute Mittag vorbeikommen. Sagen wir, um eins? Dann zeige ich ihr alles, und heute Abend kann sie anfangen. Wir haben ein Barbecue auf der Terrasse und einen DJ hier, da brauche ich dringend Hilfe.«

»In Ordnung.« Carolin trank den Orangensaft aus und rutschte vom Hocker. »Danke, Sven.«

Mit großer Erleichterung schwang sich Carolin wenig später auf ihr Fahrrad. Erleichtert in mehr als einer Hinsicht: vordergründig natürlich, weil ihr Fahrrad wieder da war und sie nun mit dem Rad zurück zu Haus Sonnenschein fahren konnte. Aber fast noch wichtiger war Svens Zusage, die Anzeige zurückzuziehen, falls Jana einverstanden war, bei ihm zu arbeiten. Carolin konnte sich keine bessere Lösung vorstellen.

Die Anzeige des Fahrradakkus blinkte gelb, offenbar hatte dieser Thorsten das Rad nicht wieder aufgeladen. Verärgert bog Carolin in die Zufahrt zur Parkgarage ein. Sie hatte sich auf eine etwas ausgedehntere Heimfahrt gefreut, aber ohne Unterstützung durch den Motor mochte sie die lange Steigung hoch zum Mozartplatz und den Anstieg zum Bahnhof nicht in Angriff nehmen. Also blieb ihr nur der Aufzug. Das Schild »Fahrräder verboten« routiniert ignorierend, schob sie das Rad in die Kabine, stellte es aufs Hinterrad, sodass die Tür sich schließen konnte, und drückte auf den Knopf mit der 11: die oberste Etage.

Von hier aus war es nur noch ein kurzes Stück hoch zum Gemeindeamt, das schaffte der Akku mit dem letzten Watt. Ab da ging es eben dahin, und Carolin trat fest in die Pedale. Mit erhitztem Gesicht und gründlich durchgelüftet kam sie bei Haus Sonnenschein an. Einen Moment lang sah sie hinüber zu der Baustelle. War das Haus womöglich noch höher geworden? Es sah fast so aus – offenbar sollte das Dachgeschoß eine Art Mansarde erhalten, was die Nutzung natürlich verbesserte, jedoch überhaupt nicht in die Siedlung passen würde. Sie konnte Rosi inzwischen verstehen.

Sie schob ihr Fahrrad in den Schuppen und schloss es an das Ladegerät an, dann betrat sie das Haus durch die Hintertür. Als Erstes warf sie einen Blick in die Küche, doch niemand war zu sehen. Sie eilte die Treppe hoch, nahm immer zwei Stufen auf einmal und klopfte an die Tür von Zimmer 5. Niemand antwortete. Ob Jana noch immer schlief? Sie klopfte nochmals, dann drückte sie leise die Klinke hinunter und schob die Tür auf. Das Zimmer war leer. Das Bett zerwühlt, ihr Rucksack lag auf dem Boden, Kleidung auf der Couch.

Carolin schloss die Tür wieder und runzelte die Stirn. Wo mochte das Mädchen sein? Sie ging die Treppe wieder hinunter und rief: »Rosi, bist du da?«

»Mir san im Wohnzimmer«, erklang es aus dem hinteren Bereich des Hauses.

Ein kurzer Flur führte zu den Räumen, die Rosi mit Peter bewohnte. Carolin war erst einmal hier gewesen, normalerweise spielte sich das Leben im Haus Sonnenschein in der Küche ab. Das Wohnzimmer war klein, aber gemütlich eingerichtet mit Möbeln aus hellem Holz, es gab viele Bücher und einen Fernseher. Auf dem Sofa saßen Rosi und Jana, ein Laptop stand vor ihnen auf dem Couchtisch.

»Die Jana hilft mir mit der Sach mit'm Bauamt«, erklärte Rosi. »Des Dirndl is echt g'schickt.«

»Ah.« Carolin trat näher und warf einen Blick auf den Monitor. Offenbar hatte Jana gefunden, was sie suchten, sie erblickte die Pläne aus der Baubewilligung, die Max ihr bereits per Mail zugeschickt hatte. »Ich hoffe, du kannst damit was anfangen.«

»Ja freilich.« Rosi grinste. »I hab die Annamirl für morgen zum Kaffee eing'laden. Da werd i sie damit konfrontieren.« Sie deutete auf die Bauzeichnungen. »Des hab i mir nämlich denkt, dass in die Pläne ganz was anderes steht, als die da drüben bauen.«

Carolin nickte. »Ja, so sieht es aus.«

Jana deutete auf den Bildschirm. »Soll ich das abspeichern? Oder ausdrucken?«

»Mei Drucker is kaputt«, antwortete Rosi. »Aber wannst es speichern könntst, des wär super.«

Das Mädchen nickte knapp und klickte mit der Maus. »Soll ich mir den Drucker mal anschauen?«, fragte sie. »Vielleicht kann ich ihn wieder in Gang bringen.«

»Des tätst machen?« Rosi strahlte. »Ja klar, bitte!«

Sie stand auf und ging in den Nebenraum, Jana folgte ihr. Durch die offene Tür erblickte Carolin einen Schreibtisch und ein offenes Regal mit Aktenordnern. Offenbar Rosis Arbeitszimmer, in dem sie die Büroarbeiten ihrer Pension erledigte.

Carolins Blick wanderte zum Monitor des Laptops. Jana hatte die Datei mit den Bauplänen bereits wieder geschlossen, nun war nur noch die Seite mit der Liste der erteilten Baubewilligungen zu sehen. Mit halbem

Ohr hörte sie, wie Jana und Rosi drüben über Kabel und Netzwerkanschlüsse sprachen, während ihr Blick beiläufig über die Zeilen glitt. Bei einem Eintrag blieb sie hängen: Wiesneralm. Sie stutzte. Wieso war zur Wiesneralm bereits eine Bewilligung erteilt, wenn doch der Verkauf der Alm noch gar nicht stattgefunden hatte? War das überhaupt rechtens? Sie klickte auf den Link. Mehrere Dokumente waren darunter gelistet, eines trug die Überschrift »Projektierungsplan«. Carolin rief es auf, und schon bei der Überschrift hoben sich ihre Augenbrauen: »High Level Lodge – Luxustraum im Alpenraum«.

Und worum es da ging, ließ sie mit jeder der aufwendig ausgeführten Zeichnungen fassungsloser zurück. Hier war nichts von dem Konzept zu erkennen, das Lois Grassl ihr skizziert hatte mit einem gemütlichen Hotel, regionaler Küche und einer sich harmonisch in die Landschaft fügenden, sanften Nutzung der Alm. Das hier war das komplette Gegenteil. Nach dieser Planung sollte auf der Wiesneralm ein hochmoderner Hotelkomplex gebaut werden, bestehend aus einzelnen Bungalows ähnlich einer Safari-Lodge, die sich um einen überdachten Pool- und Wellnessbereich gruppierten, der direkt neben dem Bach errichtet werden sollte. Genau an der Stelle, wo sich Gerald Grassls Kraftort befand.

Der Almboden dahinter sollte offenbar zu einem Golfplatz mit achtzehn Löchern werden, mit asphaltierten Straßen für die Caddys und einem ziemlich kitschigen Clubhaus in alpinem Disneyland-Stil. Die Planung sah auch eine Gondelbahn vor, die direkt über dem Wasserfall nach oben verlaufen würde, sodass die Besucher schon während der Fahrt in den Genuss dieses einmaligen Anblicks kommen würden. Die Stützen der Seilbahn sollten allerdings in der Felswand neben den herabstürzenden Wassern verankert werden, was den Charakter des Bergs nachhaltig verändern würde. Wobei anzunehmen war, dass den bisherigen Wanderweg hinter dem Schleierfall vorbei dann ohnehin niemand mehr nutzen würde – die Alm wäre sicherlich Privatgelände, und außer den Gästen und den Angestellten hätte wohl niemand mehr Zutritt.

Carolin ließ sich auf das Sofa sinken. Ob die Grassls von diesen Plänen wussten? Vermutlich schon, denn eigentlich musste der Eigentümer in solch einem Fall ebenfalls unterschreiben. Zumindest war das bei ihren eigenen Plänen so gewesen, die sie mit Herta Krauskopfs Haus hatte – ihre Mitarbeiterin, der das Haus noch gehörte, hatte den Antrag für den Umbau mitzeichnen müssen. Wobei es sich bei der Wiesneralm offenbar um gar keinen Bauantrag handelte, sondern um die Vorab-Bewilligung dieser Pläne. Natürlich wollten die Mitglieder des russischen Konsortiums schon vor einem Kaufabschluss sichergehen, dass die Gemeinde der von ihnen vorgesehenen Nutzung auch zustimmen würde. Aber so? In dieser Form?

Carolin schüttelte den Kopf. Sie klickte die Datei weg und klappte den Laptop zu, dann rief sie sie auf ihrem Handy auf und lud sie herunter. Es gab nur einen Weg, um herauszufinden, was es mit diesen Plänen auf sich hatte: Sie musste mit den Grassls sprechen und ihnen die Pläne zeigen. Doch erst musste sie Jana von Svens Vorschlag erzählen und sie dann zu Herzinger auf die Dienststelle bringen. Sie seufzte. Eigentlich war heute Samstag, Wochenende, und sie hatte sich endlich um ihren Haushalt kümmern wollen. Aber das konnte sie heute wohl vergessen.

Wenig später war Carolin mit Jana unterwegs zur Polizeidienststelle. Zu ihrer Überraschung war das Mädchen über Svens Vorschlag gar nicht glücklich.

»Ich will doch nach Italien«, protestierte sie. »Auf einen Job in Gastein habe ich keinen Bock.«

»Das hat gestern aber anders geklungen«, antwortete Carolin und sah sie vorwurfsvoll an.

»Ja, schon.« Jana senkte schuldbewusst den Kopf. »Aber da war ich in Panik, das habe ich nicht ernst gemeint. Eigentlich will ich nicht hierbleiben.«

»Jana, das hat nichts damit zu tun, was *du* willst«, erwiderte Carolin.

Sie warf einen Blick auf die Uhr. Es war zwölf, um eins sollte das Mädchen bei Sven vorstellig werden. Doch dazu musste Jana einverstanden sein, sonst würde Sven die Anzeige bestimmt nicht zurückziehen, und was Herzinger dann mit dem Mädchen tun würde, wusste Carolin nicht.

»Du hast einen Diebstahl begangen, und du solltest froh sein, dass du vergleichsweise billig aus der Sache rauskommen kannst.«

Jana verzog das Gesicht. »Wenn ich meinen Vater anrufe, bezahlt er diesem Sven bestimmt, was er haben will.«

Carolin blieb stehen und sah das Mädchen ernst an. »Ich glaube nicht, dass es Sven ums Geld geht. Er möchte, dass du verstehst, was du falsch gemacht hast.«

»Hab ich doch.« Janas Gesicht hatte sich verfinstert. »Das war doch alles Thorstens Idee. Allein wäre ich im Leben nicht auf den Gedanken gekommen, etwas zu klauen.«

»Aber nun hast du es getan und musst die Verantwortung dafür übernehmen.« Carolin setzte sich wieder in Bewegung.

Jana schloss zu ihr auf. »Das tue ich doch.« Ihre Stimme klang bedrückt. »Aber ich will da nicht arbeiten. Können Sie das nicht verstehen?«

»Nein.« Carolin warf ihr einen Blick von der Seite zu. »Du hast Blödsinn gemacht, und Sven gibt dir die Chance, es wiedergutzumachen. Die Chance solltest du nutzen.«

Jana blinzelte, Tränen glitzerten in ihren Augen. »Ich wollte das alles nicht.« Sie wandte sich ab. »Ich hätte doch besser aus dem Fenster springen sollen.«

Carolin fasste das Mädchen an der Schulter und blieb erneut stehen. »Jana, rede nicht so einen Unsinn.« Sie merkte, wie der Ärger ihre Stimme laut werden ließ, und atmete tief durch. »Du hast einen Fehler begangen. Ja. Aber das ist nicht das Ende der Welt. Es lässt sich alles wieder ins Lot bringen. Das geht allerdings nur, wenn du mitspielst.« Sie seufzte. »Oder hast du eine bessere Idee?«

Jana sah sie aus tränennassen Augen an. »Nein«, sagte sie schließlich. »Ich schätze, ich habe es nicht besser verdient.«

»Du solltest es nicht als Strafe betrachten, sondern als Chance.« Carolin lächelte ihr aufmunternd zu und ging weiter. Jana trabte mit gesenktem Kopf neben ihr her. »Hast du schon mal gekellnert?«

»Nein.« Jana hob die Schultern. »Vermutlich wird mich dieser Sven ohnehin gleich wieder feuern.«

»Sei doch nicht so negativ.« Carolin legte Zuversicht in ihre Stimme. »Wenn du dir Mühe gibst, wird er bestimmt zufrieden sein.«

»Meinen Sie wirklich?« Jana schien etwas Hoffnung zu schöpfen. »Na gut, ich versuche es. Aber wenn mich der irgendwie blöd anquatscht, dann …«

»Das wird er nicht.« Carolin unterdrückte ein Lachen. Offenbar hatte Jana eine völlig falsche Vorstellung von Sven und ihrem künftigen Job. Ob es wirklich funktionieren würde? Sie hatte jedenfalls ihr Möglichstes getan.

Herzinger saß hinter einem der Schreibtische. Er war allein in der Dienststelle und blickte ihnen eher unfreundlich entgegen, als Carolin Jana durch die Tür schob. »Ihr kommts aber spät«, brummte er.

Carolin runzelte die Stirn. »Wenn Sie keine Uhrzeit sagen, Herr Inspektor, können Sie nicht erwarten, dass wir pünktlich sind.«

»Scho recht.« Er stand auf und kam um den Schreibtisch herum. »Setzts eich dahin.« Mit der Rechten wies er auf einen Besprechungstisch in der Ecke. »Wollts an Kaffee?«

Jana schüttelte den Kopf. »Höchstens eine Cola«, sagte sie.

»Haben mir net.« Herzinger grinste. »A Glasl Wasser kannst haben.«

»Ich nehme gern einen Kaffee.« Carolin sah sich um. Die Polizeidienststelle in Bad Gastein bestand im Prinzip nur aus einem einzigen Raum. Nach vorne zur Eingangstür hin gab es eine Art Tresen, dahinter befanden sich ohne weitere räumliche Trennung zwei Schreibtische. Ein großer Aktenschrank, eine riesige Karte der Umgebung, ein Fahndungsplakat und ein Foto des Bundespräsidenten an der Wand vervollständigten die Einrichtung.

Herzinger war nach hinten verschwunden, wo Carolin eine Kaffeeküche und vielleicht einen Aufenthaltsraum vermutete. Mehr war in einem Ort, der im Normalfall nur viertausend Einwohner zählte, wohl auch nicht nötig.

Herzinger kam mit einer dampfenden Kaffeetasse wieder und stellte sie vor ihr ab. Dann ging er zu seinem Schreibtisch, holte einen Protokollblock und ein elektronisches Gerät aus der Schublade und setzte sich Jana gegenüber. »Mir nehmen deine Personalien auf, und ich brauch deine Fingerabdrück zum Abgleich«, sagte er und schob das Gerät ein Stück in ihre Richtung. »Wenn's stimmt, was d' sagst, und du mit die Parkscheinautomaten und dem Einbruch beim Fahrradhändler nix zum Tun hast, dann werden mir a nix finden. Dann bist damit entlastet. Dann is nur no die Sach im Hotel Cäcilia, die was d' zu'geben hast.«

Carolin hob die Hand. »Ich habe mit Sven gesprochen. Er ist einverstanden, die Anzeige zurückzuziehen.«

Herzinger hob die Brauen. »Einfach so?«

»Nein, nicht einfach so.« Carolin warf dem Mädchen einen warnenden Blick zu. »Jana wird bei ihm arbeiten und ihre Schuld auf diese Weise abtragen.«

Jana verdrehte die Augen, aber sie sagte nichts.

»Ah.« Herzinger lehnte sich zurück. »Na, i bin g'spannt.«

»Das wird bestimmt klappen.« Carolin klang zuversichtlicher, als sie sich fühlte. »Jana weiß, was sonst passiert.«

»Sicher?« Herzinger zog die Augenbrauen zusammen und sah sie streng an. »Da is außerdem immer no der Hausfriedensbruch im Hotel Carinthia und im Kulturzentrum. Vergiss des net.«

Jana nickte kleinlaut und sank in ihrem Stuhl zusammen. »Ich weiß.«

»Dann sag mir amal, wie du heißt.« Herzinger zückte einen Kugelschreiber.

Das Mädchen gehorchte. Sie hieß Jana Bobitz, war siebzehn Jahre alt und Schülerin. Sie nannte ihre Adresse und die Telefonnummer ihrer Mutter. Der Revierinspektor notierte alles, diesmal in deutlichen Druckbuchstaben, was bestimmt besser war, wenn Carolin an seine Klaue bei seinen Notizzetteln dachte.

»An deiner Stell tät ich dei Mutter selber anrufen«, sagte Herzinger. »Bevor mir des machen.«

»Muss das sein?« Janas Gesicht hatte sich verfinstert. »Sie macht sich dann doch nur Sorgen.«

Carolin sah sie erstaunt an. »Aber sie muss doch wissen, wo du steckst!«

»Sie glaubt ja, ich bin in Spanien bei meinem Vater.«

»Irgendwann werden deine Eltern doch miteinander telefonieren, und dann macht sie sich erst recht Sorgen.«

Jana schüttelte den Kopf. »Die reden nicht miteinander. Schon seit Jahren nicht mehr.«

»Verstehe.« Carolin biss sich auf die Unterlippe. »Trotzdem sollte sie wissen, dass du in Sicherheit bist.«

»Mhm.« Jana malte mit dem Finger Kreise auf der Tischplatte. »Sie wird sich furchtbar aufregen.«

»Des wird sie sowieso.« Herzinger. Er grinste. »Besser warerts, du bringst es hinter dich. Weil wann dieser Thorsten in seiner Aussage dein Namen sagt, machen des sonst die Kollegen.«

Das Mädchen schnitt eine Grimasse. »Was ist eigentlich mit Thorsten?«, fragte sie. »Wo ist er?«

»Der is in Sankt Johann in Gewahrsam und wird grad vernommen. Den Einbruch beim Fahrradhändler hat er scho zu'geben. Seine Fingerabdrück waren auf dem Schloss an der Tür. Und die Parkscheinautomaten werden s' eam auch noch nachweisen.«

»Und was passiert jetzt mit ihm?«

»Des kommt drauf an, was der Staatsanwalt entscheidet. Und was die Kollegen in Deutschland über ihn haben.«

Jana zog schniefend die Nase hoch.

Carolin hatte auf einmal ein schlechtes Gewissen. Immerhin war Thorsten ihr Freund, und es war sicher nicht einfach für sie, mit dieser Situation klarzukommen. Sie legte dem Mädchen die Hand auf die Schulter. »Wie lange seid ihr denn schon zusammen?«, fragte sie.

»Eigentlich gar nicht«, murmelte Jana so leise, dass sich Carolin vorbeugen musste, um sie zu verstehen. »Vermute ich zumindest.«

»Aber ich dachte …«

»Er gehört zu meiner Clique in Dresden«, sagte Jana. »Und wir sind zusammen abgehauen. Seither sind wir sozusagen … Also ich mochte ihn schon länger, deshalb bin ich überhaupt mit ihm mitgegangen. Aber so richtig zusammen sind wir wahrscheinlich nicht.« Sie schnaubte. »Sonst hätte er gestern ja nicht behauptet, dass ich das mit den Einbrüchen und dem Fahrrad war.«

»Stimmt.« Carolin nickte. »Ich glaube, er ist nicht der richtige Umgang für dich.« Sie tätschelte Jana den Arm und fühlte sich auf einmal ein wenig mütterlich. Und sehr hilflos.

Herzinger schob Jana den Fingerabdruckscanner hinüber und zeigte ihr, wie sie ihre Finger auflegen musste. Dann übertrug er alles in den Computer, druckte das Blatt aus und ließ sie unterschreiben. »Von mir aus kannst jetzt gehen. Aber du musst in Bad Gastein bleiben, bis des alles abgeklärt ist.«

»Etwas anderes bleibt mir ja ohnehin nicht übrig.«

Carolin nickte. Offenbar hatte sich das Mädchen in sein Schicksal gefügt. Sie sah auf die Uhr. »Ich habe mit Sven ausgemacht, dass du um eins im Hotel Cäcilia bist. Dann könnt ihr alles besprechen.«

Jana stand auf. »Kommen Sie nicht mit?«

Carolin schüttelte den Kopf. »Ich fürchte, da musst du allein durch.« Sie wies auf den Revierinspektor. »Ich habe mit Herrn Herzinger noch etwas zu bereden.«

Herzinger sah sie überrascht an, aber er sagte nichts, sondern nickte nur.

Jana wandte sich ab. »Dann bis später.« An der Tür blieb sie stehen und drehte sich noch mal um. »Ich sollte wohl Danke sagen.«

Carolin lächelte. »Das ist nicht nötig. Schau einfach, dass du jetzt das Richtige tust.«

Die Tür fiel hinter Jana ins Schloss, und Herzinger wandte sich Carolin zu. »Was wollten S' denn von mir?«

»Ich muss Ihnen etwas zu dem Almfall erzählen«, begann sie.

»Ah was.« Herzinger lehnte sich zurück und streckte die Beine aus. »War Miss Marple mal wieder unterwegs?« Er blinzelte ihr zu, und Carolin musste lachen.

»Sozusagen.« Sie wurde ernst. »Ich habe zufällig Einblick in die Projektplanung der Wiesneralm erhalten. Wissen Sie, was die Russen da vorhaben?«

»Naa.« Herzinger schüttelte den Kopf. »Woher soll i des wissen? Und is des wichtig?«

»Ich glaube schon.« Carolin hob die Schultern. »Die Familie Grassl wäre damit bestimmt nicht einverstanden. Zumindest Gerald Grassl nicht.«

»Ach.« Herzinger richtete sich auf und sah sie aufmerksam an. »Erzählen S'!«

»Offenbar soll da oben eine Art Luxusresort entstehen, eine riesige Anlage mit Wellnessbereich, einem Golfplatz im Almkessel und einer Gondelbahn am Wasserfall. Es sieht aus wie eine Filmkulisse. Vermutlich so, wie sich der durchschnittliche Amerikaner die österreichischen Alpen vorstellt. Auf alle Fälle hat es keine Ähnlichkeit mit dem, was Lois Grassl vorschwebt. Und schon gar nicht mit etwas, wozu man Gerald Grassl vielleicht überreden könnte.« Sie verzog das Gesicht. »Da, wo sein Kraftort ist, soll die Poollandschaft hinkommen. Womöglich noch gespeist aus dem Becken mit dem warmen Wasser. Dazu würde er niemals sein Einverständnis geben.«

»Hm.« Herzinger rieb sich die Nase. »Des macht den Gerald jetzt erst recht verdächtig.«

»Wie meinen Sie das?«

»Der Grassl Gerald is gestern festg'nommen worden.«

»Wie das?« Carolin riss die Augen auf. »Was ist passiert?«

»Des Kleinkaliberg'wehr, was Sie am Mittwoch g'funden haben, gehört dem Lois. Des hat der auch zu'geben. Aber die einzigen Fingerabdrück drauf san vom Gerald. Und er hat g'standen, dass er si an dem Sonntag in der Früh mit dem Rubinsky auf der Alm 'troffen hat.«

»Oha.« Carolin runzelte die Stirn. »Aber warum sollte er den Russen denn töten?«

»Des haben mir uns a die ganze Zeit g'fragt.« Herzinger nickte ihr zu. »Die Pläne, von die Sie mir grad erzählt haben, die wären a Motiv.«

»Aber wieso denn das?«

»Also.« Herzinger holte Luft. »Der Gerald hat ausg'sagt, dass er mit'm Rubinsky mit der Seilbahn auffig'fahren is und eam den Wasserfall und sein Kraftort 'zeigt hat.

Er wollt dem Russen klarmachen, wieso er net verkaufen will. Behauptet er zumindest.«

»Und wieso hat er ihn dann erschossen?« Carolin schüttelte den Kopf. »Das passt doch nicht zusammen.«

»Moment, des kommt glei.« Herzinger hob die Hand. »Angeblich hat der Rubinsky auf amal a Waffen in der Hand g'habt und hat den Gerald bedroht. Plötzlich is a Schuss g'fallen, und der Rubinsky is tot in dem Wasserbecken g'legen. Der Gerald hat si um'draht und hat an Mann auf'm Hügel hinter eam stehen g'sehen, mit an G'wehr in der Hand. In dem Moment hat der des G'wehr fallen lassen und is davong'rennt. Der Gerald behauptet, er weiß net, wer des war. Aber er sagt, der Mann hat eam des Leben g'rettet. Deswegen is er hin und hat des G'wehr versteckt, statt die Polizei z'rufen.« Herzinger schnaufte. »Des is sei Version von der G'schicht.«

»Aber kann das nicht die Wahrheit sein?«

»Wer soll denn sonst no da oben g'wesen sein?« Herzinger schüttelte den Kopf. »No dazu mit dem G'wehr vom Lois? Es hat ja kaner g'wusst, dass der Gerald si da mit dem Rubinsky treffen wollt. In aller Herrgottsfrüh. Naa, die Indizien deuten alle drauf hin, dass der Gerald ihn erschossen hat. Und wenn er von derer Planung g'wusst hat, wär des doch a Motiv.« Er hob die Hand und zählte an den Fingern ab. »Gelegenheit, Mittel und Motiv. Alles drei trifft zu. Er war vor Ort, er hat des G'wehr in der Hand g'habt, und jetzt haben mir sogar a Tatmotiv. Außerdem haben mir bei dem Russen gar koa Waffen g'funden.«

»Wenn Sie es so zusammenfassen …« Carolin hob die Schultern. »Ich kann es mir nur einfach nicht vorstellen. Ein Mensch, der an Kraftorte glaubt und dann so etwas tut, das passt doch nicht zusammen.«

»Sollt ma denken.« Herzinger nickte. »Aber die Indizienlage is eindeutig. Ich fürcht, des mit die Pläne bricht dem Gerald des G'nack. Zumindest werden die vom LKA des so sehen.«

»Aber es gibt doch keinen Beweis dafür, dass er die gekannt hat? Die Unterlagen des Bauamts sind erst seit gestern öffentlich einsehbar, und eigentlich weiß niemand davon.«

»Er is doch Eigentümer. Er hätt jederzeit Einsicht nehmen können.«

»Das ließe sich aber feststellen, oder nicht?«

»Sie meinen, über den Baudezernenten, den Pfeiffer Veit?« Herzinger wiegte den Kopf. »Sie haben recht, den könnt i fragen.«

»Herr Pfeiffer ist in Urlaub«, entgegnete Carolin. »Aber seine Mitarbeiterin, diese Elfi ist da. Das ist übrigens auch eine sonderbare Sache.« Sie runzelte die Stirn.

»Was denn no?« Herzinger sah sie erwartungsvoll an.

»Ich habe gestern Elfi mit einem der Russen gesehen. In Bad Hofgastein. Sie schienen sich zu kennen und hatten eine ziemlich heftige Diskussion.«

»Na ja, die Russen haben ja einiges vor in Bad Gastein. Klar kennen die die Leut vom Bauamt. Des is ja zu erwarten.«

»Auch, dass sie sich privat treffen? Also mir kam das komisch vor.«

Herzinger grinste. »Miss Marples Spürnasen in Ehren. Aber es is net immer glei alles verdächtig.«

»Natürlich nicht.« Carolin sah ihn verärgert an. »Aber wenn ein Vertreter des russischen Immobilienkonsortiums mit dem Bauamt mauschelt, sollte man dem doch nachgehen.« Sie hob die Brauen. »Vor allem, wenn der ermordete Russe angeblich ein Verhältnis mit einer Mitarbeiterin des Gemeindeamts hatte. Das haben Sie mir doch selbst erzählt.«

»Stimmt.« Herzinger hob den Kopf. »An des hab i gar nimmer denkt. Glauben S', des hat was mit seim Tod z'tun?«

»Das herauszufinden ist Ihr Job, Herr Revierinspektor.« Carolin stand auf. »Ich kann Ihnen nur sagen, was ich gesehen habe.«

Herzinger erhob sich ebenfalls. »Danke jedenfalls für die Info mit die Pläne. Dem werden mir glei am Montag nachgehen.«

Carolin nickte. »Ich glaube trotzdem nicht, dass das ein Motiv für Grassl ist. Niemand kann ihn zwingen, die Alm zu verkaufen.«

»Des is schon richtig. Außer er war einfach ang'fressen und hat den Rubinsky damit konfrontiert. Und dann is des Ganze eskaliert.«

»Nach den Plänen können Sie ihn ja fragen.«

Herzinger nickte. »Des werden mir bestimmt tun.« Er streckte ihr die Hand hin. »Auf Wiederschaun, Miss Marple.«

Carolin fühlte sich verwirrt, als sie aus der Polizeidienststelle wieder ins Freie trat. Gerald Grassl war verhaftet? Dieser Mann, der auf sie so ruhig und besonnen gewirkt hatte, sollte einen anderen Mann erschossen haben? Aus einer Situation heraus, die er doch völlig in der Hand hatte? Sie schüttelte den Kopf. Natürlich konnte sie die Gedankengänge der Polizei nachvollziehen. Wenn man Grassls Geschichte als Lüge betrachtete, lagen die Indizien klar auf der Hand: Er hatte den Russen getroffen, er hatte sicherlich Zugang zu der Waffe seines Neffen, die er gewählt hatte, um von sich abzulenken, und er hatte mit den Plänen ein Motiv. Pläne, die allem zuwiderlaufen mussten, wofür er stand und was ihm wichtig war. Pläne, die eigentlich jeder Mensch ablehnen musste, der ein Herz für die Bergwelt hatte. Die echte Bergwelt, die keinen künstlichen Zierrat und schon gar keine Kommerzialisierung in Form eines Vergnügungsparks für die High Society brauchte.

Tatsächlich gab es einen Menschen, mit dem sie über all das sprechen musste, um klarer zu sehen: Lois Grassl. Sie sah auf die Uhr. Es war kurz vor eins. Sie hatte keine Telefonnummer von ihm und auch keine Ahnung, wo ein Bauer an einem Samstagmittag zu finden war. Vermutlich im Wirtshaus oder zu Hause beim Mittagessen, wo auch immer das sein mochte. Aber das würde nicht schwer herauszufinden sein – sie war sich ziemlich sicher, wer ihr das sagen konnte.

Die goldene Kugel

Rosi war wie immer genau die richtige Quelle für solche Fragen. Sie wusste nicht nur, wo Lois Grassl wohnte, sondern hatte auch seine Handynummer. Allerdings ging niemand dran, die Verbindung brach nach zweimaligem Läuten ab. Carolin musste nicht lange nachdenken. Ihr Fahrrad war inzwischen aufgeladen, es war herrliches Wetter, und sie hatte das Bedürfnis, sich zu bewegen. Kurzerhand schwang sie sich aufs Fahrrad und fuhr los in Richtung Bad Hofgastein, dahin, wo nach Rosis Aussage Lois zu finden sein sollte.

Doch als sie an dem schmucken Bauernhof ankam, war niemand da. Auf ihr Läuten öffnete keiner, und als sie nach hinten zu den Stallungen ging, fand sie diese leer. Einige Hühner scharrten im Sand, ein Pferd schnaubte am Zaun, aber vom Besitzer des Hofs war weit und breit nichts zu sehen.

Sie umrundete das Gebäude und stand wieder vor dem Eingang. Versuchsweise drückte sie die Klinke, die Tür war unversperrt. Weit konnte Grassl nicht sein. Gerade überlegte sie, ihn nochmals anzurufen oder einen Zettel an seine Tür zu heften mit der Bitte um Rückruf, da erblickte sie eine junge Frau, die einen Buggy mit einem schlafenden Kleinkind die Straße entlang schob. Unter ihrem Kleid zeichnete sich eine deutliche Rundung ab, misstrauisch äugte sie zu ihr herüber. Carolin zog die Tür wieder ins Schloss und trat rasch vom Eingang zurück.

Die Frau war inzwischen näher gekommen, ihr Gesicht hellte sich auf. »Ah, Sie san des.«

Nun erkannte auch Carolin die Schwangere – es war Anna Grassl, die Frau von Lois Grassls Bruder Moritz, die sie beim Arzt getroffen hatte. »Hallo, Frau Grassl.« Carolin lächelte unverbindlich. »Wissen Sie vielleicht, wo ich Ihren Schwager finden kann?«

Die Frau grinste. »Haben Sie sich's doch überlegt mit eam?«

Genervt verdrehte Carolin die Augen. »Nein. Ich würde ihn nur gern sprechen.«

»Scho recht.« Die Frau blinzelte ihr zu. »Wann er net da is, dann is er bestimmt in die Berg. Bei so oan schen Wetter halt's doch neam'd drin.«

Carolin hatte Mühe, ihren Dialekt zu verstehen, aber sie reimte sich das Wichtigste zusammen: Lois war unterwegs. Und hatte in den Bergen wahrscheinlich keinen Empfang oder das Telefon komplett ausgeschaltet.

»Haben Sie eine Ahnung, wo er hingefahren sein könnte?«

»Meistens is er oben auf der Wiesneralm.« Anna Grassl musterte Carolins Outfit, dann warf sie einen Blick auf ihr Fahrrad. »Wollen S' damit auffifahren?«

Carolin schüttelte den Kopf. »Aber nein. Das ist ja kein Mountainbike.«

»Auf der Forststraßen tat des damit scho gehen«, gab die junge Frau zurück. Das Kind im Buggy begann zu strampeln, und sie schaukelte den Wagen am Griff. »Hauptsach, der Akku reicht.«

»Stimmt.« Carolin nickte ihr zu. »Danke für den Tipp.«

»Dann – viel Erfolg!« Mit einem Grinsen im Gesicht wandte Anna Grassl sich ab.

Carolin sah ihr kopfschüttelnd hinterher. Vermutlich hatte sie dem Dorfklatsch nun wieder neue Nahrung gegeben, aber sie konnte es nicht ändern.

Die Idee, mit dem Fahrrad auf die Alm zu fahren, gefiel ihr allerdings. Sie griff nach dem Lenker und prüfte den Akkustand. Er war noch fast voll, und von hier zu dem Parkplatz, von dem aus sie die letzten Male zur Wiesneralm aufgebrochen waren, war es nicht weit. Keine fünf Kilometer. Aber ob er reichen würde, um bis nach oben zu gelangen und dann die ganze Strecke zurück nach Bad Gastein, konnte sie nicht einschätzen. Andererseits hatte sie sich für genau solche Touren das Fahrrad gekauft, und vielleicht sollte sie es einfach ausprobieren. Sie setzte sich aufs Rad und fuhr los.

Eine Stunde später ließ Carolin ihr Fahrrad neben dem Pick-up von Lois Grassl ausrollen und stieg ab. Sie war außer Atem, ihre Haare kringelten sich feucht unter dem Helm, der Schweiß rann ihr übers Gesicht. Trotz der Unterstützung durch den Motor war die Auffahrt über die Schotterstraße anstrengend und kräftezehrend gewesen. Die langen Steigungen waren zwar gut zu bewältigen, aber die steilen Haarnadelkurven hatten sie mehr als einmal zum Absteigen gezwungen. Ob das an ihrer mangelnden Übung in solchem Terrain lag oder ob dafür ihr Motor einfach zu schwach ausgelegt war – sie wusste es nicht. Aber nun war sie oben, und der Akku zeigte immerhin noch knapp zwanzig Prozent. Für die Abfahrt würde sie keinen Motor brauchen, und mit etwas Glück kam sie damit noch bis nach Hause.

Sie blickte sich suchend nach etwas um, an dem sie das Fahrrad anschließen konnte, doch hier gab es nichts.

Die Forststraße wurde einfach immer schmaler und setzte sich als der Wanderweg fort, der über die Brücke hinweg zur Almhütte führte. Kein Pfosten, kein Baum war in der Nähe, und einfach am Weg wollte sie das Rad nicht abstellen, Fahrradschloss hin oder her. Nicht nach der Erfahrung der letzten Tage.

Seufzend schwang sie sich wieder in den Sattel, doch der aufgeweichte Wanderweg machte ihr sofort einen Strich durch die Rechnung. Im Tal war es in den letzten Tagen trocken gewesen, doch hier oben musste es geregnet haben, denn ihre Reifen fanden kaum Halt auf dem feuchten Untergrund, und sie konnte gerade noch einen Sturz verhindern. Die Bereifung, die für die Forststraße völlig ausgereicht hatte, war für echtes Gelände offensichtlich nicht wirklich geeignet. Sie stieg wieder ab und schob das Fahrrad neben sich her, während sie sich in Richtung Almhütte aufmachte. Schwache Reifenspuren waren am Boden zu sehen, kaum erkennbare Stollenabdrücke, die auf die Bohlen der Brücke zuliefen. Das mussten die Spuren von Bernhard Grassls Geländemaschine sein, ging ihr durch den Kopf, der hier vor drei Tagen entlanggefahren war. Natürlich, mit solchen Reifen hätte sie hier auch fahren können, anstatt das Rad zu schieben: ein grobes Stollenprofil, das selbst auf dem losen Untergrund des Wegs noch Halt fand, wo ihre deutlich schmaleren Reifen einfach wegrutschten, was ihr angesichts des Steilhangs zu ihrer Rechten nicht ungefährlich erschien.

Hinter der Brücke wurde der Weg felsig, Carolin mühte sich auf dem schmalen Pfad ab, der für sie und das Fahrrad kaum breit genug war. Sie passierte die Jausenbank und das Wasserbecken ein Stück dahinter, doch die Lust auf einen Almdudler verging ihr, als sie sich das Gesicht des toten Russen vergegenwärtigte. Sie beschleunigte ihren Schritt, es ging jetzt bergauf, das Dach der Hütte kam in Sicht. Auf der Bank im Schatten des heruntergezogenen Daches lag der große Rucksack, den sie bereits kannte. Der lange Lauf des Jagdgewehrs ragte oben heraus, doch vom Besitzer des Rucksacks oder seinem Hund war nichts zu sehen. Sie lehnte ihr Fahrrad gegen die Bank. »Herr Grassl? Sind Sie hier?«

Es polterte hinter der Hütte. »Moment, i komm glei!«

Carolin umrundete die Hütte und blieb am Zugang zu dem Schuppen stehen, in dem die Trossen der Materialseilbahn verschwanden. »Sind Sie da drin?«

»Ja.« Grassls Stimme kam aus dem Dunkel, das im Gegensatz zum strahlend sonnigen Tag draußen fast undurchdringlich erschien. Der Hund kam auf sie zu und beschnupperte ihre Beine, sie verbarg die Hände auf dem Rücken, unsicher, wie er auf ihr Eindringen reagieren würde. Schließlich fasste sie sich ein Herz und trat ein, der Hund folgte ihr. »Was machen Sie da?«

Er richtete sich auf. Offenbar war er damit beschäftigt gewesen, eine Autobatterie ins Regal zu wuchten. »I räum z'samm«, brummte er. »Die von der Spurensicherung haben alles durcheinander'bracht.«

»Ach so.« Carolin verzog das Gesicht. Natürlich hatte die Polizei die Materialseilbahn auf Spuren untersucht, wenn Gerald Grassl doch zugegeben hatte, dass er sie zusammen mit dem Russen benutzt hatte. Es hätte ja schließlich noch jemand anderes mit der schwankenden Kabine hochfahren können, zumindest musste das ausgeschlossen werden, wenn man Grassl die Tat nachweisen wollte.

Lois Grassl wischte sich die Hände an einem Lappen ab und streckte ihr die Rechte entgegen. »Grüß Ihnen, Frau Halbach«, sagte er. Selbst hier im Halbdunkel des Schuppens blitzten seine blauen Augen.

»Hallo, Herr Grassl.« Sie erwiderte den Händedruck.

»Was bringt Sie denn auf d'Alm?«, wollte Grassl wissen. »G'fallts Ihnen so gut da?«

»Das auch.« Carolin grinste schief. »Aber ich habe Sie gesucht.«

»Mich g'sucht?« Er lachte, seine Zähne leuchteten hell im Dämmerlicht. »Des g'freit mi. Aber wieso haben S' net einfach ang'rufen?«

»Habe ich ja versucht.« Carolin hob die Schultern. »Aber offenbar gibt es hier oben keinen Empfang.«

»Zumindest net überall.« Er nickte zustimmend. »Was gibt's denn so Wichtiges, dass S' deswegen extra auffakommen?« Er musterte sie von oben bis unten, sein Blick blieb an ihren Sneakers hängen. »No dazu mit solche Schuh?«

Carolin schmunzelte. »Ich bin mit dem Fahrrad hochgefahren. Dafür brauche ich keine Bergschuhe.«

»Aber da heroben scho.« Er schüttelte den Kopf. »Gibt nix Blederes als Leit, die mit die falschen Schuh in die Berg rennen.«

»Da haben Sie ja recht.« Carolin machte ein schuldbewusstes Gesicht. »Ich hatte nicht vor, hier heraufzufahren. Ich war bei Ihnen zu Hause, und da hat man mir gesagt, dass Sie vermutlich hier zu finden sind.«

Er nickte knapp und wandte sich zum Ausgang. »Dann kommen S'. Mir setzen uns hin und dann erzählen S' mir, was so wichtig is.«

Zu Carolins Überraschung schloss Lois Grassl die Tür zur Almhütte auf und bat sie herein. Staunend sah sie sich drinnen um. Die Hütte war offensichtlich massiv gebaut, die Wände weiß verputzt. Es gab nur zwei Räume: Die Eingangstür führte in eine Art Vorraum, dessen Boden aus gestampfter Erde bestand. Offene Regale mit Töpfen, Geschirr und anderem Hausrat waren zu sehen sowie ein großer Schrank, der Kleidung für eine ganze Kompanie beherbergen könnte. An der Rückwand des Raums befand sich ein steinerner Trog, in den der Auslass eines Wasserschlauchs ragte – offenbar war einer der vielen Bäche der Alm angezapft worden, um Wasser in die Hütte zu leiten.

Links ging es in eine Art Wohnstube, die gleichzeitig als Schlafquartier diente: Vier Betten standen im hinteren Teil des Raums, während der vordere Bereich von einem großen Tisch mit Bänken und Stühlen, einer Arbeitsplatte sowie einem riesigen altmodischen Holzofen dominiert wurde. Carolin rieb sich über die Arme, es war fast unangenehm kühl. Grassls Hund kam herein und ließ sich mit einem hörbaren Plumps neben dem Ofen auf den Holzboden fallen.

Grassl stieß die Fenster auf, warmes Sonnenlicht flutete den Raum. »Wollen S' was trinken? An Kaffee vielleicht?«

Carolin hob die Brauen. »Kaffee? Hier oben?«

Er zwinkerte ihr zu. »Mir haben Solar am Dach und an Wechselrichter, mit dem kann ma d'Maschin betreiben. Zumindest wann d'Sonn scheint.«

»Ah.« Carolin nickte. »Dann nehme ich gern einen Kaffee.«

Grassl holte eine Kaffeemaschine und ein Paket Kaffeepads aus dem Schrank und füllte den Wassertank draußen am Wasserschlauch auf. Wenig später stand eine dampfende Tasse Kaffee vor Carolin, und sie pustete auf die Oberfläche, bevor sie vorsichtig einen Schluck nahm.

»Also, was wollten S' mir erzählen?«, fragte Grassl und setzte sich mit einer zweiten Tasse auf den Stuhl gegenüber.

»Kennen Sie die Pläne, die die Russen mit der Alm haben?«, fragte Carolin zurück.

»G'sehen hab i die nie«, gab Grassl zu. »Der Onkel hat erzählt, dass s' a Hotel bauen wollen und a neue Seilbahn.«

»Das ist so weit auch richtig«, antwortete Carolin. »Aber das Hotel soll ein riesiges Luxusresort werden und der Almboden ein Golfplatz.«

»A Golfplatz?« Grassl lachte verächtlich auf. »Bledsinn. Da heroben liegt von September bis Mai der Schnee. Da kann koaner Golf spielen.«

»Schneegolf vermutlich schon«, gab Carolin zurück. »So wie das aufgezogen werden soll, scheinen die Jahreszeiten kein Hindernis darzustellen.«

»Woher haben S' des überhaupt?«

Carolin berichtete von dem Serverproblem der Gemeinde, das dazu geführt hatte, dass Datenbanken wie die vom Bauamt auf einmal öffentlich einsehbar waren. Sie zog ihr Handy aus der Tasche und rief die Datei mit der Projektplanung auf. Zum Glück hatte sie sie bei Rosi heruntergeladen, denn hier in der Hütte hatte sie tatsächlich keinen Empfang. Sie schob Grassl das Handy hin und deutete auf die Zeichnung. »Sehen Sie selbst.«

Zischend zog er die Luft zwischen den Zähnen ein. »Des is ja …« Er nahm ihr das Handy aus der Hand und vergrößerte den kolorierten Plan. »So was wollen die da machen?«

»Zumindest scheint das Projekt so bewilligt worden zu sein.«

Grassl schüttelte den Kopf. »Wer hat denn des ein-g'reicht? Von uns war des niemand.«

»Das werden wohl die Russen gewesen sein. Sie werden kaum investieren ohne die Sicherheit, ihre Pläne auch verwirklichen zu können.«

»Des is scho klar.« Grassl runzelte die Stirn, offenbar dachte er nach. »Trotzdem muss doch aner von uns Eigentümern mit unterschreiben für an Bauantrag.«

»Vielleicht ist das bei einer Projektplanung nicht notwendig.«

»Oder die G'fraster am Bauamt haben des hinter unserm Rucken g'macht.«

Carolin neigte den Kopf. »Oder so. Aber das würde doch spätestens beim Verkauf auffliegen, oder nicht?«

»Net, wann des alles glatt über die Bühne geht. Wer sollt denn dann no danach fragen?« Grassls Miene hatte sich verfinstert. »Dem Pfeiffer werd i die Leviten lesen. Des kann der do net machen.«

»Vielleicht war es gar nicht der Dezernent selbst«, gab Carolin zu bedenken. »Vielleicht war es …«

»Die Elfi.« Grassl schlug mit der Faust auf den Tisch. »Die steckt doch ständig mit die Russen z'samm. Na wart.« Er sprang auf.

»Langsam, Herr Grassl.« Carolin hob die Hand. »Sie wissen doch gar nicht, ob sie das wirklich war. Vielleicht hat ja doch Ihr Onkel unterschrieben.«

»Des hätt der niemals g'macht. Schauen S' Ihnen des doch an, des is des komplette Gegenteil von dem, was mir uns vorg'stellt haben. So was wär für kan von uns infrage kommen.« Grassl gab ihr das Handy zurück.

»Auch für Ihren Bruder nicht?«

Grassl schüttelte den Kopf. »Kann i mir net vorstellen. Außerdem san mir ja jeder nur zu fünfundzwanzig Prozent beteiligt. Die Mehrheit hat der Gerald.«

»Dann ist das tatsächlich eigenartig.« Carolin trank ihren Kaffee aus, die Tasse behielt sie in der Hand. »Ich habe Revierinspektor Herzinger von den Plänen erzählt, und er vermutet, dass Gerald Grassl irgendwie davon erfahren hat. Das wertet er als Mordmotiv.«

Grassls Miene verfinsterte sich. »Da hat der Valentin vielleicht sogar recht.«

»Sie glauben, Ihr Onkel hat deshalb einen Mord begangen? Aber das würde an der Situation doch nichts ändern. Niemand kann ihn zwingen, seinen Anteil zu verkaufen.«

»Des is wahr.« Grassl hob die Schultern. »Außerdem erklärt des no immer net, wer den Projektierungsplan da unterschrieben hat.« Er deutete auf Carolins Handy. »Weil wann des a Mordmotiv sein soll, dann kann's net der Gerald g'wesen sein. Dann hätt er's ja die ganze Zeit scho g'wusst, oder net?«

»Das ist richtig.« Carolin blickte ihn an. »Und wenn er davon gewusst hat, gibt es auch kein Motiv für den Mord an Rubinsky.«

Grassl rieb sich die Nase. »Nur dass i ganz sicher bin, dass der Onkel des nie unterschrieben hätt.«

»Sie trauen ihm also eher einen Mord zu?« Carolin hob die Brauen. Grassls Hund schien die Spannung im Raum zu spüren und hob den Kopf.

»Naa.« Grassl atmete hörbar aus. »Net wirklich. Wie Sie sagen, es tat nix ändern, und des waß er a. Er is ja net bled, der Gerald.« Er hob die Schultern. »Andererseits war er mit dem Rubinsky da heroben, und er woaß, wo mei zweites G'wehr steht.« Er deutete nach draußen. »Des, was Sie g'funden haben. Des is mei kloanes Jagdg'wehr, die Anschütz. Die nimm i nur, wann i mit Gäst auf die Mankei geh.«

»Kennen Sie die Geschichte, die er der Polizei erzählt hat?«

Grassl schüttelte den Kopf. »Woher denn?«

»Ihr Onkel behauptet, Rubinsky hätte plötzlich eine Waffe gezogen und auf ihn gerichtet. In dem Moment sei ein Schuss gefallen, der den Russen getroffen hat. Er hätte einen Mann weglaufen gesehen und an der Stelle, wo der gestanden hatte, das Gewehr gefunden. Er dachte, der Mann hätte ihm das Leben gerettet, und hat deshalb das Gewehr versteckt, statt zur Polizei zu gehen.«

»Und wann's so war?« Grassl sah sie an. »Was, wann wirklich no wer heroben war?«

»Wer soll denn an Ihr Gewehr gekommen sein?« Carolin schüttelte den Kopf. »Und wer wusste, dass sich Ihr Onkel mit Rubinsky treffen wollte?«

»Koa Ahnung.« Grassl hob die Schultern, dann stand er auf. »I will jetzt obi und die Elfi anrufen. I tät schon gern wissen, wer da unterschrieben hat. Dann san mir vielleicht schlauer.«

Carolin erhob sich ebenfalls. Der Hund war aufgesprungen und zur Tür gelaufen. Sein Stummelschwanz wackelte, offenbar war er aufgeregt, weil es jetzt endlich wieder losging.

»Kumm, Baldur«, rief Grassl, der Hund sprang zu ihm, und er tätschelte ihm den Rücken. »Heit wird's nix mit unserm Ausflug.«

Der Hund ließ die Ohren hängen und stellte das Schwanzwedeln ein, als ob er ihn verstanden hätte.

Draußen schulterte Grassl seinen Rucksack, Carolin richtete ihr Fahrrad auf. »Wollen S' mit mir obifahren?«, fragte Grassl. »Dann san S' schneller.« Er warf einen Blick nach oben. »Weil heit kommt no a Wetter.«

Carolin folgte seinem Blick, am Bergkamm am Ende des Almbodens dräuten graue Wolken. »Gern.« Schuldbewusst sah sie ihn an. »Ich habe nicht einmal eine Jacke mitgenommen.«

»Is schon recht.« Er grinste. »Von aner Piefke war des ja net anders zu erwarten.« Carolin holte Luft für eine scharfe Erwiderung, doch er machte eine beschwichtigende Geste. »War nur Spaß.« Er hielt ihr die Hand hin und lächelte sie offen an. »I bin der Lois, sagen mir Du?«

Sein Lächeln war entwaffnend und wärmte Carolins Herz. Sie erwiderte den Händedruck. »Ich bin Carolin, aber meine Freunde nennen mich Caro.«

An der Stelle, an der sich der Pfad hinunter zur Jausenbank senkte, blieb Lois Grassl stehen und wartete auf Carolin. »Geht's mit dem Radl?«, fragte er. »Oder soll i dir helfen?«

»Es geht schon.« Carolin zog probehalber die Bremsen an. Dann sah sie sich um. »Wenn Gerald Grassls Geschichte stimmt, müsste der Schütze irgendwo hier gestanden haben, oder?«

Lois Grassl blickte sich ebenfalls um. »Könnt passen«, meinte er. »Aber a Stückerl weiter nach links, weil vom Weg aus sieht ma gar net zum Becken.« Er trat von den Steinen auf das Gras.

Carolin musste ihm recht geben. Von ihrer Position aus war nur die Jausenbank zu sehen, nicht aber der Bottich mit den Getränken. Sie lehnte ihr Fahrrad an den Felsen neben dem Pfad und folgte Grassl, der auf der kleinen Anhöhe stand und nach unten blickte. »Der Rubinsky is aufm Rucken im Wasser g'legen«, sagte er und wies auf das Becken. »Von der Richtung her tät's passen, und der Schuss hat eam nach hinten g'rissen.«

Carolin unterdrückte ein Schaudern und nickte. »Das stimmt. Er ist rücklings ins Becken gestürzt, als er getroffen wurde.«

»Die Distanz warert koa Problem für an Schützen«, konstatierte Lois. »Des san koane fünfundzwanzig Meter. Und in der Früh hat er d'Sonn im Rucken.«

»Vorausgesetzt die Geschichte Ihres …«, sie korrigierte sich, »… deines Onkels stimmt.«

Der Hund war ihnen gefolgt und schnüffelte auf dem Boden herum. Plötzlich gab er Laut und begann, mit den Pfoten zwischen zwei Graspolstern zu graben.

»Baldur, was machst denn!« Grassl griff nach dem Halsband und zog ihn weg. Der Hund keuchte aufgeregt. »Des macht er normal nur, wann er was g'funden hat.«

»Mäuse?« Carolin grinste. »Gibt es die hier oben überhaupt?«

»Naa, Mäus interessieren eam net.« Grassl ließ den Hund los und ging in die Hocke. »Der Baldur find't Sachen, die da net hing'hören. Meistens irgendan Dreck, den d'Leit liegen lassen.« Er griff zwischen die beiden Grasbüschel. »Aber manchmal san's a wichtige Sachen.« Er hielt sein Fundstück ins Licht, es glänzte metallisch.

Carolin zog die Luft zwischen den Zähnen ein. »Was ist das? Eine Gewehrkugel?«

Grassl schüttelte den Kopf und grinste. »Des is a Patronenhülse. Und i tät schwören, dass des a Kleinkaliber is, genau wie mei G'wehr.« Er stand auf. »Da hat wirklich oaner von da heroben g'schossen.« Er tätschelte Baldur den Rücken. »Fein, Baldur. Hast fein g'macht.« Der Hund wedelte mit dem Schwanz und sah zu ihm hoch. Offensichtlich erwartete er eine Belohnung. Grassl fasste in seine Hosentasche und brachte einen krümeligen Würfel zutage, den der Hund gierig verschlang.

»Das würde Gerald Grassls Geschichte bestätigen, oder nicht?« Carolin musterte das Beweisstück in Lois Grassls Hand.

»Ja, schon.« Grassl schloss die Faust um die Patronenhülse. »Aber der Gerald kann natürlich a da g'standen sein, wie er g'schossen hat. I versteh nur net, wieso die Hülsen da liegt. Die Anschütz is ja koa Automatik, da fallt die Hülsen nur ausser, wann er durchladt.«

»Wieso sollte er das tun?« Carolin versuchte, sich die Szene bildlich vorzustellen. »Wenn Gerald Grassl mit Rubinsky einen Rundgang über die Alm gemacht hat – wieso haben sie sich hier getrennt? Und warum sollte Rubinsky geduldig warten, während dein Onkel das Gewehr aus dem Rucksack holt?« Sie deutete nach unten. »Der Mann hätte nur einen einzigen Schritt zur Seite machen müssen, und er wäre außer Sicht gewesen.«

Lois Grassl trat neben sie. »Da hast recht. Der Rubinksy hätt eam kommen g'sehen, und er wär sicher net ruhig stehen 'blieben, wann der Gerald auf amol a G'wehr in der Hand g'habt hätt.«

»Also stimmt die Geschichte von Gerald doch.« Carolin warf Lois Grassl einen Seitenblick zu. »Es war noch jemand auf der Alm, und der hat geschossen.«

»Schau net mi so an.« Lois Grassl hob die Hände und lachte. »I hab a Alibi. I war in der Kirchen.«

»So früh?« Carolin biss sich auf die Lippe. Sie wollte den Mann nicht verdächtigen. Aber immerhin war es sein Gewehr, aus dem geschossen worden war.

»I spü die Orgel«, gab Lois zurück. »I war ab neun da und hab mi eing'spielt. Kannst ruhig d'Leit fragen, irgendwer hat mi sicher g'hört.«

»Entschuldige.« Carolin wurde tatsächlich rot. »Ich wollte dir nichts unterstellen.«

Er hob die breiten Schultern. »Is scho recht. I hätt a als Erstes mi in Verdacht. A wenn i kan Grund g'habt hätt.« Er drehte sich wieder um. »Aber sag amal«, begann er. »Wann der Russ mit'm Rucken zum Becken g'standen is, dann muaß der Gerald doch genau vor eam auf die Stoana g'standen sein. Weil rechts is der Felsen und links is alles nass vom Wasser.«

Carolin folgte seinem Blick. »Ja, das ist anzunehmen. Worauf willst du hinaus?«

Lois drehte sich zu ihr, seine blauen Augen wirkten verschattet. »Der Gerald is fast so groß wie i, der Russ war schmalpickt und an Kopf kloaner. Von da heroben kann der Schütze den Russen gar net g'sehen haben. Der Gerald hat eam verdeckt.«

»Aber das hieße ja …« Carolin riss die Augen auf.

Grassl nickte. »In Wahrheit war der Gerald des Ziel, net der Russ. Und nachg'laden hat er, weil er sei Ziel verfehlt hat.«

Es erforderte ein wenig Überredung, Herzinger dazu zu bringen, erneut zur Alm hochzukommen. Immerhin verständigte er direkt die Spurensicherung in Sankt Johann, und Grassl fuhr hinunter, um ihnen die Schranke zu öffnen, während Carolin oben die Stellung hielt. Sie schalt sich selbst dafür, dass sie keine Jacke mitgenommen hatte, denn die aufziehenden Wolken verdeckten bereits die Sonne, und es wurde empfindlich kühl.

Lois Grassl hatte die Patronenhülse übergeben und den Beamten die Stelle gezeigt, an der sein Hund sie gefunden hatte. Weitere Spuren waren nicht auszumachen, was auch daran liegen mochte, dass Carolin und Lois hier mehrfach hin und her gelaufen waren. Immerhin machte ihnen das niemand zum Vorwurf. Im Gegenteil. Der leitende Beamte der Spurensicherung ließ sich ihre Theorie erklären, dann schickte er Lois und einen seiner eigenen Leute hinunter, um die Plätze von Gerald Grassl und dem Russen einzunehmen. Und tatsächlich: Als sich der Polizist vor dem Becken postierte und sich Lois groß und breitschultrig vor ihm aufbaute, an dem einzig logischen Platz auf dem schmalen Pfad zwischen Steinen und Sumpf, verdeckte er den schmal gebauten Beamten völlig. Der Schütze konnte von seiner Position aus nur Gerald Grassls breiten Rücken gesehen haben. Und falls der sich im Augenblick des Schusses bewegt hatte, vielleicht, weil Rubinsky plötzlich wirklich eine Waffe in der Hand gehalten hatte, wurde unweigerlich der Russe getroffen, der sich genau hinter ihm befand.

Schaudernd wandte Carolin sich ab. Herzinger stand direkt hinter ihr. »Gut auf'passt, Miss Marple.«

»Danken Sie Lois«, gab sie zurück. »Sein Hund hat die Hülse gefunden, und er hat das mit der Schusslinie erkannt.«

Herzinger nickte knapp. »Des macht den Lois aber auch wieder verdächtig. Mir werden sei Alibi noch amal überprüfen müssen.«

Carolin hob die Brauen. »Er wird sich wohl kaum hier mit mir über Schusslinien und Schusspositionen austauschen, wenn er selbst der Täter war.«

»Wieso denn net? Des ist doch a gute Methode, wann er von sich ablenken will.«

»Und was ist mit seinem Alibi? Er sagt, er war in der Kirche.«

»Da hat ihn aber kaner g'sehen. Der Pfarrer hat ihn nur spielen g'hört.«

»Und das reicht nicht, um ihn zu entlasten?« Carolin sah ihn verwundert an.

»Naa.« Herzinger breitete die Hände aus. »Da könnt ja a Bandl rennen. A Aufnahme. Er braucht nur sei Handy hinlegen, auf ganz laut stellen und Orgelmusik abspielen. Vor der Mess merkt des doch kaner.«

»Stimmt.« Carolin biss sich auf die Unterlippe und wickelte sich fester in die Fleecejacke, die ihr Lois Grassl gegeben hatte. Sie roch nach Heu und etwas undefinierbar Herb-Männlichem. Sie *wollte* nicht glauben, dass Lois mit der Sache zu tun hatte. Aber Herzingers Argument war nicht von der Hand zu weisen. Entlastet war Lois Grassl keineswegs.

Am Ende war es Revierinspektor Herzinger, der Carolin nach Hause brachte, nachdem er ihr Fahrrad im Kofferraum des Polizeiwagens verstaut hatte. Und nachdem er sie und Lois Grassl unter – wie Carolin fand – fadenscheinigen Vorwänden genötigt hatte, bis zum Abschluss der Untersuchungen der Spurensicherung auf der Alm auszuharren.

»Die Kollegen könnten no Rückfragen haben«, waren seine Worte. »Außerdem willst du, Lois, bestimmt den Schranken wieder absperren.«

Carolin hatte keine Idee, was für Rückfragen das sein sollten. Der Fundort der Patronenhülse war dokumentiert, die Hülse übergeben, und alles andere konnten sich die Kriminaltechniker selbst zusammenreimen. Aber wenn Herzinger das so wollte – bitte. Immerhin durfte sie in der Hütte warten, Baldur, den Jagdhund, zu ihren Füßen, der ihr feuchtwarm auf die Socken hechelte, während Lois draußen bei den Beamten war, offenbar bemüht, sich von jedem Eindruck eines Verdachts reinzuwaschen. Die Alternative wäre gewesen, mit dem Rad hinunter und zurück nach Bad Gastein zu fahren. Doch dazu hatte Carolin nach all der Aufregung schlichtweg keine Lust. Außerdem war der Himmel inzwischen komplett bedeckt, es sah aus, als würde es jeden Augenblick zu regnen beginnen, und die steile Abfahrt über die Forststraße wollte sie ganz bestimmt nicht bei einem aufziehenden Unwetter angehen. Also musste sie warten.

Irgendwann war offenbar der letzte Grashalm umgedreht und das letzte Foto geschossen, und Herzinger steckte den Kopf zur Tür herein. »Mir wären dann so weit.«

Carolin schob den Hund von ihren Füßen, stand auf und trat hinaus. Die Dämmerung war hereingebrochen, die Leute von der Spurensicherung packten ihre Gerätschaften zusammen. Lois Grassl stand daneben, die Hände in den Hosentaschen, und sah aus, als wüsste er nicht so recht, wohin mit sich. Als er Carolin erblickte, hellte sein Gesicht sich auf.

»Caro, i glaub, mir können fahren.«

»*Mir* können«, knurrte Herzinger. »Die Frau Magister fahrt mit mir. I muss sowieso nach Bad Gastein.«

»Aber …« Lois Grassl warf Carolin einen hoffnungsvollen Blick zu. »I hab denkt, mir zwei …«

Carolin wollte lieber nicht wissen, was er sich »gedenkt« hatte, und wandte sich Herzinger zu. »Das ist sehr nett, danke.«

Grassl sank in sich zusammen wie ein Ballon, dem die Luft ausging. »Dann vielleicht a anders Mal«, murmelte er und wandte sich ab.

»Bestimmt!«, rief Carolin ihm nach, was ihr einen missmutigen Blick von Herzinger eintrug. Himmel, waren denn jetzt alle verrückt geworden? Sie war nicht aus Düsseldorf nach Bad Gastein geflohen, um sich hier in die nächste aussichtslose Beziehung zu stürzen. Der eine ein verheirateter Polizist mit pflegebedürftiger Frau, der andere ein des Mordes verdächtiger Almbauer – nein danke. Vielleicht sollte sie sich doch an Bruno Hunold halten, das wäre einfacher. Oder sich von Männern komplett fernhalten, das erschien ihr definitiv als die beste Lösung für ihre Nerven.

Ein verdächtiges Zusammentreffen

Es war bereits dunkel, als Herzinger den Wagen vor Haus Sonnenschein ausrollen ließ. Carolin half ihm, das Fahrrad aus dem Kofferraum zu heben.

»Danke fürs Bringen«, sagte sie.

»Nix zu danken.« Herzinger sah sie an, als wollte er noch etwas sagen, doch dann wandte er sich brüsk ab, stieg ins Auto und fuhr davon.

In diesem Augenblick kam Rosi aus dem Haus. »Mensch, Carolin, wo bleibst denn? Is scho wieder was passiert?«

»Nein, es ist alles in Ordnung.« Carolin schob ihr Fahrrad durch die Gartentür. »Ich war noch mal auf der Alm, und wir haben die Patronenhülse gefunden.«

»Ah so?« Rosi stemmte die Hände in die Hüften und sah sie missbilligend an. »Na, dann komm eina und erzähl.« Sie bückte sich, um den Stapel Zeitungen aufzunehmen, der vor der Haustür lag. »I kann dir a Suppen wärmen, wennst was essen magst.«

»Das wäre großartig.« Carolin lächelte sie dankbar an. »Ich bringe nur das Fahrrad in den Schuppen.«

Wenig später saß sie in Rosis gemütlicher Küche und schnupperte anerkennend. »Das riecht wunderbar«, meinte sie. »Was ist das?«

»Leberknödelsuppen.« Rosi stellte einen Teller vor ihr auf den Tisch. In der goldgelben Brühe schwammen zwischen Petersilienblättchen zwei bräunliche Klöße, die eher unappetitlich aussahen.

»Leberknödel?« Carolin zog die Nase kraus. »Ich mag keine Leber.«

»Probier.« Rosis Stimme ließ keinen Widerspruch zu. »Die schmecken überhaupt net nach Leber.«

»Hm.« Zögernd führte Carolin einen Löffel Brühe zum Mund. Die schmeckte wie gewohnt hervorragend.

»Kost die Knödel.« Rosi stand abwartend neben dem Tisch.

Das war ganz klar ein Befehl. Carolin resignierte und probierte ein Stück. Überrascht blinzelte sie, es schmeckte lange nicht so schlimm wie befürchtet. »Es ist okay«, gab sie zu.

»Na siehst.« Rosi nickte zufrieden und wandte sich wieder der Arbeitsfläche zu, wo Brotteig auf die Verarbeitung wartete. »Net immer glei Nein sagen.«

Carolin verzog hinter Rosis Rücken das Gesicht, aber sie kämpfte sich tapfer durch den ersten Kloß. Leberknödel, korrigierte sie im Stillen. Den zweiten ließ sie liegen – so sehr mochte sie das nun auch wieder nicht. »Ich habe keinen Hunger mehr. Danke, Rosi.«

Rosi nahm ihr den Teller weg und stellte stattdessen ein Stück Apfelstrudel vor ihr ab. »Damits d'a wirklich satt wirst«, bemerkte sie und blinzelte. »Is no warm.«

Carolin grinste und machte sich über den Strudel her. So einfach war Rosi nicht hinters Licht zu führen.

»Jetzt erzähl, was los war.« Ihre Zimmerwirtin setzte sich zu ihr an den Tisch, eine Tasse Tee in der Hand.

Mit kurzen Worten berichtete Carolin von den Geschehnissen des Nachmittags. Als sie zur Schilderung der Pläne für die Alm kam, schlug Rosi mit der Hand auf den Tisch. »Des hätt ma si ja denken können«, rief sie aus, »dass die Russen mit unsere Almen nix G'scheits vorhaben. Des is a Sauerei.«

Carolin nickte. »Lois war auch völlig perplex. Er hatte keine Ahnung, was Rubinsky und sein Konsortium wirklich planen.«

»Der Ignaz tat si im Grab umdrahn, wann er des wissert.« Rosi machte ein finsteres Gesicht. »Und der Gerald hätt dem nie zug'stimmt.«

»Davon geht auch Lois aus.« Carolin spreizte die Finger. »Nur hätten sie das möglicherweise erst nach dem Verkauf erfahren.«

»Aber des geht doch net.« Rosi sah sie entrüstet an. »So was darf ma doch net heimlich machen.«

»Ich weiß es nicht.« Carolin zuckte mit den Schultern. »Das muss Lois mit dem Bauamt klären.«

»Moanst, die haben da was 'packelt?« Rosi zog die Nase kraus. »Der Elfi trau i ja alles zu. Und die war ja angeblich mit dem erschossenen Russen z'samm.«

»Denkst du wirklich, sie kann so etwas hinter dem Rücken ihres Vorgesetzten durchziehen?« Carolin schüttelte den Kopf. »So etwas bliebe bestimmt nicht verborgen.«

»Was woaß i.« Rosi machte eine wegwerfende Handbewegung.

»Wo steckt eigentlich Jana?«, fragte Carolin. »Ist sie noch hier?«

»Naa.« Rosi schüttelte den Kopf. »Die war am Nachmittag da und hat ihrn Rucksack g'holt. Angeblich kann s' im Hotel Cäcilia wohnen.«

»Das ist gut.« Carolin nickte. »Bei all dem, was auf der Alm mit Lois passiert ist, habe ich gar nicht mehr an sie gedacht.«

Rosi sah ihr aufmerksam ins Gesicht. »Jetzt bist scho per Du mit'm Lois?«

Carolin nickte. »Ja, seit heute.«

»Soso.« Rosi stand auf und räumte den Teller weg. »Wann i dir an Rat geben darf – der Lois is no bei koaner Frau länger 'blieben. Wannst glaubst, dass des was Ernstes wird, verbrennst dir die Finger.«

»Rosi!« Carolin fuhr auf. »Da ist überhaupt nichts zwischen uns.«

»Des sieht der Dorftratsch aber anders.« Rosi grinste. »Seits ihr zwei miteinand auf der Windischgrätzhöhen warts, san alle überzeugt, dass es was miteinander habts.«

»Das stimmt aber nicht.«

»Sag des der Monika. Die hat eich g'sehen und erzählt's an jeden.«

Carolin verzog das Gesicht. Sie kannte die Inhaberin des Frisiersalons Haar-Moni, ließ sich von ihr sogar die Haare schneiden. Doch dass sie selbst einmal Gegenstand ihrer ständigen Tratschereien werden würde, hätte sie sich nicht träumen lassen.

Rosi wandte sich ihrem Teig auf der Arbeitsfläche zu und knetete ihn kräftig durch. Dann teilte sie ihn in vier gleich große Stücke, formte sie zu runden Wecken, verfrachtete sie in vier Körbe und stapelte sie auf einem Tablett. »I bin glei wieder da«, sagte sie. »Nimm dir an Tee, wannst magst.«

Carolin stand auf und schenkte sich eine Tasse Tee ein, dabei fiel ihr Blick auf die Zeitungen, die Rosi zuvor hereingeholt hatte. Es war die Sonntagszeitung, die morgen im Frühstücksraum ausliegen würde. Sie nahm sich eine vom Stapel und setzte sich damit wieder an den Tisch.

Auf der Titelseite war das Foto einer Autoschlange vor einer Tunneleinfahrt zu sehen, darüber prangte die Schlagzeile: »Sperrung der Tauernautobahn – Anschlag oder Lausbubenstreich?« Interessiert begann sie zu lesen. Offenbar hatte ein Rauchmelder im Helbersbergtunnel einen Alarm ausgelöst, was zu einer automatischen Sperrung des Tunnels geführt hatte: Die Lichtsignalanlage am Tunneleingang war auf Rot gesprungen, die Hinweisschilder hatten eine deutliche Warnung angezeigt, dass der Tunnel nicht mehr befahren werden durfte, der Verkehr war völlig zum Erliegen gekommen. Das Problem war auch nicht über die Leitstelle zu lösen gewesen, hier war menschliches Ermessen gefragt, weswegen man auf ein Technikerteam zur Kontrolle der Tunnelröhren hatte warten müssen. Die Sperrung hatte Stunden gedauert – und Carolin wurde klar, dass Lizzys »Befreiung« die einzige Chance gewesen war, sie rechtzeitig zu ihrem Auftritt zu bringen. Erst gegen Mitternacht war der Verkehr wieder störungsfrei gerollt. Zu diesem Zeitpunkt war das Konzert längst vorbei gewesen. Spannend war, dass die Techniker keine Ursache gefunden hatten. Der Rauchmelder im Fluchttunnel war offenbar ganz von allein losgegangen, denn von Rauch oder gar Feuer hatte man nichts feststellen können.

Carolin runzelte die Stirn. Das Wort »Anschlag« in der Überschrift löste unangenehme Erinnerungen bei ihr aus. Die Fertigstellung des Eventzentrums und besonders des Bühnenbereichs ihres Kulturzentrums war von zahllosen Störungen geprägt gewesen, und es hatte lange gedauert, bis man den Verantwortlichen gefunden hatte. Josef Pechheim, seines Zeichens Gemeinderat und Mitglied der Oppositionspartei, hatte alles unternommen, um die Pläne der Bürgermeisterin scheitern zu lassen. Pläne, die der touristischen Zukunft des Orts eine völlig neue Richtung geben sollten. Pläne, in denen es um Kultur und hochwertige Unterhaltung im historischen Ambiente des Ortszentrums ging und weniger um Pistengaudi und Partybunker, was Pechheim und seine Parteigenossen offenbar als den einzig wahren Weg in einen lukrativen Fremdenverkehr ansahen.

Dass die Tunnelsperrung ausgerechnet in dem Augenblick ausgelöst wurde, in dem Lizzy House auf dem Weg zu ihrem Konzert war, und zwar zu dem ersten wirklich großen Konzert im neuen Eventsaal, das auch ein junges Publikum anzog, das war schon ein eigenartiger Zufall. Andererseits – wie sollte man so etwas planen können? Wer hatte gewusst, wann Lizzy wo sein würde, und – das Wichtigste – wer hatte die Möglichkeit, solch einen Alarm auszulösen?

Rosis Rückkehr unterbrach Carolins Gedanken. Sie hatte Marmeladengläser aus dem Keller mitgebracht und stellte sie klappernd auf der Anrichte ab. Carolin trank ihren Tee aus. Auf einmal war sie sehr müde. »Ich glaube, ich gehe schlafen«, sagte sie.

»Is scho recht.« Rosi nahm ihr die Tasse ab und stellte sie in die Spüle. »Den Rest kannst mir a morgen erzählen.«

»Mehr gibt's nicht zu erzählen.« Carolin zuckte die Schultern.

»Ich mein, wieso dich der Valentin heim'bracht hat und net der Lois.«

»Ach so.« Carolin lachte. »Weil er sowieso nach Bad Gastein musste, während Lois in Bad Hofgastein wohnt.«

»Wennst meinst.« Rosi wandte sich ab und werkte geschäftig an der Spülmaschine herum.

»Ja, das meine ich.« Carolin wandte sich zur Tür. »Gute Nacht, Rosi!«

Carolin war schon im Schlafanzug, als sie noch einmal auf den kleinen Balkon trat, der zu ihrer Wohnung gehörte. In tiefen Zügen atmete sie die frische Nachtluft ein. Noch etwas, das hier anders war als in Düsseldorf: Während es dort im Hochsommer auch nachts kaum kühler wurde, da Asphalt und Hauswände die Hitze des Tages speicherten und nur zögerlich wieder freigaben, senkte sich hier mit Sonnenuntergang die kühle Luft von den Gipfeln ins Tal und führte zu willkommener Erfrischung. Still war es, nur von Zeit zu Zeit hörte man ein Auto, das auf der Bundesstraße vorüberfuhr. Die Straßenlaternen brannten und schufen gelbliche Seen auf dem Bürgersteig, das Gerüst am Haus gegenüber ragte wie ein Staketenzaun in die Höhe.

Ein Brummen riss sie aus ihren Gedanken – ihr Handy. Wer mochte um diese Zeit noch anrufen? Unwillkürlich kam ihr Lois in den Sinn, und mit schnellem Schritt war sie an ihrem Telefon. Nein, nicht Lois, sondern … »Hallo, Paul, wie schön, dass du dich meldest!«

»Hallo, Schwesterherz!« Sie hörte ihn lachen, im Hintergrund Geräusche.

»Wo steckst du?«

»Mitten in der Arbeit.« Die Geräusche wurden leiser, offenbar hatte sich Paul in eine ruhigere Ecke begeben. »Ich bin in Rosenheim auf einem Gig, es ist gerade Pause.«

»Rosenheim? Das ist ja gar nicht weit von hier!«

»Deshalb rufe ich ja an.« Sie hörte ihn durchs Telefon grinsen. »Sobald wir hier fertig sind, komme ich dich besuchen.«

»Mich oder Julia?« Carolin konnte sich die Bemerkung nicht verkneifen.

»Euch beide natürlich.« Er lachte leise. »Was denkst du denn.«

»Schon gut.« Julia hatte eine Überraschung für ihn, und sie würde zu gern sein Gesicht sehen, wenn er davon erfuhr. Aber sie würde sich hüten, schon vorher eine Andeutung zu machen. »Wann wirst du kommen?«

»Erst am Montag.« Er klang bedauernd. »Ich wäre gern früher gekommen, aber Lizzy House tritt morgen noch mal auf.«

»Ach, Lizzy spielt heute bei euch?«

»Ja, genau. Der Saal ist restlos ausverkauft, deshalb gibt sie morgen noch ein Zusatzkonzert.«

Carolin schmunzelte. »Ausverkauft war sie bei uns gestern auch. Ist sie nicht großartig?«

»Ja, schon. Vor allem, wenn man bedenkt, wie jung sie noch ist. Die hat noch eine große Zukunft vor sich.«

»Das denke ich auch.« Carolin runzelte die Stirn. »Dabei wäre das Konzert hier um ein Haar ausgefallen. Stell dir vor, ich musste sie aus einem Stau retten!«

Paul lachte. »Ja, das hat sie mir vorhin erzählt. Was für ein Abenteuer!« Er wurde ernst. »Und was für ein Glück, dass du gerade in der Nähe warst.«

Carolin erinnerte sich an den Zeitungsartikel und rieb sich nachdenklich die Stirn. »Sag mal, Paul …«

»Ja?«

»Wenn eine Künstlerin wie Lizzy auf dem Weg zu einem Konzert ist, weiß dann der Veranstalter, wann sie genau eintreffen wird?«

»Natürlich.« Paul klang irritiert. »Es gibt einen genauen Zeitplan für den Soundcheck und die Garderobe.

Gerade bei Lizzy. Bis sie für die Bühne geschminkt ist, dauert es ja eine Zeit.«

»Verstehe.« Carolin biss sich auf die Unterlippe.

»Wieso fragst du?« Paul klang einen Hauch ungeduldig. Vermutlich war seine Pause gleich zu Ende.

»Ach, ich habe mich gefragt, ob jemand den Stau, in dem Lizzy gestern steckte, absichtlich verursacht haben könnte.«

»Du meinst, um zu verhindern, dass sie rechtzeitig ankommt?« Paul schien nachzudenken. »Da war doch ein Tunnelbrand, oder nicht? Du denkst an einen Anschlag?«

»Es hat nicht wirklich gebrannt«, stellte Carolin richtig. »Aber der Alarm hat ausgereicht, dass der Tunnel gesperrt wurde und Lizzy festsaß. Ich frage mich jetzt, ob das jemand geplant haben könnte.«

»Du willst wissen, wer so genau weiß, wann sie eintrifft? Das ist normalerweise der Veranstalter, der Produktionsleiter oder wer auch immer das Konzert organisiert, der macht die Termine. Und natürlich das Bühnenpersonal. Der Tontechniker muss zum Soundcheck da sein, die Garderobe muss fertig sein und das Catering hergerichtet. Genau genommen ist der ganze Stab informiert.«

»Hm.« Carolin seufzte. »Wahrscheinlich ist das ohnehin eine dumme Idee. Vermutlich war es einfach Zufall.«

»Vermutlich.« Die Geräusche rund um Pauls Stimme waren wieder lauter geworden. »Du, ich muss Schluss machen. Das Konzert geht gleich weiter.«

»Alles klar. Grüße bitte Lizzy von mir, wenn du sie siehst!«

»Mach ich. Dann bis bald, Caro!«

»Bis bald, Paul. Ich freue mich!«

Der Sonntag begann kühl und grau. Was sich gestern auf der Alm bereits angekündigt hatte, zeigte sich heute auch im Tal: Das hochsommerliche Wetter der letzten Tage war vorbei, der Himmel bedeckt. Die Wolken hingen tief und verbargen die Gipfel. Oben regnete es vermutlich, wie Carolin mit Bedauern feststellte. Keine Bergtour mit Bruno, der sich im Übrigen gar nicht gemeldet hatte. Und auch keine Chance auf ein Treffen mit Lois Grassl, zumindest kein zufälliges, wobei es ihr natürlich im Traum nicht eingefallen wäre, noch mal auf gut Glück bei seinem Haus vorbeizufahren. Natürlich nicht – es gab auch gar keinen Grund dazu.

Sie beschloss, sich stattdessen um ihren liegen gebliebenen Haushalt zu kümmern: Wäsche waschen, ein wenig aufräumen, vor allem Staub wischen und sauber machen, nur für den Fall, dass Paul wieder bei ihr übernachten würde. Zwar hatte er die letzten Nächte, wenn er in Gastein war, bei Julia verbracht, aber womöglich sah das anders aus, sobald er von der fraglichen Vaterschaft erfuhr. Sie konnte ihn, was das betraf, einfach nicht einschätzen.

Als sie ihre schmutzige Wäsche in den Keller schleppte, traf sie auf Rosi, die die Wäsche für die Pension zusammenlegte. »Wannst was zum Bügeln hast, kannst es mir geben«, meinte ihre Zimmerwirtin. »I muss heut Abend die Tischtücher und die Servietten bügeln.«

»Danke, das ist lieb, aber das mache ich lieber selbst.« Carolin wuchtete ihren Wäschekorb auf den Trockner und begann die Wäsche nach Farben zu sortieren.

Rosi sah ihr einen Augenblick zu, bevor sie sich wieder ihrer eigenen Wäsche zuwandte. »Wies d' moanst.«

Carolin bekam sofort ein schlechtes Gewissen – Rosi meinte es doch nur gut. Aber sie hatte den Großteil ihres Erwachsenenlebens allein gelebt und war es gewohnt, für sich selbst zu sorgen. Anfangs, als alles neu war in Bad Gastein, hatte sie Rosis Bemutterungsversuche, aus denen die ältere Frau nie einen Hehl gemacht hatte, sogar genossen. Doch inzwischen besann sie sich mehr und mehr auf ihre Unabhängigkeit, wobei auch die Bekanntschaft mit Lois Grassl eine Rolle spielen mochte. Ganz bestimmt wollte sie ein neuerliches Treffen vor niemandem rechtfertigen, auch vor Rosi nicht.

Nein, in wenigen Wochen würde sie hier ausziehen. Endlich würde sie in ihren eigenen vier Wänden leben, und sie freute sich darauf. Es wurde höchste Zeit, dass sie sich darauf einstellte. Sie musste aufhören, sich aus purer Bequemlichkeit auf Rosis Umsorgung zu verlassen und die Verantwortung für ihren Alltag wieder selbst übernehmen. Und ihre Schmutzwäsche war genau so ein Punkt. Trotzdem wollte Carolin ihre Zimmerwirtin nicht brüskieren. »Ich weiß das zu schätzen, Rosi«, sagte sie deshalb rasch. »Aber ich muss mich wieder daran gewöhnen, all diese Dinge selbst zu machen.«

»Des weiß ich doch.« Rosi lachte verhalten. »Aber i mach's halt gern, so wie des Kochen.«

»Das genieße ich auch sehr.« Carolin ging zu ihr und legte ihr den Arm um die Schultern. »Zum Essen werde ich bestimmt noch oft kommen, auch wenn ich nicht mehr hier wohne.«

»Des is recht.« Rosi griff sich eine Tischdecke und schüttelte sie aus. »Magst di heit Nachmittag zum Kaffee zu uns setzen?«, fragte sie. »Die Annamirl kommt, und der Valentin is a da.«

Annamirl war Frau Axamer, die Bürgermeisterin. Rosi hatte ja schon angekündigt, dass sie ihr Patenkind zum Kaffee einladen wollte, um sie auf die Pläne für den Hausumbau gegenüber anzusprechen, aber warum bat sie auch Revierinspektor Herzinger dazu? Natürlich war Herzinger auch ihr Neffe, aber vermutlich hatte sie einen Hintergedanken. So wie sie ja auch Carolin nicht ohne Grund einlud – vermutlich wollte sie sie dabeihaben, um zu erklären, wie sie an die Pläne gekommen war. Den Gefallen würde sie ihr selbstverständlich tun.

Um gar nicht erst in die Verlegenheit zu kommen, eine Einladung von Rosi zum Mittagessen ablehnen zu müssen, schwang sich Carolin aufs Rad, sobald der letzte Schwung Wäsche zum Trocknen auf der Leine hing. Sie hatte das dringende Bedürfnis, sich zu bewegen.

Eher ziellos fuhr sie los in Richtung Böckstein, hatte vage im Kopf, zum Heilstollen und weiter nach Sportgastein zu radeln, wobei die gesamte Strecke vermutlich zu lange dauern würde, schließlich musste sie rechtzeitig zum Kaffee zurück sein, weshalb sie wohl besser …

Ein Schild, das sie gerade passierte, wies auf die Windischgrätzhöhe hin, und ihr kam das gemeinsame Mittagessen mit Lois Grassl in den Sinn, das offenbar für so viel Gerede im Dorf sorgte. Damals hatte sie sich vorgenommen, bald wiederzukommen. Kurzerhand bog sie ab und folgte dem Wegweiser über die schmale, asphaltierte Straße nach oben. Jene Straße, die sie damals mit Lois Grassl gefahren war, und ihr Herz begann zu klopfen. Das kam natürlich nur von der Steigung, redete sie sich ein. Sie und Lois? Dem Dorfklatsch womöglich noch Nahrung bieten? Nach dem, was Rosi ihr erzählt hatte? Nein. Sie verfluchte im Stillen ihr Faible für blaue Augen und trat fester in die Pedale. Bewegung half meistens, um unwillkommene Gedanken zu verdrängen.

Ziemlich verschwitzt und außer Atem kam sie oben an. Sie stieg ab, schob ihr Fahrrad ans Ende des Parkplatzes und schloss es an einem großen Schild an, das auf die einheimische Gastronomie sowie die Öffnungszeiten des Restaurants hinwies. Natürlich hatte es geöffnet, es war Sonntagmittag, und tatsächlich verspürte sie inzwischen ein leichtes Hungergefühl. Sie erinnerte sich an den leckeren Salat, den sie damals gegessen hatte, und beschloss, hier ein spätes Mittagessen zu nehmen. Allerdings heute nicht auf der Terrasse des Restaurants, sondern im Innenraum – die Wolken hatten sich verdichtet, und es sah aus, als wollte es jeden Augenblick zu regnen beginnen.

Drinnen empfing sie – nicht ganz unerwartet – viel Holz. Decke, Wände, Stühle, Tische, alles war aus rötlichem Holz, Zirbenholz vermutlich, dem unterschwelligen Duft nach zu schließen, den Carolin zwischen den vielfältigen Gerüchen aus der Küche wahrzunehmen glaubte. Das Restaurant war gut besucht, doch ein kleiner Zweiertisch an einem der Fenster war noch frei. Sie entschied sich für Kasnocken mit grünem Salat, ein Essen, das sie bei Rosi kennen und lieben gelernt hatte. Hier schmeckte es fast noch besser, der Käse war milder, nicht so herb, und mit goldbraun gerösteten Zwiebeln obenauf – ein Gedicht.

Erst als sie den Teller leer gegessen hatte, nahm sie ihre Umgebung wieder wahr. Der Kellner servierte ihr einen Kaffee, und während sie umrührte, ließ sie ihre Blicke über die Gäste schweifen. Sie hatte immer in der

Großstadt gelebt, weshalb sie der Umstand, dass man hier in Bad Gastein ständig Bekannte traf, noch immer erstaunte. Doch heute schien das nicht der Fall zu sein: Ausnahmslos fremde Menschen, vermutlich Touristen, da die Einheimischen sonntags wohl eher zu Hause zu Mittag aßen. Die meisten zumindest, denn ein bekanntes Gesicht entdeckte sie doch, ganz am Ende der Tischreihe. Ihre Wangen wurden heiß. Doch im nächsten Moment erkannte sie ihren Irrtum: Nicht Lois, sondern Bernhard Grassl saß da mit einem zweiten Mann, der ihr den Rücken zukehrte. Sie hob die Hand zum Gruß, er nickte ihr zu, aber so unverbindlich, dass sie sich nicht sicher war, ob er sie überhaupt wiedererkannte. Nun, sie hatten sich auch nur einmal getroffen, damals auf der Alm bei den Bienen seines Vaters, als sie das Gewehr gefunden hatte. Eigentlich sollte man annehmen, dass ihm das in Erinnerung geblieben wäre. Aber vielleicht hatte er einfach ein schlechtes Personengedächtnis.

Sie trank ihren Kaffee aus, zahlte und verließ das Lokal. Die Wolkendecke hatte sich wieder ein wenig aufgelockert, und sie schlenderte ohne Eile ans Ende des Parkplatzes. Ein Stück weiter lud eine Bank zum Verweilen ein, gleich dahinter begann der Wanderweg, der sich in steilen Kehren zwischen Kuhweiden aus dem Tal heraufschlängelte. Die Aussicht war spektakulär, denn von hier aus blickte man nicht nur hinaus ins Gasteinertal, sondern auch hinunter nach Bad Gastein bis hinüber zum Bahnhof und zur Schneise der Gondelbahn, die hoch zum Stubnerkogel führte. Die Gipfel verbargen sich noch immer in den Wolken, doch die grauen Schleier waren in ständiger Bewegung, ein faszinierender Anblick, wenn man nicht gerade selbst in so einem Wetter steckte.

Schließlich riss Carolin sich los und ging zurück zum Parkplatz. Während sie ihr Fahrrad aufschloss, hörte sie Stimmen, die näher kamen. Sie richtete sich auf und sah sich um. Sie stand halb verdeckt hinter dem Schild, sodass die beiden Männer, die sich näherten, sie nicht sehen konnten: Es waren Bernhard Grassl und – sie hielt vor Überraschung die Luft an – Manfred Federmoser, der technische Leiter der Bühne des Eventzentrums. Was die beiden wohl miteinander zu besprechen hatten? Sie steckten die Köpfe zusammen und redeten mit gesenkten Stimmen – Carolin verstand nicht, worüber sie sprachen. Sie gingen an dem Schild vorbei zu einem Auto, das offenbar Bernhard Grassl gehörte, ein schicker Sportwagen mit verchromten Felgen. Das Auto blinkte, als sie sich näherten, wie von Geisterhand schwang der Kofferraum auf.

»Sei froh, dass d' überhaupt was kriegst«, sagte Bernhard Grassl in diesem Augenblick.

Federmosers Antwort konnte Carolin nicht verstehen, doch es klang nicht zufrieden.

Grassl sah sich auf dem Parkplatz um, und unwillkürlich duckte sich Carolin hinter dem Schild. Zwischen den Stangen hindurch spähte sie auf das ungleiche Paar – Grassls kräftige Gestalt, die der von seinem Cousin Lois so sehr ähnelte, und der untersetzte, behäbige Federmoser, die sich nun beide über den Kofferraum des Wagens beugten.

Grassl richtete sich auf, ein flaches Paket in der Hand, nein, es war ein dicker Briefumschlag, wie Carolin erkannte, als Federmoser ihn entgegennahm und öffnete. Er warf einen Blick auf den Inhalt, zog unwillig die Brauen zusammen, dann klappte er ihn wieder zu und schob ihn eilig in die Innentasche seiner Jacke. Erneut blickte sich Grassl um, dann schlug er Federmoser auf die Schulter.

»Vielleicht beim nächsten Mal«, glaubte Carolin zu verstehen.

Federmoser nickte mit finsterem Gesicht, wandte sich ab und ging über den Parkplatz zu seinem eigenen Auto. Es war ein älterer Mercedes, matte Stellen an den Kotflügeln zeugten von früheren Reparaturen. Der Wagen sprang an und stieß eine kleine Rauchwolke aus. Federmoser setzte zurück, dann tuckerte der Diesel in Richtung Bad Gastein davon. Grassl sah sich ein drittes Mal um, Carolin rührte sich nicht, ohne dass sie hätte sagen können, wieso. Das Treffen der beiden Männer im Restaurant hatte nichts Heimliches gehabt, sie hätte kein zweites Mal darüber nachgedacht, selbst wenn sie Federmoser an Bernhard Grassls Tisch erkannt hätte. Aber hier auf dem Parkplatz war der Eindruck ein anderer gewesen – es wirkte, als ob eine verbotene Transaktion abgewickelt worden wäre.

Grassl stieg in seinen Sportwagen, der Motor röhrte auf. Erst als er um die erste Kurve der Straße verschwunden war, richtete sich Carolin aus ihrer gebückten Haltung auf. Was mochten die beiden besprochen haben? Vermutlich war es ein völlig harmloses Treffen gewesen, wahrscheinlich waren die beiden zusammen zur Schule gegangen, wie die meisten hier in Bad Gastein. Und dennoch. Aus den wenigen Worten von Bernhard Grassl glaubte sie entnommen zu haben, dass Federmoser für ihn einen Auftrag ausgeführt hatte, der … gescheitert war? Sodass Federmoser froh sein konnte, überhaupt etwas zu bekommen?

Carolin schüttelte unwillkürlich den Kopf. Es gab nichts, womit sie den technischen Leiter der Bühne mit dem Immobilienmakler in Verbindung bringen konnte. Wie sie es auch drehte und wendete, sie konnte sich keine gemeinsamen geschäftlichen Interessen vorstellen. Federmoser hatte bestimmt keine Immobilie zu verkaufen, er wohnte zur Miete in einem der neuen Wohnblocks drüben in Badberg, das wusste sie. Vielleicht wollte er ein Haus bei Grassl kaufen, aber warum sollte ihm Grassl dann Geld dafür geben? Zumindest ging Carolin davon aus, dass es sich in dem Umschlag um Geld gehandelt hatte, den Federmoser so eilig in seiner Tasche hatte verschwinden lassen.

Nein. Carolin schob ihr Fahrrad hinter dem Schild hervor und stieg auf. Bestimmt bildete sie sich das alles nur ein. Ein Blick auf die Uhr verriet ihr, dass sie nun nicht länger trödeln durfte, wenn sie rechtzeitig zu Rosis Kaffeeeinladung zurück sein wollte. Sie schüttelte den Gedanken an diese eigenartige Begegnung ab und trat in die Pedale.

In tödlicher Gefahr

Carolin hatte gerade noch Zeit, sich den Schweiß aus dem Gesicht zu waschen, ihre Haare zu kämmen und ein frisches Shirt anzuziehen, bevor sie sich hinunter in Rosis Küche begab. Annemarie Axamer war schon da, sie begrüßte Carolin herzlich.

»Frau Halbach, schön, Sie mal wieder zu sehen.«

Carolin schüttelte ihr die Hand. An ihr lag es nicht, wenn sie ihre Chefin nicht oft sah, dachte sie bei sich. In den ersten Wochen ihrer Tätigkeit war die Bürgermeisterin oft in der Bücherei gewesen, hatte sich vom Fortschritt der Arbeiten überzeugt, und selbst nach der Eröffnung war sie ein gern gesehener Gast gewesen. Seit dem Beginn der Sommerferien hatte sich das geändert. Vermutlich hatte Frau Axamer nun alle Hände voll zu tun, die Mitarbeiter im Gemeindeamt gingen der Reihe nach in Urlaub, und sie musste die vakanten Stellen irgendwie füllen, denn die Arbeit wurde ja nicht weniger.

Carolin rutschte auf die Bank an ihren gewohnten Platz. Rosi hatte den Tisch hübsch gedeckt, eine weiße Tischdecke lag auf der gemaserten Holzplatte, die guten Teller und blitzendes Besteck sowie ein bunter Strauß Sommerblumen aus dem Garten verbreiteten eine fast festliche Stimmung. Mit einer ausladenden Geste stellte Rosi eine silberne Platte mit einer dunkel glasierten Schokoladentorte in die Mitte. Ein angedeuteter Stern teilte das Prachtstück in zwölf Stücke. Weitere Verzierungen hatte die Torte nicht, doch sie sah sehr edel aus mit ihrer makellosen Decke aus dunkler Kuvertüre.

»Sachertorte«, erklärte Rosi mit Stolz in der Stimme. »Nach dem Originalrezept von der Anna Sacher.«

»Was, die geben wirklich das Originalrezept raus?« Carolin hob die Brauen.

»Naa, was glaubst denn.« Rosi lachte. »Aber die Anna Sacher war mit einer Lehrerin befreundet, der hat sie a Rezept 'geben, was die dann in ihrer Kochschul verwendet hat. Später hat sie's in ihr'm Kochbuch aufg'schrieben, und danach back i.«

»Verstehe.«

Rosi wandte sich ab und hantierte an der Kaffeemaschine herum. Einen Augenblick später stellte sie eine große Kaffeekanne aus weißem Porzellan auf den Tisch. Draußen rumpelte es, die Tür flog auf, und Herzinger stand in der Küche.

»Tschuldige, Tante Rosi, i bin z'spät.« Er küsste Rosi auf die Wange und ließ sich auf der anderen Seite des Tisches auf die Bank fallen.

»Is scho recht.« Rosi warf einen beiläufigen Blick auf die Uhr, dann stellte sie eine große Schüssel voll Schlagsahne sowie eine Kanne mit Milch auf den Tisch, bevor sie sich selbst setzte.

»Ist Peter gar nicht da?«, fragte Carolin, während Rosi ihre Tasse füllte.

»Naa.« Rosi schüttelte den Kopf. »Der is heit in Salzburg bei seim Funkertreffen.«

»Ach, Peter ist Funker? Das wusste ich gar nicht.«

»Hast net die Antenne am Dach g'sehen?« Rosi nahm ein großes Messer zur Hand. »Er hat nur nimmer so viel Zeit dafür, seit er im Kulturzentrum arbeit.«

Frau Axamer hob die Hände und lachte. »Das ist aber nicht meine Schuld.«

»Irgendwie schon«, meinte Rosi und schnitt mit einer energischen Bewegung die Torte an. »Früher hat er net so oft am Wochenend arbeiten müssen.«

»Das ist wahr«, gab Frau Axamer zu. »Aber die Überstunden kann er ja freinehmen.«

»Wann Zeit wär dafür.« Rosis Miene hatte sich verfinstert. »Aber es is ja ständig so viel z'tun, dass er net einfach dahoam bleiben kann.«

»Das wird im Herbst besser, sobald die Saison vorbei ist.« Frau Axamer hielt Rosi ihren Teller hin. »Momentan geht's uns doch allen so. Net wahr, Frau Halbach?«

Carolin nickte zustimmend, dabei war sie natürlich längst nicht so betroffen wie die Leute, die im Veranstaltungszentrum arbeiteten.

Herzinger räusperte sich. »Gibst mir bitte auch a Stück?«, fragte er. »Oder wollts es no länger über d'Arbeit schimpfen?«

Rosi verzog das Gesicht. »Für di is doch koa Unterschied, ob Saison is oder net«, brummte sie. »Aber i kann mi um die Gäst in der Pension komplett allan kümmern, wann der Peter nie Zeit hat.«

»Im Sommer haben mir a mehr z'tun«, erwiderte Herzinger, während er sich Schlagsahne auf die Torte schaufelte. »Allan der Verkehr is doppelt so viel wie sonst. Und überall wird 'baut.«

Das war Rosis Stichwort. »Genau.« Sie griff nach einer Gabel und stach so vehement auf ihr Tortenstück ein, dass es in zwei Hälften zerbrach. Eine glänzende Schicht Konfitüre kam zum Vorschein. »Annamirl, was treiben deine Leit vom Bauamt eigentlich?«

»Was?« Annemarie Axamer hatte den Mund voll und musste erst schlucken. »Was meinst, Rosi?«

»Na, des Haus gegenüber«, erklärte Rosi und fuchtelte mit ihrer Gabel durch die Luft. »Die bauen des viel höher, als was s' dürfen.«

»Blödsinn.« Die Bürgermeisterin schüttelte den Kopf. »Wie kommst denn darauf?«

Herzinger wandte sich um und sah aus dem Fenster. »Meinst des da drüben mit'm G'rüst?«

»Genau. Sehts es net, wie hoch des is?«

»Aber des ist doch nur des Gerüst. Da kommt a neues Dach drauf, das ist alles.«

»Die haben an kompletten zweiten Stock draufg'setzt, Annamirl. Und des Dach is a net richtig. Des kriegt a Mansarden, und des is bei uns net erlaubt.«

Annemarie Axamer runzelte die Stirn. »Die haben bestimmt a Ausnahmegenehmigung. Wo is des Problem?«

»Des Problem is, dass des mein Glocknerblick verstellt. Und i mach doch Werbung damit.« Rosi schnitt eine Grimasse.

»Glocknerblick?« Herzinger klang belustigt. »Wo hast du da an Glocknerblick, Tante Rosi?«

»›Aussicht zum Glocknerblick‹ steht im Prospekt.« Rosi deutete aus dem Fenster. »Der Blick zum Großglockner is da oben, am Stubnerkogel. Und da sieht ma nimmer hin, wann des Dach so hoch wird wie des Gerüst.«

Frau Axamer folgte mit dem Blick Rosis Hand. »Ich seh, was du meinst«, gab sie zu. »Aber wann des so genehmigt is, kann i a nix machen.«

»Aber es is eben net so genehmigt.« Rosi stand auf und holte mehrere Ausdrucke, die sie vor der Bürgermeisterin auf dem Tisch ausbreitete. »Schau her, des is eingeschoßig beantragt, und mit an normalen Satteldach, wie mir's alle haben. Aber was die bauen, is a komplettes zweites Stockwerk, egal was für a Dach dann auffikommt.«

Die Bürgermeisterin runzelte die Stirn. »Wie kommst du an diese Pläne, Rosi?«

»Die san öffentlich am Computer«, schnappte Rosi zurück. »Die kann si jeder anschauen.«

»Wie bitte?« Frau Axamer hob den Kopf. »Die sind doch net öffentlich einsehbar.«

»Im Augenblick schon«, mischte Carolin sich ein. »Am Freitag gab es ein Problem mit dem Gemeindeserver, und um die Arbeit aufrechterhalten zu können, bis jemand von der Wartungsfirma kommt, hat Herr Burmeister da etwas geändert.«

»Wieso sagt mir des keiner?« Frau Axamer schnaubte erbost durch die Nase. »Das geht doch net, das is doch alles vertraulich!«

»Sensible Daten sind meines Wissens nicht betroffen«, beruhigte sie Carolin. »Und die Bauanträge sind ja nicht geheim. Die werden schließlich sogar veröffentlicht.«

»Aber für alle einsehbar san s' nur während der Einspruchsfrist.« Frau Axamer griff nach einem der Ausdrucke. »Aber du hast recht, Rosi. Des is als eingeschoßiger Bau mit Satteldach bewilligt worden.«

»Was anderes is in unserer Siedlung auch gar net erlaubt«, antwortete Rosi. Ihre Stimme klang schnippisch. »Glaub mir, wann mir anders hätten bauen dürfen, dann hätten mir des a so g'macht.«

»Der Pfeiffer is in Urlaub«, gab die Bürgermeisterin zu. »Und offenbar is niemand zum Kontrollieren auf der Baustelle g'wesen.«

»Die kommen bestimmt erst zur Endabnahme. Dann kriegen die Bauherren a weng g'schimpft und müssen vielleicht a Straf zahlen, und alles is wieder in Ordnung.« Rosi schnaubte. »Außer für mi und mein Glocknerblick.«

Frau Axamer runzelte die Stirn. »Als Eigentümer steht da des Russen-Konsortium. Und die Anträge eing'reicht hat der Rubinsky.«

»Goscha Rubinsky?« Herzinger hob den Kopf.

»Genau.« Frau Axamer legte den Finger auf die Unterschrift. »Des is doch der Tote von der Alm, oder?«

»Ja.« Carolin nickte. »Genau der.«

»Vielleicht haben si no mehr Leit über den g'ärgert«, meinte Rosi. »Wundern tät's mi ja net.«

»Des is Blödsinn, Tante Rosi.« Herzinger lachte. »Wegen so was is der net um'bracht worden.«

»Wegen was denn?« Rosi sah ihn lauernd an. »Wissts es schon?«

»Naa.« Herzinger schüttelte den Kopf. »Aber dafür gibt's kane Anhaltspunkte. Des hat was mit der Wiesneralm z'tuan, und vermutlich war's aner von der Familie. Die waren si nämlich überhaupt net einig, was s' eigentlich wollen.«

»Ist Gerald Grassl inzwischen wieder frei?«, wollte Carolin wissen.

Herzinger nickte. »Er is no net vollständig entlastet, und er is in jedem Fall wegen Verschleierung einer Straftat dran, aber der Richter hat kan Grund mehr für die Untersuchungshaft g'sehen.« Er nahm einen Schluck Kaffee und sah Carolin ernst an. »Dafür haben s' den Lois verhaftet. Wegen dringendem Tatverdacht.«

»Aber das ist doch …« Carolin sah ihn erschrocken an. »Er hat doch ein Alibi?«

»Des is nix wert.« Herzinger hob die Schultern. »Niemand hat eam g'sehen in der Kirchen. Man hat nur die Orgel g'hört. Und mit'm Auto wär er in aner Stund locker hin und wieder z'ruck. Und immerhin war's sei G'wehr. Damit hat er die Gelegenheit, des Mittel und a Motiv.«

»Was für ein Motiv sollte Lois denn haben?« Carolin schüttelte den Kopf.

»Auf dem Bauantrag is sei Unterschrift, und auf der Hülsen seine Fingerabdrück.« Herzinger sah bedauernd drein. »Vielleicht wollt er ja wirklich den Gerald umbringen, weil si der so gegen den Verkauf g'wehrt hat. Dann war des gestern natürlich a genialer Schachzug. So tun, als ob er von die Pläne nix g'wusst hätt.«

»Oder es war schlicht und einfach die Wahrheit.« Carolin sah ihn erbost an. »Natürlich waren seine Fingerabdrücke auf der Patronenhülse – schließlich hat er sie gefunden. Und so eine Unterschrift kann man auch fälschen.«

Herzinger hob die Hände. »Schauen S' net mi so an. I hätt eam des a net zu'traut.«

»Weil er es auch nicht war.« Carolin legte die Gabel weg, ihr war der Appetit vergangen. »Sie haben doch überhaupt keinen Beweis für seine Schuld.«

»Des stimmt.« Herzinger stach erneut in sein Tortenstück. »Es is nur die Indizienlage. Aber wann er's war, dann werden mir a was finden. Heut is Hausdurchsuchung bei eam, und wann s' da irgendan Hinweis entdecken, dass er si mit die Russen einig war, dann is er dran, der Lois. So leid mir des persönlich tut.«

Später saß Carolin auf dem Sofa in ihrer kleinen Dachgeschoßwohnung und betrachtete nachdenklich die Bilder auf ihrem Handy. Fotos, die sie in den letzten Tagen auf der Wiesneralm gemacht hatte. Eine seltsame Unruhe hatte sie erfasst, am liebsten wäre sie auf und ab gelaufen, doch dafür reichte der Platz nicht aus. So waren es nur ihre Finger, die zwischen den Bildern hin und her wischten, während ihre Gedanken rotierten.

Natürlich war das Gespräch an Rosis Küchentisch daran schuld, das war ihr schon klar. Aber es war nicht das Problem des zu hoch gebauten Hauses, das sie beschäftigte. Frau Axamer hatte versprochen, sich persönlich um den Verstoß gegen die Bauordnung zu kümmern und gleich morgen früh mit Elfi Hochstadler zu sprechen. Man würde anordnen, dass ein Teil des zu hohen Geschoßes zurückgebaut wurde, und über die Dachneigung würde man ein zum Ortsbild passendes Aussehen herstellen. Das war ein Kompromiss, aber zumindest Rosis Glocknerblick würde auf diese Weise erhalten bleiben. Gegen die Konkurrenzsituation eines neuen Hotels in der Siedlung konnte jedoch nicht einmal Frau Axamer etwas unternehmen – eine Nutzung als Beherbergungsbetrieb sah die Bauordnung eindeutig vor.

Doch das war nicht der Grund für ihre Rastlosigkeit. Nein, es waren Herzingers Worte gewesen, dass Lois Grassl verhaftet worden sei. Dass er des versuchten Mordes an seinem Onkel beschuldigt wurde. Dass er es gewesen sein sollte, der letzten Sonntag den tödlichen Schuss abgegeben hatte. Allein dass sein Hund die Patronenhülse gefunden hatte, sei doch schon ein verdächtiges Indiz, hatte Herzinger gemeint. Hunde würden eher auf menschliche Geruchsspuren reagieren, wenn sie nicht besonders trainiert wurden. Und Baldur war ein Jagdhund – warum um Gottes willen sollte er sich für eine

Patronenhülse aus Messing interessieren, wenn nicht sein Herrchen sie schon zuvor in der Hand gehabt hatte?

Carolin war bei den Bildern angelangt, die sie an Gerald Grassls »heiligem Ort« gemacht hatte, ohne zu wissen, dass der große Felsblock für ihn einen Kraftort darstellte, den er mit spirituellen Energien verband. Danach folgte ein Bild, das sie für das beste der ganzen Serie hielt: Es zeigte den kompletten Almboden, den mäandernden Bach, der silbern im Licht der Sonne glitzerte, und die imposante Felswand, aus deren Schneefeld er in unzähligen kleinen Zuflüssen entsprang. Wenn es nach den Plänen der Russen ging, sollte all das zerstört werden. Und alles nur wegen des Geldes, das die Reichen und Schönen dieser Welt für das Privileg zahlen würden, diesen besonderen Ort ganz für sich allein zu haben. Und ebenda Golf zu spielen. Es war unvorstellbar, dass es Menschen gab, die keine Hemmungen hatten, diese traumhaft schöne Kulisse dem Mammon zu opfern.

Sie schüttelte den Kopf, für sie passte das alles nicht zusammen. Ihrem Empfinden nach hatte Lois Grassl von den Plänen zum Ausbau der Alm genauso wenig gewusst wie sein Onkel. Zu echt war seine Überraschung gewesen. Und dass er tatsächlich Gerald Grassl töten wollte, nur weil der nicht in den Verkauf einwilligte? Der Eindruck, den sie von Lois gewonnen hatte, war ein ganz anderer gewesen. Wobei sie da wenig objektiv war, das gestand sie sich ein. Sie mochte den Mann, und sie wollte nicht, dass er ein Mörder war. Aber wer könnte es sonst gewesen sein?

Falls tatsächlich Gerald Grassl das geplante Opfer gewesen war, musste man dann nicht alles ganz neu denken? Konnte es dann nicht tatsächlich einer der Russen gewesen sein? Was, wenn Grassl die Wahrheit sagte und Rubinsky ihn wirklich mit einer Waffe bedroht hatte? Hatte er einen Partner gehabt, der Grassl in Schach halten sollte, während sie ihn … Carolin runzelte die Stirn. Vielleicht wollten die beiden ihn auf diese Weise an die Kante des Steilhangs zwingen? Womöglich hatten sie vor, ihn den Wasserfall hinunterzustürzen, sodass es wie ein Unfall aussah? Das ergab von allen Spekulationen noch am meisten Sinn, und wäre das ein Krimi in einem Buch, wäre diese Lösung absolut glaubwürdig gewesen. Doch tatsächlich hatte sich ein Schuss gelöst, der den Russen getroffen hatte, und so ein Fehler würde einem Profi kaum unterlaufen. Dazu kam, dass es sich um Lois Grassls Waffe handelte, was aber genau genommen auch nicht gegen ihre Idee sprach, denn Lois' Haus war auch gestern nicht versperrt gewesen, als sie ihn gesucht hatte. Jeder hätte vermutlich hineinspazieren und die Waffe entwenden können. Wenn der Verdacht auf Lois gelenkt wurde, hätte das russische Konsortium zwei Fliegen mit einer Klappe geschlagen – den Gegner des Projekts ausgeschaltet und denjenigen mit den Vorbehalten aus dem Verkehr gezogen. Mit Bernhard und Moritz Grassl als Verhandlungspartner sah die Lage vermutlich völlig anders aus. Doch wer war es gewesen, der geschossen hatte? Wer war an diesem Morgen noch auf der Alm gewesen?

Sie war am Ende der Fotostrecke angekommen. Das vorletzte Bild zeigte Bruno, wie er lachend auf der Brücke stand, und einen Augenblick bedauerte sie, dass sie es nicht schaffte, seine Gefühle zu erwidern. Er *war* doch nett. Aber es half nichts. Stirnrunzelnd betrachtete sie das letzte Foto dieses Tages. Offenbar hatte sie es unbeabsichtigt ausgelöst, denn es war schief, zeigte das Ende der Brücke und den Beginn des Wanderwegs, der, wie sie jetzt wusste, zu der Forststraße führte, die sie letztens mit dem Fahrrad hochgefahren war. Ein flüchtiger Gedanke blitzte auf, doch er verschwand sofort wieder, bevor sie ihn greifen konnte. Mit dem Fahrrad? Sie kaute auf ihrer Unterlippe. Es war der Gedanke an einen Gedanken, eine Art Déja-vu, doch was immer ihn ausgelöst hatte, es war nicht mehr zu fassen.

Irritiert schüttelte sie den Kopf, schaltete den Bildschirm aus und stand auf. So kam sie nicht weiter. Sie hatte das dringende Bedürfnis, mit jemandem über all das zu sprechen. Aber mit wem?

Bruno hatte sich seit ihrem Zusammentreffen in der Praxis nicht mehr gemeldet, und ihn jetzt deshalb anzurufen fühlte sich nicht richtig an. Außerdem hatte er an dem Fall vermutlich keinerlei Interesse – wieso auch. Er kannte die beteiligten Personen nicht, ganz im Gegensatz zu ihr, der Lois Grassl gar nicht mehr aus dem Kopf zu gehen schien, seit sie von seiner Verhaftung wusste.

Revierinspektor Herzinger? Nein, der war zu voreingenommen in seiner Sicht auf das, was passiert war. Außerdem war sie wohl die Letzte, mit der er ernsthaft über einen Fall sprechen würde, so wie er sich immer über ihre Miss-Marple-Ambitionen lustig machte.

Rosi käme infrage, aber die war hauptsächlich an Klatsch und Tratsch interessiert, außerdem besaß sie eine blühende Fantasie – damit kam sie hier aber auch zu keiner Lösung. Sie brauchte Fakten. Und tatsächlich gab es nur einen einzigen Menschen, der ihr sagen konnte, was auf der Alm wirklich passiert war. Und sie wusste auch, wie sie herausfinden konnte, wo er zu finden war.

Sie sah auf die Uhr, es war kurz vor acht. Spät, aber noch nicht zu spät, um einen Besuch zu machen. Sie griff sich ihre Jacke und verließ das Zimmer.

Bevor sie aus dem Haus ging, machte Carolin noch einen Abstecher in die Küche. Von Rosi war nichts zu sehen, aber vom anderen Ende des Flurs, wo das Wohnzimmer der Brunneders lag, vernahm sie gedämpfte Stimmen: Offenbar war Peter inzwischen nach Hause gekommen. In der Küche wandte sie sich zu der Anrichte, auf der bereits alles für das Frühstück am nächsten Morgen vorbereitet war: ein Stapel leerer Brotkörbchen, ein Stoß Servietten, eine große Obstschale, die Vorratsbehälter mit Müsli, Cornflakes und Haferflocken, Gläser mit Marmelade und Honig … Und die Honiggläser waren Carolins Ziel: Auf der Rückseite stand Gerald Grassls Anschrift.

Wenig später radelte sie die Kaiserin-Elisabeth-Promenade entlang in Richtung Böckstein. Die Sonne war längst hinter dem Stubnerkogel verschwunden, nur die obersten Gipfel im Osten lagen noch im letzten Licht des Tages. Hier unten brach bereits die Dämmerung herein, und der Fahrtwind war mehr als frisch. Doch Carolin trat kräftig in die Pedale, und ihr wurde schnell warm.

In Böckstein musste sie ein wenig suchen, bis sie das richtige Haus fand. Die Hausnummern der Bauernhöfe schienen keinem Schema zu folgen, aber schließlich entdeckte sie ein buntes Schild mit der Aufschrift »Almkräuterhonig – Hofverkauf«. Sie stellte ihr Fahrrad am Straßenrand ab und schloss es an einen Laternenpfahl. In dem Moment, als sie sich aufrichtete, ging die Straßenlampe an.

Zögernd betrat sie das Grundstück. Da war kein Zaun, nicht einmal etwas, das als Vorgarten gelten konnte, nur ein gepflasterter Hof, auf dem Grassls Jeep parkte. Im Haus brannte kein Licht, doch es gab eine Klingel an der Haustür. Carolin zögerte. Ob Gerald Grassl womöglich schon schlief? Zumindest sollte sie nachsehen, ob auf der Rückseite noch ein Fenster erleuchtet war, bevor sie riskierte, ihn mit ihrem Läuten zu wecken.

Die Giebelseite des Hauses, an der sie entlangschritt, wies überhaupt kein Fenster auf, was ihr eigenartig erschien. Vielleicht war das Haus früher größer gewesen, oder ein Schuppen hatte sich daran angeschlossen, der irgendwann der Zeit zum Opfer gefallen war? Offenbar wurde hier außer mit den Bienen keine Landwirtschaft mehr betrieben, und Gerald Grassl war in einem Alter, in dem er das allein auch gar nicht mehr hätte bewältigen können. Zumindest hatte das sein Sohn behauptet, Bernhard, der mit der Fortführung eines landwirtschaftlichen Betriebs ohnehin nichts am Hut zu haben schien.

Carolin umrundete die Hausecke und blickte die Fassade hoch. Auch die Fenster auf der Rückseite des Hauses waren dunkel. Ihr Ausflug war offenbar umsonst gewesen – entweder war Gerald Grassl nicht zu Hause, oder er war tatsächlich bereits zu Bett gegangen, und dann wollte sie ihn keinesfalls stören. Enttäuscht wandte sie sich um. Hinter dem Haus erstreckte sich eine Fläche aus rissigem Beton, zur Linken begrenzt durch ein lang gestrecktes flaches Gebäude mit leeren Fensterhöhlungen, das einmal ein Stall gewesen sein mochte. Gegenüber befand sich eine Scheune aus grau verwittertem Holz, das riesige Tor stand offen, und sie erblickte den chromblitzenden Sportwagen, mit dem sie heute Mittag Bernhard Grassl wegfahren gesehen hatte. Unwillkürlich runzelte sie die Stirn, als sie sich an die eigenartige Begegnung erinnerte. Was er mit Manfred Federmoser zu tun hatte, würde sie wirklich gern wissen. Fast wie von selbst setzten sich ihre Beine in Bewegung. Sie überquerte den Hof und fühlte sich auf einmal wie ein Eindringling, obwohl doch alles offen stand und sie nichts Böses wollte. Vor dem Sportwagen blieb sie stehen. Was sie hier wollte, hätte sie selbst nicht sagen können – das Auto würde ihr nicht verraten, worum es in dem Gespräch mit dem technischen Leiter der Bühne gegangen war. Sie wusste nicht einmal, warum ihr das so verdächtig erschienen war. Zwei Männer, die sich kannten, der eine gab dem anderen einen Umschlag mit … ja, vielleicht waren es Fotos gewesen oder ein Vertragsentwurf, etwas völlig Harmloses also.

Schon wollte sie sich abwenden, da fiel ihr Blick auf die Geländemaschine. Jenes hochbeinige Gerät, mit dem Bernhard Grassl am Mittwoch zur Alm hochgefahren war. Sie trat näher und nahm das Motorrad in Augenschein, soweit das im dämmrigen Licht möglich war. Schmutzig war es, als ob sein Besitzer öfter solche Ausflüge ins Gelände machte wie hinauf zur Wiesneralm. Wobei man dafür ja nicht einmal eine Geländemaschine brauchte, wie sie inzwischen wusste – immerhin hatte sie das auch mit ihrem Fahrrad geschafft. Zumindest bis zum Beginn des Wanderwegs, wo sie hatte absteigen müssen, weil ihre Reifen … Auf einmal wurde ihr heiß und kalt. Der Gedanke, der ihr vorhin beim Betrachten der Fotos zu schnell entglitten war, stand auf einmal in leuchtender Klarheit vor ihr. Bei ihrem ersten Besuch auf der Alm, als sie auf der Brücke gestanden und den

Weg betrachtet hatte, waren ihr Reifenspuren aufgefallen. Sie hatte sie für die Spuren eines Mountainbikes gehalten, doch tatsächlich waren die Stollen tief und die Reifenabdrücke breit gewesen. Zu breit für ein Fahrrad, und die Tatsache, dass es in der Nacht zuvor heftig geregnet hatte, konnte nur eines bedeuten: Sie waren frisch, am gleichen Tag entstanden, am Morgen jenes Tages, an dem Goscha Rubinsky erschossen worden war. Sie riss ihr Handy aus der Tasche und startete die Galerie-App. Das letzte Foto war noch geöffnet, das schief aufgenommene mit der Brücke und dem Beginn des Wegs. Sie tippte zwei Mal darauf, um es zu vergrößern, mit zwei Fingern zoomte sie es noch weiter heran. Die Qualität des Handy-Fotos war deutlich besser als das Talent der Fotografin, denn es zeigte eindeutig das grobe Stollenprofil, genau an der Stelle, wo der Weg an der Brücke endete.

Zischend zog sie die Luft zwischen den Zähnen ein. Falls es gelang, mithilfe ihres Fotos die Reifen des Motorrads zu identifizieren, wäre das ein handfester Beweis. Sie betrat den Schuppen und ging neben dem Vorderrad der Maschine in die Hocke. Stirnrunzelnd musterte sie erst den Reifen, dann ihr Foto. Natürlich war sie kein Profi, den endgültigen Abgleich musste die Polizei durchführen, aber sie war ziemlich sicher, dass das …

Ein Geräusch ließ sie herumfahren, das Handy rutschte ihr aus der Hand und fiel klappernd zu Boden. Bernhard Grassl stand hinter ihr. »Was machen Sie denn …«

Sein Blick fiel auf ihr Telefon. Es war mit dem Bildschirm nach oben gelandet und zeigte – hell leuchtend und in Farbe – die Reifenspur. Er hob den Fuß und trat zu, bevor Carolin reagieren konnte. Der Bildschirm zersplitterte, das Handy flog davon, im nächsten Moment war er bei ihr, packte sie am Hals und drückte zu. Kraftvoll. Unerbittlich. Carolin rang nach Luft – vergebens. Schon wurde ihr schwarz vor Augen, das Blut toste in ihren Ohren, ihre Hände griffen ins Leere. Mit letzter Kraft trat sie um sich, ihr Knie traf, der Angreifer stöhnte, doch er ließ nicht los. Die Welt wurde eng, sie schmeckte Blut, fühlte ihre Sinne schwinden. War das das Ende?

Da – ein Geräusch. Knurren. Das Scharren von Krallen auf dem Boden, das Reißen von Stoff, ein heiserer Schrei. »Du depperter Hund, verschwind!«

Der Griff um ihren Hals lockerte sich, Carolin taumelte rückwärts und riss die Augen auf. Lois Grassls Jagdhund stand mit gesträubtem Fell und gefletschten Lefzen vor Bernhard Grassl. Der war zurückgewichen zu seinem Sportwagen und tastete in seinem Rücken nach dem Türgriff.

»Baldur, was machst da?«

Der Hund wandte den Kopf, Grassl junior nutzte den Moment und hechtete in seinen Wagen, der Motor heulte auf. Mit einem dumpfen Schlag traf die Stoßstange den Hund, Gerald Grassl in der Toröffnung rettete sich mit einem Sprung zur Seite, der Hund jaulte, und Carolin verlor das Bewusstsein.

Carolin erwachte von einem warmen Hauch in ihrem Gesicht. Unwillkürlich streckte sie die Hände aus, überzeugt, dass es Baldur sein musste, der ihr vermutlich gerade das Leben gerettet hatte, und riss überrascht die Augen auf, als sie in den zottigen Bart eines Mannes fasste. Gerald Grassl hatte sich über sie gebeugt, sein Gesicht keine zehn Zentimeter von ihrem entfernt, und sah sie angespannt an. »San S' wieder da?«

Carolin nickte schwach. »Wie geht's Baldur?«, wollte sie wissen.

»Der is okay.« Grassl richtete sich auf. »Wird a paar Tag humpeln, aber 'brochen is nix.«

»Gott sei Dank.« Carolin richtete sich auf. Halb erwartete sie ein Schwindelgefühl, doch es blieb aus. Sie befand sich in einer holzvertäfelten Stube und lag auf einem Sofa, das mit abgewetztem grünem Samt bezogen war. Wie sie hierhergekommen war, wusste sie nicht. Das Letzte, woran sie sich erinnerte, war das davonbrausende Auto von Bernhard Grassl, der offenbar die Flucht ergriffen hatte. Sie atmete tief durch und rieb sich den schmerzenden Hals.

»I hab den Valentin ang'rufen«, sagte Grassl wie als Antwort auf ihre unausgesprochene Frage. »Er wird glei kommen, er will mit Ihnen reden.«

»Das kann ich mir denken.« Carolin räusperte sich. Ihre Kehle fühlte sich rau und wund an, aber tatsächlich konnte sie froh sein, überhaupt noch hier zu sein. »Kann ich vielleicht etwas zu trinken bekommen?«

»Klar.« Grassl erhob sich und verschwand im Nebenraum. Carolin setzte sich auf. Die Stube sah gemütlich aus, eine Eckbank, ein massiver Tisch und ein riesiger Schrank mit geschnitzten Türen füllten sie vollständig aus. Dicke Balken an der Decke, noch mehr Holz auf dem Fußboden, alte Fotos an der Wand – hier hatte sich vermutlich in den letzten dreißig Jahren nichts verändert.

Grassl kam wieder, eine dampfende Tasse in der Hand. »Kräutertee«, erklärte er. »Mit Honig und a weng an Schnaps.«

»Zirbengeist?« Carolin wappnete sich.

»Eh klar.« Er grinste und sah auf einmal um zwanzig Jahre jünger aus. Wie sein Neffe Lois, um es genau zu sagen, und Carolin unterdrückte den Anflug von Schmetterlingen im Bauch. Himmel, sie war gerade dem Tod entronnen, und sie dachte an nichts anderes als …

Zum Glück ertönten in diesem Moment Schritte von draußen. Ohne dass er geläutet oder geklopft hätte, stürmte Valentin Herzinger in die Stube. Carolin fuhr zusammen und verschüttete etwas von dem heißen Tee auf ihrer Jeans. »Aua.« Vorwurfsvoll sah sie den Revierinspektor an. »Erschrecken Sie mich doch nicht so.«

»Ich Sie erschrecken?« Erbost baute er sich vor dem Sofa auf. »Sie haben mi erschreckt, Frau Halbach. Sie mit Ihre ewigen Extratouren, irgendwann werden S' no …«

»Jetzt halt amal die Pappen«, ging Gerald Grassl dazwischen. »Siehst net, dass die Frau Magister fix und fertig is?«

Herzinger atmete tief durch. »Tschuldigen S'«, sagte er anschließend. »I hab mir halt Sorgen g'macht.«

»Sie haben …« Carolin sah ihn verblüfft an. »Nun, es ist ja nichts passiert. Mir geht's gut.«

»Des hätt aber schiefgehen können.« Er ging vor ihr in die Hocke und sah ihr in die Augen. »Bitte machen S' so was nie wieder.«

»Ich werde es versuchen.« Carolin konnte schon wieder lachen. »Hätte ich gewusst, dass ich hier einen Mörder aufschrecke, hätte ich Ihnen vorher Bescheid gesagt.«

»Des warert schlau g'wesen.« Herzinger nickte ernsthaft, dann stand er wieder auf. »Kann i a an Schnaps haben?«

»Bist net im Dienst?« Gerald Grassl musterte missbilligend Herzingers Uniform.

»Offiziell hab i scho Dienstschluss.« Herzinger grinste schief. »Aber natürlich muss i die Aussage von der Frau Magister aufnehmen. Ich fürcht nur, dass i dafür an Schnaps brauchen werd. Zumindest an kleinen.«

»Da kannst recht haben.« Grassl ging hinaus und kam mit einer unbeschrifteten Flasche wieder, die er auf den Tisch stellte. Zwei Gläser aus dem großen Schrank folgten, er schenkte ein und reichte Herzinger eines davon. »Dann Prost.«

»Prost, Gerald.« Herzinger kippte den Schnaps hinunter, dann setzte er sich auf die Eckbank. »Und jetzt erzählts, was los war.«

Gerald Grassl sah zu Carolin, sie hob die Schultern. »Okay, dann fange ich an.« Sie pustete über ihren Tee, zum Trinken war er noch immer zu heiß. »Mir ging die Geschichte nicht aus dem Kopf, wie Herr Grassl die Situation auf der Alm beschrieben hat. Deshalb wollte ich mit ihm reden, aber er war nicht da.«

»I war mit 'm Hund draußen«, warf Grassl ein.

Carolin nickte. »Ich bin einmal ums Haus gegangen, da sah ich die Geländemaschine von Bernhard Grassl in der Scheune stehen. Und ich erinnerte mich an die Reifenspuren, die ich auf dem Weg an der Brücke gesehen hatte. Damals hielt ich sie für Abdrücke von einem Mountainbike und habe mir nichts weiter dabei gedacht. Erst als ich Bernhard Grassls Motorrad sah, fielen sie mir wieder ein, und ich verglich sie mit den Spuren, die auf einem der Fotos zu sehen sind, das ich am Sonntag aufgenommen habe. Es hatte ja in der Nacht zuvor geregnet, deshalb mussten sie am Sonntagmorgen entstanden sein, das wurde mir in dem Augenblick klar. Und genau in diesem Moment kam Bernhard Grassl herein.«

»Er hat die Frau Halbach g'würgt«, sagte Grassl mit tonloser Stimme. »Der Baldur is dazwischen 'gangen.«

»Baldur?« Herzinger hob die Brauen.

»Dem Lois sei Hund.« Grassl deutete zur Tür. »I hab eam ins Schlafzimmer g'legt, damit er Ruh gibt.«

»Bernhard Grassl hat ihn angefahren, als er mit dem Wagen geflüchtet ist.« Einen Augenblick lang empfand Carolin das als noch schlimmer als den Mord an dem Russen. Sie nippte an ihrem Tee.

»Verstehe.« Herzinger schüttelte den Kopf. »Des heißt, der Bernhard war am Sonntag in der Früh auf der Alm?« Fragend sah er Gerald Grassl an.

»So schaut's aus.« Grassls Miene war unbewegt.

»Und er hat den Rubinsky erschossen?«

»Vermutlich.« Grassl blickte Herzinger an. »I hab doch schon g'sagt, wie's war. Wenn wirklich der Bua des war, dann nur, weil er mi hat retten wollen. Des war Notwehr.«

Carolin hob die Brauen. »Warum sollte er dazu das Gewehr von Lois genommen haben?«

»Waß i do net.« Grassls Gesicht war blass und starr wie eine Maske. »I woaß nur, dass mi der Rubinsky bedroht hat, und der Mann, der eam erschossen hat, hat mir des Leben g'rettet. Hätt i den verpfeifen sollen?«

Herzinger schüttelte den Kopf. »Naa, Gerald. So war des net.« Er bedeutete dem älteren Mann, sein Schnapsglas nochmals zu füllen. »Trink.«

Grassl gehorchte und stellte das Glas mit einem Knall wieder auf den Tisch. »Wie war's dann?«

»Von dem Mugel aus, von wo er g'schossen hat, hat der Bernhard den Russen gar net sehen können. Der hat nur di g'sehen, Gerald. Der hat auf di g'schossen.«

Grassl starrte Herzinger einen Moment lang an, dann hämmerte er mit den Fäusten auf den Tisch. »Mei Bua tuat doch so was net.« Er schlug die Hände vors Gesicht, seine Schultern zuckten. Krallen scharrten auf dem Boden. Baldur kam hereingehinkt und legte seine Schnauze auf Grassls Oberschenkel. Grassl nahm die Hände herunter und tätschelte den Kopf des Hundes.

»Wenn es wirklich Notwehr gewesen wäre, hätte er doch vorhin nicht versucht, mich zu töten«, sagte Carolin leise.

»Genauso is des.« Herzinger nickte bekräftigend. »I geb jetzt die Fahndung aussi. Ich fürcht, der Bernhard muss si wegen Mordes verantworten.«

»Aber wieso?« Mit tränennassen Augen sah Gerald Grassl den Polizisten an. »Valentin, wieso hat der des g'macht?«

»Der wollt einfach sein Anteil vom Alm-Kuchen haben.« Herzinger zog sein Telefon aus der Tasche. »Und er hat genau g'wusst, dass du dem nie zug'stimmt hättst.«

»Damit hast recht.« Mit einer energischen Bewegung wischte sich Grassl über die Augen. »I hab eam net erkennt gegen's Licht. I hätt net sagen können, ob er's wirklich war. Und er war so schnell weg …« Er schüttelte den Kopf. »Dann hab i des G'wehr g'funden und hab glaubt, es is meins und dass des der Bernhard war, der mi retten wollt. Deswegen hab i 's versteckt.« Seine Schultern sackten nach vorne. »I warert doch nie auf die Idee kommen, dass mi mei eigener Bua … umbringen wollt.« Seine Stimme war immer leiser geworden.

»Da steckst net drin«, sagte Herzinger lakonisch. »Trink no an Schnaps.«

Etwas ist faul

»Hast scho g'hört, der Grassl Bernhard hat an Unfall g'habt!« Mit diesen Worten begrüßte Rosi Carolin beim Frühstück. »Mit 'm Hubschrauber haben s' eam abtransportiert, und jetzt liegt er in Sankt Johann im Krankenhaus.«

»Ach, wirklich?« Carolin sprach leise, ihre Kehle war immer noch wund und schmerzte bei jedem Wort.

»Was is los?« Rosi musterte skeptisch das Halstuch, das sich Carolin um den Hals geschlungen hatte. »Wirst krank?«

»Ja, kann sein«, krächzte Carolin. Das Halstuch trug sie, um die blauen Druckstellen zu verbergen, die Bernhard Grassls Hände an ihrem Hals hinterlassen hatten, aber das wollte sie Rosi nicht auf die Nase binden. Sie hatte keine Lust, schon wieder im Mittelpunkt des Dorftratsches zu stehen, diesmal als Opfer eines mutmaßlichen Mordversuchs. Sie konnte sich lebhaft vorstellen, wie die Geschichte die Runde machte, spätestens sobald Rosi mit ihrer Freundin Moni gesprochen hatte. Vermutlich würde sie zu Mittag bereits zerstückelt in einem Straßengraben liegen – zumindest in der Vorstellung der Kundinnen von Haar-Moni in Badberg. Nein danke.

Dabei war sie tatsächlich dankbar für die Information. Offenbar war Bernhard Grassl bei seiner Flucht nicht weit gekommen. Ob die Polizei ihn schon vernehmen konnte? Ihr Handy war ja bei seinem Angriff kaputtgegangen, und es war fraglich, ob die Fotos noch verwertbar waren. Revierinspektor Herzinger hatte es mitgenommen und gemeint, die Spezialisten vom LKA würden sicher etwas auslesen können, aber ob das reichen würde, um Bernhard Grassl des Mordes zu überführen, war fraglich. Jedenfalls hoffte sie, dass man Lois nun freilassen würde – die Indizien gegen Bernhard Grassl wogen in ihren Augen deutlich schwerer.

Rosi schenkte ihr Kaffee ein, stellte den Korb mit den Semmeln vor ihr ab und schob das Honigglas zu ihr herüber. »Tu was von dem Honig in Kaffee«, forderte sie sie auf. »Des hilft gegen Halsweh.«

»Gute Idee.« Carolin rührte um und nahm einen Schluck, dabei verzog sie das Gesicht. Normalerweise trank sie ihren Kaffee schwarz und bitter, aber Rosi hatte recht, der Honig schien das raue Gefühl zu lindern. Sie schaffte es sogar, etwas zu essen, wobei sie die Semmel in den süßen Kaffee stippte, um sie aufzuweichen.

Rosi hatte sich zu ihr an den Tisch gesetzt und sah ihr zu. »Warst gestern no amal weg?«, fragte sie mit beiläufiger Stimme.

»Mhm.« Carolin nahm noch einen Schluck Kaffee. »War noch Rad fahren.«

»Ah so.« Rosi warf ihr einen vorwurfsvollen Blick zu. »Bist aber spät heim'kommen.«

»Mhm.« Valentin Herzinger hatte sie nach Hause gebracht, das Fahrrad einmal mehr hinten im Kofferraum verstaut. Diesmal hatte sie es geschafft, so leise zu sein, dass sie unbemerkt nach oben in ihre Wohnung gelangt war.

»Musst es ja net sagen, wannst net willst.« Rosi schob den Stuhl zurück, stand auf und widmete sich mit betontem Geklapper dem Geschirr in der Spülmaschine.

Sofort hatte Carolin ein schlechtes Gewissen. Rosi meinte es ja nicht böse, sie war einfach nur besorgt um sie. »Ich war bei Gerald Grassl«, sagte sie. Langsam gehorchte ihr ihre Stimme wieder.

»Beim Gerald?« Rosi wandte sich um. »Wieso denn des?«

»Wieso nicht?« Carolin hob die Schultern. »Ich wollte mit ihm noch mal über den Almfall reden.« Sie deutete auf das Glas vor ihr. »Außerdem wollte ich Honig bei ihm kaufen.«

»Na dann.« Rosis Gesicht war anzumerken, dass sie ihr kein Wort glaubte. »Vom Bernhard sein Unfall hat er nix g'sagt?«

Carolin schüttelte den Kopf. »Davon hat er vermutlich noch gar nichts gewusst.«

»Ah so.« Rosi verzog das Gesicht. »Na, hoff ma, dass si des mit dem Russenmord bald aufklärt. Die Polizei hat ja offenbar alle Tag an neuen Verdächtigen.«

Carolin sagte nichts dazu. Sie war sich sicher, dass Bernhard Grassl Rubinsky getötet hatte, und sie hoffte inständig, dass die Polizei ihn des Mordes überführen würde. Aber auch das würde sie Rosi nicht erzählen. Wenn sie recht hatte, würde ihre Zimmerwirtin es früh genug erfahren.

In der Bibliothek herrschte heute eine eigenartige Stimmung. Jeder schien auf etwas zu warten, jeder war irgendwie nervös. Julia wartete auf Paul, sie war blass und ungewohnt wortkarg. Max hoffte offenbar auf eine Nachricht von Lizzy, denn in den zwei Minuten, in denen

Carolin mit Julia am Tresen sprach, schaute er mindestens acht Mal auf sein Handy. Peter war das reinste Nervenbündel, denn der Ausfall des Gemeindeservers hatte offenbar auch die Steuerung der Hauselektrik durcheinandergebracht, und er wartete händeringend darauf, dass Friedl Burmeister sich meldete. Carolin selbst rechnete jeden Augenblick mit einem Anruf von Herzinger, der ihr hoffentlich erzählen würde, was es mit Bernhard Grassls Unfall auf sich hatte. Und – wie sie sich im Stillen eingestand – was nun mit Lois Grassl war, ob er wieder auf freiem Fuß war oder noch immer in Untersuchungshaft. Nur Frau Krauskopf schien unberührt von alledem, sie saß an ihrem Schreibtisch und schnitt etwas aus einer Zeitschrift aus, als Carolin ihren Kopf ins Büro steckte, um ihr einen guten Morgen zu wünschen.

»Haben S' g'sehen, dass wir in der Zeitung waren?«, fragte sie.

»Nein.« Carolin trat näher. »In welcher denn? Und was schreibt man?«

»In der Sonntagsbeilage von die *Salzburger Nachrichten* is a Artikel über des Lizzy-House-Konzert.« Frau Krauskopf deutete auf die Zeitschrift. Besser gesagt, auf die zerschnittenen Überreste davon. »I sammel die für die Pressemappe«, erklärte die ältere Frau.

»Ich wusste nicht einmal, dass wir eine Pressemappe haben«, erwiderte Carolin. »Darf ich mal sehen?«

»Natürlich.« Frau Krauskopf schob ihr die Mappe hin.

Sie war nicht dick, natürlich nicht, die Bücherei existierte ja noch nicht so lange, aber Frau Krauskopf war fleißig gewesen. Etwa dreißig Zeitungsartikel hatte sie fein säuberlich ausgeschnitten, mit Datum versehen und eingeklebt. Der Artikel über Carolins Engagement als

Bibliotheksleiterin in Bad Gastein samt Foto war der erste der Sammlung. Jener unsägliche Artikel im *Gasteiner Blatt*, der dazu geführt hatte, dass jeder im Dorf Carolins Gesicht kannte. Carolin blätterte rasch weiter. Es folgte ein kurzer Bericht über die Eröffnungsfeier der Bibliothek, der einzige, der nicht den tragischen Tod von Professor Hutter thematisierte. Danach folgte nur noch Berichterstattung über den Mordfall und die Verhaftung des Mörders. Was auch immer das mit der Bibliothek zu tun hatte. Aber Frau Krauskopf hatte nicht nur Artikel über die Bücherei gesammelt, sondern jegliche Berichterstattung über das Kulturzentrum archiviert. Das Konzert der Salzburger Philharmoniker, mit dem das Eventzentrum eröffnet worden war, fand da genauso Platz wie die kurzen Erwähnungen der bisher abgehaltenen Lesungen, die den Redakteuren zumeist nur einen winzigen Absatz wert gewesen waren. Die Krönung war natürlich das Lizzy-House-Konzert, das tatsächlich ein großer Erfolg gewesen war und offenbar einen zweiseitigen Beitrag gerechtfertigt hatte.

»Darf ich das mitnehmen?«, fragte Carolin. »Ich würde den Artikel gern lesen.«

»Natürlich, Frau Magister.« Der Gesichtsausdruck von Frau Krauskopf stand in Widerspruch zu ihrer Zustimmung, aber Carolin ignorierte das. Wenn man nach Frau Krauskopfs Miene ging, hätte man sie nie ansprechen dürfen – die spiegelte meistens eine Mischung aus Zitronensäure und Essigwasser wider. Trotzdem war sie eine tüchtige Kraft, und Carolin würde sie ehrlich vermissen, wenn sie im Herbst in Rente ging. Wobei die Tatsache, dass sie dann das Haus ihrer Mitarbeiterin übernehmen durfte, ihr Bedauern über ihren Weggang mehr als aufwog. Frau Krauskopf würde zu ihrer Schwester nach Afrika gehen und ihr Haus in einer Art Mietkauf Carolin überlassen.

»Ich hoff, Sie führen das weiter, wenn ich nicht mehr da bin.«

Scheinbar konnte Frau Krauskopf Gedanken lesen. »Bestimmt, Frau Krauskopf.«

Carolin schlug die Mappe zu, verließ den Raum und ging hinüber in ihr eigenes Büro. Dort las sie den Artikel und musste unwillkürlich lachen. Der Reporter hatte Lizzy House offenbar zusammen mit Manfred Federmoser erwischt, als sie ihr Meet-and-Greet abgehalten hatte. Die Kuppeln auf dem Dach des Kulturzentrums waren deutlich auf dem Foto zu erkennen. Lizzy war bereits in ihrem Bühnenoutfit, geschminkt und mit auftoupierten Haaren, Manfred Federmoser sah mit väterlichem Gesichtsausdruck auf sie hinunter und hatte ihr die Hand auf die Schulter gelegt. »Der Frau Magister Halbach verdanken wir's, dass die Lizzy rechtzeitig da war«, wurde er zitiert. Carolin rollte innerlich mit den Augen. »Ums Haar hätte der Tunnelbrand das Konzert verhindert. Und das wäre ja wirklich schade gewesen.« Carolin stutzte. Von einem Tunnelbrand war doch gar nie die Rede gewesen? In der Zeitung vom Sonntag hatte gestanden, dass es ein falscher Alarm gewesen war: Ein Rauchmelder hatte angeschlagen und die Sperrung ausgelöst, aber die Techniker hatten keine Ursache feststellen können. Wie kam Federmoser also darauf, dass es gebrannt haben könnte? Eigenartig.

Federmosers Treffen mit Bernhard Grassl kam ihr in den Sinn, die Übergabe des dicken Briefumschlags. Aber war das nicht zu weit hergeholt? Irritiert las sie weiter, doch im Rest des Artikels ging es nur noch um Lizzys Konzert und ihre sagenhafte Karriere. Von der Schulbank direkt auf die große Bühne, so beschrieb es der Journalist, und es klang, als wäre Lizzy ohne jegliche musikalische Vorbildung zum gefeierten Star geworden. Dabei stimmte das doch gar nicht, wenn sie Max richtig verstanden hatte. Sie schlug die Mappe zu und rieb sich die Stirn. Wahrscheinlich steckte nichts dahinter, aber eigenartig war es dennoch.

Zu Mittag spazierte Paul zur Tür herein mit einer Selbstverständlichkeit, als täte er jeden Tag nichts anderes. Über der Schulter hatte er einen kleinen Rucksack, in der Hand einen Blumenstrauß, den er Julia mit einer galanten Verbeugung überreichte. Carolin war gerade auf dem Weg ins Untergeschoß zu den Büchern gewesen, als er kam, und beobachtete mit stillem Vergnügen Julias Reaktion. Schlagartig bekamen ihre Wangen Farbe, und ihre Augen glänzten, als sie aufsprang und Paul um den Hals fiel. Sein Gesichtsausdruck war ähnlich, er schien sich ehrlich zu freuen und begrüßte die junge Frau mit einer innigen Umarmung.

»Hey, Kleine. Wieso weinst du denn?«

Julia schniefte. »I g'frei mi so«, murmelte sie in sein Shirt.

»Ach du.« Paul schloss sie in die Arme. »Ich mich doch auch.« Über Julias Schulter hinweg entdeckte er Carolin und zwinkerte ihr zu. »Hallo, Schwesterherz!«

Julia ließ ihn los und sah sich nach Carolin um. »Tschuldigen S', Frau Magister«, sagte sie und wurde rot.

»Ist doch in Ordnung«, beruhigte sie Carolin. »Es sind ja gerade keine Besucher da.«

Paul kam zu ihr und küsste sie auf die Wange. »Darf ich dir Julia entführen?«, fragte er und sah sie bittend an. »Oder brauchst du sie?«

»Sie hat ohnehin gleich Mittagspause.« Carolin überlegte kurz. Der Besucherandrang war heute nur mäßig gewesen, obwohl es wohl kaum das Wetter war, das die Leute draußen hielt. Aber immerhin regnete es nicht, was die meisten Touristen vermutlich ausnutzten, um kleinere Wanderungen zu unternehmen, anstatt die Bücherei zu besuchen. Oder sie nahmen die anderen Angebote des Orts wahr, suchten das Museum oder den Heilstollen auf oder entspannten sich in der Therme. Es war nicht anzunehmen, dass sich das am Nachmittag ändern würde. »Wenn du möchtest, kannst du dir heute Nachmittag freinehmen«, sagte sie an Julia gewandt. »Ich denke, wir kommen auch ohne dich zurecht.«

Julias Augen leuchteten. »Dank Ihnen schön, Frau Magister«, sagte sie. Und mit einem Blick auf Paul: »I hol nur mei Zeug, dann könn ma los!«

»Lass dir Zeit.« Paul lächelte sie an.

Er sah sehr verliebt aus, fand Carolin. Hoffentlich blieb das auch so, wenn ihm Julia von ihrer Schwangerschaft erzählte. Eine Schwangerschaft, die für sich allein schon geeignet war, ihren unsteten Bruder in die Flucht zu schlagen. Was würde er dazu sagen, dass Julia nicht einmal wusste, ob das Kind von ihm war? Sie beneidete die junge Frau nicht darum, Paul das erklären zu müssen.

Wenig später kam Max Puntschuh die Treppe hochgestapft. »Es ist keiner mehr da, ich mach jetzt Mittagspause«, sagte er.

»In Ordnung, Max. Bis nachher!«

Er verschwand nach draußen, und Carolin sah ihm durch die Glastüren der Bibliothek hinterher, wie er sich zur großen Treppe wandte und nach unten lief. Vermutlich war er auf dem Weg zum Bühnenbereich, wo er sich mit seinem Freund Kevin traf, der bei Federmoser in der Bühnentechnik jobbte. Sie runzelte die Stirn. Zu gern hätte sie gewusst, was es mit der Transaktion zwischen ihm und Bernhard Grassl auf sich hatte. Und noch immer wusste sie nicht, wie es dem Immobilienmakler nach seinem Unfall ging und wie weit die Ermittlungen der Polizei gediehen waren. Sie warf einen Blick auf die Uhr, inzwischen war es nach zwölf. Seufzend machte sie sich auf den Weg, um Frau Krauskopf zu bitten, kurz allein die Stellung zu halten, während sie ihre eigene Mittagspause nahm.

Die führte sie heute ins Hotel Cäcilia. Sie wollte unbedingt wissen, wie sich Jana schlug und ob sich das Mädchen inzwischen mit seiner »Strafe« abgefunden hatte. Doch als sie im Bistro Platz nahm, war von der Ausreißerin nichts zu sehen. Genau genommen war überhaupt niemand zu sehen. Sie war der einzige Gast, und auch die Theke war nicht besetzt. Endlich hörte sie Geräusche. Sie stand auf und spähte um die Vitrine mit den Süßigkeiten herum, wo sie Sven entdeckte, der einen hohen Rollwagen mit Geschirr hereinschob. Sie ging zu ihm und half ihm, das unhandliche Teil in Richtung Küche zu bugsieren.

»Das ist das Geschirr vom Barbecue«, erklärte er. »Es war nur geliehen, es wird nachher abgeholt.«

»Verstehe.« Carolin sah sich im leeren Gastraum um. »Hast du heute nicht geöffnet?«

»Eigentlich schon.« Er verzog das Gesicht. »Aber montags haben die meisten Lokale Ruhetag, und offenbar denken die Leute, das gilt auch für uns.«

»Ach so.« Sie grinste. »Hast du noch etwas zu essen für mich? Ich weiß, ich bin spät dran.«

Sven nickte. »Du hast Glück, ich habe noch Pfannkuchenteig. Du hast sogar die Wahl zwischen Apfel und Speck.«

»Geht auch beides?«

»Klar.« Er erwiderte das Grinsen. »Ich vergesse immer wieder, dass du aus einer Gegend kommst, in der man so was auch zusammen mag.«

»Ich vergesse es auch manchmal.« Carolin hob die Schultern. »Man gewöhnt sich schnell an das Leben hier.«

»Das stimmt.« Sven wandte sich ab und verschwand in der Küche. Wenig später kam er wieder und stellte einen dampfenden Teller vor ihr ab. Apfelringe und Speckwürfel umgeben von goldgelb gebackenem Pfannkuchen, ein herzhaft-süßes Essen, wie Carolin es aus ihrer Kindheit kannte. Und eine Kombination, für die man sie hier in Bad Gastein im günstigsten Fall schief angesehen und im schlimmsten Fall für verrückt erklärt hätte. Aber im Bistro des Hotels Cäcilia war offenbar alles möglich.

»Apropos gewöhnen«, begann Carolin, während sie den ersten Bissen abschnitt. »Wo steckt eigentlich Jana?«

Sven machte eine bekümmerte Miene. »Sie ist weg.«

»Weg?« Carolin sah ihn überrascht an. »Ich dachte, sie …«

»Ja, das dachte ich auch.« Er zog einen Stuhl heran und setzte sich. »Am Samstagabend war eine Gruppe von Studenten aus Dresden da, mit denen hat sie sich offenbar angefreundet. Die sind gestern gefahren und haben sie mitgenommen.«

»Oh, das tut mir leid.« Carolin ließ die Gabel, die sie gerade zum Mund führen wollte, wieder sinken. »Was wirst du nun unternehmen?«

»Unternehmen?« Er sah sie erstaunt an. »Was sollte ich denn unternehmen?«

»Nun, ihr hattet doch eine Abmachung, oder nicht?«

»Ja, schon.« Sven nahm seine Brille ab, putzte sie umständlich und setzte sie wieder auf. »Aber eigentlich wollte ich ihr nur helfen. Ich habe gehofft, dass sie etwas lernt aus der Sache.«

»Das habe ich auch gehofft. Und sie war doch einverstanden.«

»Nein, nicht wirklich.« Er schüttelte den Kopf. »Und wenn ich ehrlich sein soll, war sie auch keine große Hilfe.« Er ließ die Schultern nach vorn sacken und sah auf einmal sehr müde aus. »Weißt du, Caro, man kann sie nicht alle retten. Man kann es nur immer wieder versuchen.«

»Vermutlich hast du recht.« Carolin legte ihm die Hand auf den Arm. »Es tut mir trotzdem leid. Es hätte schließlich funktionieren können.«

»Es hat eben nicht sein sollen. Und immerhin ist sie nun wieder auf dem Weg nach Hause.«

»Dann wünschen wir ihr mal, dass sie da auch gut ankommt.«

»Jedenfalls ist es nicht mehr unser Problem.« Er schüttelte sich wie ein Hund und stand auf.

»Ich hoffe, dass Revierinspektor Herzinger das auch so sieht.« Carolin schob den Teller weg. Ihr war der Appetit vergangen.

»Keine Sorge. Ich habe meine Anzeige schon zurückgezogen. Es nützt ja nichts, wenn ich dem Mädchen jetzt noch einen Knüppel zwischen die Beine werfe.« Er grinste schief und deutete auf ihren Teller. »Wenn du meinen Pfannkuchen stehen lässt, schmerzt mich das viel mehr.«

»Okay.« Carolin musste lachen und zog den Teller wieder heran. »Dann soll es so sein.«

Am Eingang zum Kulturzentrum lief Carolin Peter über den Weg. »Hast scho g'hört? Der Valentin hat die Elfi mitg'nommen!«

»Die Mitarbeiterin vom Bauamt?« Carolin sah ihn überrascht an. »Wieso das denn?«

»Koa Ahnung.« Peter zuckte mit den Schultern. »Zur Vernehmung, hat er g'sagt. Aber so, wie s' dreing'schaut hat, die Elfi, muss da was vorg'fallen sein.«

»Du meinst, sie hat Dreck am Stecken?«

»Des weiß i net.« Peter blinzelte. »Aber ausg'schaut hat s' wie des personifizierte schlechte G'wissen.« Er kicherte. »I sag dir, der Apfel fallt net weit vom Stamm. Und der Rosi ihr Menschenkenntnis, da geht nix drüber.«

»Wie meinst du das?«

»Die Rosi hat si doch mit der Josefa verkracht, des is die Mutter von der Elfi. A falsche Henn, hat d' Rosi immer g'sagt. Der ihr Wort is nix wert. Und wie's ausschaut, kommt die Elfi ganz nach ihr.«

»Aber das ist doch noch gar nicht erwiesen.« Carolin sah ihn tadelnd an. »Bis jetzt wird sie doch nur befragt.«

»Aber des, wozu sie befragt wird, Carolin, des is ka Bagatelle. Die hat net nur g'mauschelt, sondern si bestechen lassen.«

»Worum geht es denn überhaupt? Um den nicht genehmigten Hausumbau?«

»Um no mehr, so wie's ausschaut.« Peter sah finster drein. »Offenbar hat die Elfi regelmäßig Schmiergeld g'nommen. Sie hat die Leut g'steckt, wann a Baustell kontrolliert werden soll. Und die Russen, denen des Hotel bei uns in der Straßen g'hört, hat s' verraten, wann der Pfeiffer im Urlaub is und garantiert net nachschauen kommt. Deswegen haben die des mit die Fertigteilwänd in der Wochen g'macht, wo der Pfeiffer net da is.«

»Verstehe.« Carolin verzog das Gesicht. »Und die Pläne für die Wiesneralm? Hatte sie da auch ihre Finger im Spiel?«

»Des waß i net.« Peter hob die Schultern. »I hab nur des mit die Kontrollen mit'kriegt. Die Annamirl hat den Pfeiffer im Urlaub ang'rufen, der is aus alle Wolken g'fallen.«

»Das kann ich mir vorstellen.« Sie warf einen Blick auf ihre Uhr. »Du, ich muss zurück in die Bibliothek, sonst kommt Frau Krauskopf nicht zu ihrer Mittagspause.«

»Scho recht.« Peter grinste. »I hab a gnug z'tun. Mit a weng Glück kriegen mir morgen unseren Server wieder.«

»Das wäre ja zur Abwechslung einmal eine gute Nachricht.«

»Des kannst laut sagen.« Peter stieß einen tiefen Seufzer aus. »I tat mir wünschen, dass amal was ohne Probleme funktioniert.«

»Da hast du recht.« Carolin musste schon wieder an Federmoser und ihren Verdacht denken. »Das wäre wirklich schön.«

Peter verschwand in Richtung Eventsaal, Carolin wandte sich der Treppe zu. Auf halbem Weg kam ihr Manfred Federmoser entgegen, schnaufend wie eine Dampflok.

»Die Aufzüge gengan scho wieder net«, keuchte er. »Haben S' vielleicht den Brunneder g'sehen? Der muss des reparieren, des is ja koa Zustand!«

Carolin unterdrückte ein Grinsen. Natürlich hatte er recht, die Aufzüge sollten funktionieren, aber ihr war deren Ausfall nicht einmal aufgefallen. Sie nahm aus Gewohnheit immer die Treppe. Vermutlich hing die Steuerung der beiden Kabinen ebenfalls an der Hauselektrik, die durch den Serverausfall verrücktspielte.

»Herr Brunneder ist gerade zum Eventsaal gegangen«, antwortete sie und deutete mit der Hand in Richtung der breiten Türen, die zur Zuschauergalerie führten.

»Ah, dankschön.« Federmoser blieb stehen und wischte sich mit einem Taschentuch den Schweiß von der Stirn.

Carolin beschloss, die Gelegenheit beim Schopf zu packen und dem technischen Leiter der Bühne ein wenig auf den Zahn zu fühlen – anders würde sie nie Gewissheit bekommen. »Haben Sie schon gesehen, dass Sie in der Zeitung sind?«, begann sie.

»G'sehen hab ich's no net« Federmoser grinste selbstgefällig und warf sich ein wenig in die Brust. »Die von die *Salzburger Nachrichten* waren beim Konzert von der Lizzy und haben mi interviewt.«

»Ich habe es gelesen.« Ob der Mann wusste, dass er nur mit drei Sätzen zitiert worden war? »Sie haben gesagt, dass ich Lizzy vor dem Tunnelbrand gerettet hätte.«

»Hätt i des net sagen sollen?« Er machte ein schuldbewusstes Gesicht. »Des tut mir leid.«

»Nun, so war es ja nicht.« Carolin schüttelte den Kopf. »Ich habe sie bestenfalls aus dem Stau befreit. Von einem Tunnelbrand konnte keine Rede sein, da hat gar nichts gebrannt.«

»Ah, net?« Federmoser hob die buschigen Brauen. »I hab g'hört, dass a Rauchmelder ausg'löst hat.«

»Ja, das schon.« Carolin sah ihn aufmerksam an. »Aber zu diesem Zeitpunkt wusste das noch niemand.«

»Dann werd i des a net g'sagt haben. Die Zeitungsleut saugen si doch alles Mögliche aus die Finger.« Er machte eine wegwerfende Handbewegung. »Jedenfalls haben s' des mit'm Rauchmelder gestern im Radio g'sagt.«

»Hm.« Dass der Journalist ihm die Worte in den Mund gelegt hatte, um ein wenig mehr Dramatik in die Geschichte zu bringen, könnte natürlich eine Erklärung sein. Dann wäre Federmoser tatsächlich unschuldig. Aber so recht glauben konnte Carolin das nicht.

Federmoser hob die Hand zum Abschied und enteilte nach oben. Langsam ging Carolin die Treppen hinunter. In ihrem Büro angekommen, setzte sie sich an ihren Schreibtisch, auf dem noch immer die Pressemappe lag, und las den ausgeschnittenen Artikel erneut. Natürlich konnte es so gewesen sein. Federmoser mochte die Wahrheit sagen. Oder auch nicht. Der Einzige, der das wissen konnte, war der Journalist, der den Beitrag geschrieben hatte. Oder Lizzy, die hatte ja direkt danebengestanden. Oder … Carolins Blick fiel auf das Foto, das Federmoser zusammen mit Lizzy zeigte. Vorher hatte sie nicht darauf geachtet, aber auch Max war auf dem Foto zu sehen. Er stand wenige Schritte hinter Lizzy, halb verdeckt von der massigen Gestalt Federmosers und kaum zu erkennen, wenn man es nicht wusste. Doch Carolin war sonnenklar, dass ihr Praktikant die Sängerin an diesem Abend keinen Moment aus den Augen gelassen hatte. Sie schlug die Mappe zu und verließ damit ihr Büro.

Tatsächlich war Max bereits von der Mittagspause zurück und saß hinter dem Tresen im Eingangsbereich. Er sah von seinem Handy auf, als Carolin den Vorraum betrat. »Frau Magister, is was?«

Offenbar hatte er ihren Gesichtsausdruck richtig gedeutet. »Sag mal, Max«, begann Carolin. »Du warst doch am Freitagabend die ganze Zeit bei Lizzy, oder?«

»Ja, schon.« Der Student wurde tatsächlich rot. »Wieso?«

»Erinnerst du dich an das Interview mit Manfred Federmoser? Ein Journalist von den *Salzburger Nachrichten* war da und hat mit ihm gesprochen.«

»Ich weiß net, welche Zeitung des war, aber ich erinner mich. Ja.«

Carolin schlug die Mappe auf und schob sie Max hin. »Lies das mal bitte.«

Max zog die Mappe heran. Mit konzentrierter Miene überflog er den Beitrag. »Ja, und?«

»Erinnerst du dich, ob Herr Federmoser das genauso gesagt hat?«

»Ja, glaub schon.« Er sah Carolin verwundert an. »Wieso? Was passt denn net?«

»Nun, von einem Tunnelbrand war nie die Rede. Zu diesem Zeitpunkt wusste noch niemand, wodurch die Sperrung des Tunnels ausgelöst wurde.«

Max runzelte die Stirn. »Stimmt. Wahrscheinlich hat der Federmoser des nur vermutet.«

»Aber wieso sollte er so etwas denn sagen?« Carolin schüttelte irritiert den Kopf. »Er muss doch irgendwie darauf gekommen sein.«

»Hm.« Max rieb sich die Nase. »Im Verkehrsfunk haben s' nur was von einer Vollsperrung g'sagt. Des haben mir ja beide g'hört. Und in die Nachrichten war a nix.«

»In der Zeitung von gestern steht, dass ein Rauchmelder den Alarm ausgelöst hat und ein Team von Technikern den Tunnel überprüfen musste. Es hat bis kurz vor Mitternacht gedauert, bis er wieder freigegeben werden konnte. Zum Zeitpunkt des Meet-and-Greet konnte niemand etwas davon wissen.«

»Sie glauben, der Federmoser hat da mehr drüber g'wusst, als er wissen dürft? Aber wieso sollt er …« Max riss die Augen auf. »Dann war des mit dem Stau Absicht?«

»Vielleicht sehe ich ja Gespenster.« Carolin hob die Schultern. »Aber Lizzy auf diese Weise aufzuhalten passt genau zu den Sabotagen rund um unser Eventzentrum, meinst du nicht?«

»Ja, schon.« Max' Gesicht hatte sich verfinstert. »Aber ich kann mir beim besten Willen net vorstellen, wie ma so was planen kann. Außer vielleicht …«

Carolin sah ihn aufmerksam an. »Ja? Was meinst du?«

»Na, ma könnt si vermutlich in die Elektronik von der Brandmeldeanlage hacken.« Er schüttelte den Kopf. »Aber selbst wann des einer schafft, wissert ma ja no immer net, wo des Auto mit der Lizzy genau is. Wenn s' vor der letzten Ausfahrt is, können s' einfach abfahren. Und wenn s' am Tunnel vorbei san, dann is z'spät.« Er schüttelte den Kopf. »Na, Frau Magister, des is viel zu unsicher. Des funktioniert net.«

Ein guter Freund

Irgendwann am Nachmittag tauchte endlich Revierinspektor Herzinger auf. Carolin war gerade unten im Büchersaal, als er die Treppe herunterkam. »Frau Magister, haben S' kurz Zeit?«

»Natürlich.« Er sah müde aus, fand Carolin. Seine blauen Augen blitzten nicht wie sonst, um seine Mundwinkel hatten sich scharfe Falten gebildet, und seine Sommersprossen hoben sich deutlicher als sonst von seiner Haut ab. »Ich glaube, Sie brauchen einen Kaffee, kann das sein?«

Er verzog das Gesicht zu einem schiefen Grinsen. »Da könnten S' recht haben.«

Carolin gab Max Bescheid, dann ging sie Herzinger voran in ihr Büro. Sie wies ihn zu dem tomatenroten Sofa, eilte zur Kaffeeküche und schenkte ihm die größte Tasse voll, die sie finden konnte. Milch und Zucker dazu – sie hatte schon mitbekommen, wie er seinen Kaffee am liebsten mochte. Für sich selbst goss sie ebenfalls eine Tasse ein und kehrte ins Büro zurück.

Herzinger hatte die Dienstmütze abgenommen, den Kopf in den Nacken gelegt und die Augen geschlossen. Mit ausgestreckten Beinen schien er zu schlafen oder zumindest zu dösen, und er fuhr zusammen, als sie die Tasse auf dem Beistelltisch neben ihm abstellte.

»Danke.« Er richtete sich auf und seufzte erleichtert. »I hab nix g'schlafen in der Nacht.«

»Oh.« Carolin nahm hinter ihrem Schreibtisch Platz. »Wegen Bernhard Grassls Unfall?«

»Des wissen S' schon?« Er schmunzelte. »Die Rosi, stimmt's?«

»Ja.« Carolin musterte ihn aufmerksam. »Was war denn los?«

»A Streife aus Schwarzach war grad am Klammtunnel. Die wollten eam aufhalten, und dann is er in seiner Panik gegen des G'länder g'fahren.«

»Ist ihm etwas passiert?«

»A ordentliche Gehirnerschütterung hat er, und des Auto is a Totalschaden. Des wird eam womöglich no mehr wehtun wie der Kopf.«

Carolin musste unwillkürlich lachen. »Hat er schon gestanden?«

Herzinger schüttelte den Kopf. »Er is no net vernehmungsfähig, sagt der Arzt. Frühestens morgen. Aber die Indizien reichen aus für die Untersuchungshaft, und morgen wird er nach Salzburg verlegt.«

»Das heißt, Ihre Kollegen konnten mit meinem Foto etwas anfangen?«

»Ja.« Herzinger nestelte an seiner Brusttasche herum und zog ihr Handy heraus. »Des Telefon is leider kaputt, und ich fürcht, da wird ma auch nix reparieren können. Aber den Speicher haben s' auslesen können, und am Foto sieht ma eindeutig a Übereinstimmung mit die Reifen vom Grassl seiner Maschin.«

Er reichte ihr das Telefon. »Natürlich kann man net hundertprozentig sagen, dass die Spuren von ihm stammen, aber als Indiz reicht des aus. Und durch sein Angriff auf Sie und die Flucht hat er sich sozusagen selber überführt.«

»Er hat das wirklich alles geplant? Hat das Gewehr seines Cousins entwendet und wollte damit seinen Vater erschießen?«

»Zumindest geh'n die Kollegen davon aus.« Herzinger nickte zustimmend. »Wenn des funktioniert hätt, wär der Verdacht als Erstes auf den Lois g'fallen, dann hätt er zwei Fliegen mit aner Klappe g'schlagen. Er hätt die Anteile von seim Vater an der Alm g'erbt, und der Lois hätt als Mörder über seine nimmer verfügen dürfen. Dann hätt er si nur noch mit'm Moritz einigen müssen, und der hätt ihm seine Anteil wahrscheinlich verkauft.«

»Unglaublich.« Carolin schüttelte den Kopf. »Und was war das für eine Geschichte mit Rubinskys Pistole?«

»Der Gerald bleibt bei seiner Aussage. Ich vermut ja, dass der Rubinsky den Gerald auch umbringen wollt, aber der hätt es eher wie an Unfall ausschauen lassen. Oder er hat mit'm Bernhard gemeinsame Sach g'macht. Dafür spricht a die Unterschrift auf'm Bauantrag.«

»Ich dachte, die ist von Lois Grassl?«

»Der Grafologe hat g'sagt, dass des a Fälschung is. Die is net vom Lois, des war wahrscheinlich der Bernhard. Und stellen S' Ihnen vor, die Elfi Hochstadler vom Bauamt hat davon g'wusst und hat des gedeckt. Weil eigentlich hätt sie die Unterschrift vom Gerald braucht, weil dem der größte Anteil g'hört. Aber wann der Bernhard die Unterschrift vom Vater nachg'macht hätt, dann hätt er dem Lois koa Mordmotiv unterschieben können.«

»Ganz schön kompliziert gedacht«, meinte Carolin. »Aber natürlich hätte der Plan funktionieren können.«

»Dass der Gerald des G'wehr dann g'funden und versteckt hat, hat ihm am End no in die Karten g'spielt. Weil ums Haar hätt ma den Gerald ja wegen Mordes angeklagt.«

Carolin nickte langsam.

Herzinger trank seinen Kaffee aus und stellte die Tasse ab. »Jedenfalls lassen die Kollegen in Salzburg herzlich danken für des Foto. Damit kommt uns der Bernhard nimmer aus.« Er zögerte und musterte mit zusammengekniffenen Augen den Schal um ihren Hals. »Wie geht's Ihnen denn eigentlich?«

»Alles wieder okay.« Sie grinste schief. »Ein paar blaue Flecken, deshalb trage ich den Schal. Aber sonst ist zum Glück nicht viel passiert.«

»Gott sei Dank.« Er stand auf. »Dann geh i jetzt wieder an die Arbeit.«

Carolin erhob sich ebenfalls. Ihr Blick fiel auf die Pressemappe, die noch immer auf ihrem Schreibtisch lag. »Einen Augenblick noch.«

»Was gibt's denn no?« Herzinger blieb stehen und wandte sich zu ihr um.

Carolin zögerte. All das war sehr vage, aber andererseits ... »Herr Herzinger, könnten Sie sich vorstellen, dass die Tunnelsperrung an der Tauernautobahn am Freitag absichtlich herbeigeführt wurde?«

Er runzelte die Stirn. »Wie kommen S' denn da drauf?«

»Nun ...« Carolin holte tief Luft. »Da waren ein paar eigenartige Begebenheiten. Jede für sich allein ist vielleicht harmlos, aber alles zusammen ...«

»Ergibt a komisches Bild?« Er grinste. »Miss Marple hat einen Verdacht. Also los. Erzählen Sie's mir.« Er setzte sich wieder auf das Sofa.

Carolin kam um ihren Schreibtisch herum, die Pressemappe in der Hand. »Angefangen hat es damit, dass ich gestern Bernhard Grassl und Manfred Federmoser, den technischen Leiter unserer Bühne, zusammen beim Gasthof Windischgrätzhöhe gesehen habe. Grassl hat Federmoser einen dicken Umschlag überreicht, und es sah irgendwie … verdächtig aus.« Sie schlug die Mappe auf und wies auf den ausgeschnittenen Artikel. »Am Freitagabend hat Manfred Federmoser ein Interview gegeben, in dem er von einem Tunnelbrand spricht. Zu diesem Zeitpunkt wusste aber noch gar niemand, was die Sperrung der Autobahn verursacht hat.«

»Ah so?« Herzinger überflog den Absatz. »Und was glauben S', wie des z'sammenhängt?«

»Wenn es eine technische Möglichkeit gäbe, den Brandmelder zum richtigen Zeitpunkt auszulösen, sodass Lizzy House im Stau steht und nicht zu ihrem Konzert kommen kann, wäre das ein ziemlicher Schaden für unser Eventzentrum gewesen. Allerdings klingt das zugegeben recht weit hergeholt. Und hätte ich nicht dieses eigenartige Treffen beobachtet …«

»So schwer is des gar net.« Herzinger runzelte die Stirn. »Die Rauchmelder san recht empfindlich, vor allem die im Rettungstunnel. Da reicht's, wenn ma a Stückerl Papier daneben abbrennt, und die schlagen an. Dann geht automatisch vorn die Ampel auf Rot, und alles steht.«

»Sie erinnern sich bestimmt, dass bei den Sabotageakten an der Baustelle hier im Eventzentrum auch dieser Rubinsky seine Finger im Spiel hatte. Man konnte ihm zwar nichts nachweisen, aber Sepp Pechheim hat damals behauptet, er habe von Anfang an versucht, das Projekt Kulturzentrum zu verhindern.«

»Stimmt.« Herzinger nickte. »Des Lizzy-House-Konzert zu sabotieren wär vermutlich im Interesse von die Russen g'wesen. Vor allem, wenn ma an die Gemeinderatswahl im Herbst denkt.« Er rieb sich die Nase. »Hat der Federmoser denn g'wusst, wann die Lizzy da sein sollt?«

»Nicht nur das. Er wusste auch genau, aus welcher Richtung Lizzy kommen würde.«

Herzinger hob die Brauen.

»Frau Eckinger, Lizzys Managerin, war vor einigen Tagen hier«, erklärte Carolin. »Sie hat mit Federmoser und Martin Schilling das Meet-and-Greet besprochen. Dabei hat sie erwähnt, dass sie mit Lizzy am Spätnachmittag von Salzburg aus herfahren würde. Wenn Federmoser nun diese Information weitergegeben hat, hätte man das vielleicht mit der Tunnelsperrung koordinieren können.« Sie hob die Schultern. »Aber ich kann mir beim besten Willen nicht vorstellen, wie man den richtigen Zeitpunkt so exakt abpassen kann.«

»Schon amal was von GPS-Trackern g'hört?« Herzinger grinste. »Die kriegen S' schon für unter dreißig Euro. Dazu a anonyme SIM-Karten, und schon können S' a Auto auf a paar Meter genau verfolgen. Vorausgesetzt ma kommt einmal an des Auto, damit ma den Tracker montieren kann.«

»Ah.« Carolins Gesicht hellte sich auf. »Frau Eckingers Wagen parkte an diesem Tag auf der Plaza. Vermutlich hätte Federmoser da auch den Tracker anbringen können. Dann wäre das mit dem exakten Zeitpunkt wirklich zu bewerkstelligen gewesen.«

»Genauso is des.« Herzinger nickte. »Mir werden uns des Auto von der Managerin amal genauer anschauen. Und wenn mir da was finden, dann werden mir den Bernhard eindringlich befragen, wo er am Freitagnachmittag war und was er dem Federmoser da eigentlich übergeben hat. Zum Verlieren hat der jetzt eh nix mehr.«

Er stand auf. »Danke für'n Kaffee.«

»Nichts zu danken.«

Als Carolin den Revierinspektor hinausbegleitete, saß zu ihrer Überraschung Julia hinter dem Tresen. Sie wartete, bis Herzinger gegangen war, dann wandte sie sich der jungen Frau zu. »Was ist los, Julia? Wo ist Paul?«

Julia schniefte. Ihre Augen waren gerötet, als hätte sie geweint. »Der is abg'haut.«

»Abgehauen?« Carolins Brauen gingen nach oben. »Mein Bruder ist *abgehauen?*«

»I hab eam von dem Butzel erzählt.« Julia schniefte. »I glaub, z'erst hat er si sogar g'freit. Aber wie i eam g'sagt hab, dass i net woaß, ob's von ihm is ...« Ihre Augen füllten sich mit Tränen, mit einer zornigen Geste wischte sie sie weg. »I brauch eam net dazu. I schaff des a allan.«

»Das ist die richtige Einstellung.« Carolin nickte Julia aufmunternd zu. Doch innerlich kochte sie vor Wut. Wie konnte Paul nur!

Sie ging in ihr Büro zurück. Eigentlich wollte sie ihm eine Nachricht schicken, doch ihr Handy war nutzlos, es reagierte auf keine Eingabe. Sie hob den Hörer des Festnetztelefons ab, um ihn anzurufen, aber er ging nicht dran. Wütend trommelte sie mit den Fingern auf dem Schreibtisch. Sie wusste ja, was ihr kleiner Bruder von festen Bindungen hielt – nämlich gar nichts. Aber sie hatte das Gefühl gehabt, das zwischen ihm und Julia wäre etwas anderes. Etwas Ernstes. Hatte er das nicht sogar ihr gegenüber behauptet? Warum spielte dann das Kind eine Rolle? Sie schüttelte den Kopf, dann atmete sie tief durch. Paul war zwar ihr Bruder, aber er war ein erwachsener Mann. Und auch wenn sie jahrelang eine

Art Mutterstelle bei ihm vertreten hatte, ging sie das im Grunde nichts an. Aber es ärgerte sie dennoch.

Abends saß Carolin auf dem Sofa in ihrem Wohnzimmer und versuchte, sich auf ihren Krimi zu konzentrieren. Sie hatte Rosis gut gemeinte Einladung zum Abendessen trotz der aromatischen Düfte aus der Küche ausgeschlagen und sich mit einem Käsebrot aus ihrer Miniküche begnügt. Heute war sie nicht in Stimmung für das Mitteilungsbedürfnis ihrer Zimmerwirtin, zu viel war geschehen. Sie brauchte Ruhe, und das war in Rosis Gegenwart einfach nicht möglich.

Als sie sich dabei ertappte, dass sie zum dritten Mal denselben Absatz las, klappte sie das Buch zu und stand auf. So hatte das keinen Sinn. Sie sah auf die Uhr. Es war gerade einmal neun, zum Schlafengehen zu früh, aber für alles andere zu spät. In diesem Augenblick klopfte es leise an der Tür. Carolin verzog das Gesicht. Wenn jetzt Rosi …

Die Tür ging auf, und Paul stand im Türrahmen. Die Lampe der Treppenbeleuchtung beschien ihn von hinten, sodass Carolin sein Gesicht nicht sehen konnte, aber seine Körperhaltung wirkte … müde. »Darf ich reinkommen?«

Carolin nickte. »Klar.« Sie musterte ihn. Sein langes Haar, das er in einem Pferdeschwanz trug, war zerzaust, sein Gesicht wirkte schmal und verhärmt. »Was ist los?«

Er ließ sich auf das Sofa fallen. »Was soll los sein«, brummte er. »Ich wollte dir nur sagen, dass ich heute noch zurückfahre. Am Handy habe ich dich nicht erreicht.«

Carolin baute sich vor ihm auf. »Paul, erzähl mir doch nichts. Ich weiß Bescheid über Julia und …«

Er sah sie müde an. »Hat sie dir auch gesagt, dass sie nicht einmal weiß, von wem das Kind ist?« Er schüttelte den Kopf. »Was meinst du denn, was ich da tun soll?«

»Vor allem nicht abhauen, Paul.« Carolin setzte sich neben ihn aufs Sofa und nahm seine Hände in ihre. »Was macht es für einen Unterschied, wenn du Julia doch liebst?«

»Liebe, was ist schon Liebe.« Paul zuckte mit den Schultern, sein Mund hatte einen bitteren Zug. »Klar mag ich sie. Sehr sogar. Aber eine Familie? Und noch dazu so?« Er sah sie bittend an. »Kannst du das denn nicht verstehen?«

»Nein.« Carolin schüttelte den Kopf. »Stell dir vor, sie hätte schon ein Kind gehabt, als du sie kennengelernt hast. Hätte das für dich einen Unterschied gemacht?«

Paul stutzte. Runzelte die Stirn. Rieb sich die Nase, dann blickte er hoch. »Tatsächlich nicht«, gab er zu. »Das wäre mir egal gewesen.«

»Wieso ist es dann jetzt anders? Nur weil das Kind noch nicht auf der Welt ist, ist Julia doch nicht plötzlich eine andere Person. Eine andere als die, die du magst.«

»Hm. So gesehen hast du recht.«

»Und es besteht ja immerhin die Chance, dass du der Vater bist.«

»Das ist das andere Problem.«

»Das verstehe ich nicht.« Carolin sah ihm angespannt ins Gesicht, versuchte, seinen Gesichtsausdruck zu deuten.

»Weißt du, ich dachte immer, wenn ich mal Familie habe, hätte ich zuallererst einen anderen Job. Weil dann sollte ich nicht jede Woche an einem anderen Ort sein, sondern eben bei meiner Familie. Sonst verpasse ich doch zu viel.«

»Das ist eine gute Einstellung. Wo ist denn das Problem?«

»Ich weiß nicht.« Paul hob die Schultern. »So weit habe ich noch nie vorausgeplant. Ich dachte immer, eines ergibt sich aus dem anderen. Erst eine feste Arbeitsstelle, dann die Familie. Aber offenbar lässt sich so etwas nicht planen.«

»Das stimmt.« Carolin lächelte ihn warm an. »Aber bis das Kind zur Welt kommt, ist ja noch ein wenig Zeit.«

»Wie stellst du dir das vor? Hier in den Bergen gibt es doch keinen Bedarf für einen wie mich. Außerdem habe ich den Truck und mein Team, das auf mich zählt. Am Wochenende haben wir zum Beispiel einen Gig in Hamburg, und ich muss da hin. Egal, was mit Julia ist. Verstehst du?«

»Ja. Klar verstehe ich das.« Sie nickte. »Was würdest du sagen, wenn in naher Zukunft hier bei uns in Bad Gastein eine Stelle für dich frei würde?«

»Was soll das sein?« Er zog die Nase kraus. »Ich bin Bühnentechniker, Caro. Ich kann nichts anderes.«

»Möglicherweise benötigen wir in absehbarer Zeit einen neuen technischen Leiter.«

»Was ist mit eurem Herrn … wie hieß er? Federmeier? Hört der auf?«

»Federmoser. Er hat sich wohl mit den falschen Leuten eingelassen. Wenn sich der Verdacht bestätigt, hat er die längste Zeit für das Kulturzentrum gearbeitet.«

»Ach.« Paul sah aus dem Fenster. Als er sich Carolin wieder zuwandte, hatten seine Augen ein wenig Glanz zurückbekommen. »Weißt du was? So eine Arbeit könnte ich mir tatsächlich vorstellen. Das wäre … großartig.«

»Dann überleg es dir.«

»Das werde ich tun.« Er stand auf. »Ich müsste natürlich noch mit meinem Kompagnon sprechen, was er davon hält. Und ich fürchte, ich muss mich bei Julia entschuldigen.«

»Das denke ich auch.« Carolin erhob sich ebenfalls und legte ihm die Hände auf die Schultern. »Lass dir nur nicht zu viel Zeit damit.«

»Das werde ich nicht. Versprochen.« Er umarmte sie und drückte ihr einen Kuss auf die Wange. »Danke fürs Zurechtrücken, Schwesterherz.«

»Immer gern.« Sie grinste. »Ich hoffe, es hat etwas genutzt.«

Carolin war noch bei ihrem ersten Kaffee, als Revierinspektor Herzinger sie am nächsten Morgen in ihrem Büro aufsuchte. Wie selbstverständlich ließ er sich auf das tomatenrote Sofa fallen und nahm die Dienstmütze ab.

»Krieg i a an?«, fragte er und deutete auf Carolins Tasse.

Sie hob erstaunt die Augenbrauen, aber sie stand auf und holte eine Tasse für ihn. »Was führt Sie denn so früh zu mir?«, fragte sie. »Hat Bernhard Grassl gestanden?«

Herzinger nickte. »Wissen S', Frau Magister«, begann er. »Ihr Deutschen glaubts immer, mir Österreicher san langsam. Dabei stimmt des gar net. Wanns drauf ankommt, dann san mir schneller, als die Polizei erlaubt.« Er kicherte über seinen eigenen Witz. »Dann steht der alte Golf von der Streifen in Schwarzach schon da, wenn der Sportwagen vom Grassl mit 300 PS daherkommt. So wie beim Märchen mit dem Hasen und dem Igel.« Er nahm einen Schluck Kaffee. »Kennen S' des?«

»Natürlich.« Carolin lachte. »Und Bernhard Grassl war der Hase?«

»Genau.« Herzinger nickte ernsthaft. »Und wie a Has hat er Haken schlagen probiert. Aber er is nimmer auskommen, und am End hat er alles zu'geben.«

»Auch den Feueralarm im Tunnel?«

»A den.« Herzinger lachte freudlos auf. »Und mit besonderem Vergnügen hat er den Federmoser mit eini-g'ritten. Wahrscheinlich glaubt er, er steht damit selber besser da.« Er schüttelte den Kopf. »Die ganze russische Blasen hat er verpfiffen. Aber denen wird ma wie immer nix nachweisen können.« Er hob die Schultern. »Jedenfalls hab ich mir denkt, Sie wollen des bestimmt glei erfahren und net erst aus die Nachrichten.«

»Das haben Sie richtig erkannt, Herr Herzinger.«

Er stand auf und stellte die Kaffeetasse auf ihren Schreibtisch. »Danke für'n Kaffee.« Er wandte sich zur Tür, hielt noch einmal inne und drehte sich zu ihr um. »Und danke für Ihnere Hilfe. Da haben S' richtig und schnell g'schaltet mit dem Foto.«

Carolin grinste. »Wenn Sie mich schon Miss Marple nennen, muss ich auch etwas tun dafür. Schließlich habe ich einen Ruf zu verlieren.«

»Den Ruf haben Sie sich scho verdient.« Er lachte. »Miss Marple.« Er blinzelte ihr noch einmal zu, dann war er draußen.

Carolin sah ihm nach. So ganz schlau wurde sie noch immer nicht aus ihm. Aber immerhin schien er ihr zumindest als Ermittlerin inzwischen ein wenig mehr zuzutrauen als noch bei ihrem letzten Fall.

Einige Tage später war Carolin erneut auf der Wiesneralm. Wieder war es Sonntag, und auch heute schien die Sonne von einem blitzblauen Himmel. Ein herrlicher

Sommertag in den Bergen, und doch lag ein Hauch von Frische in der Luft, der Carolin zwei Wochen zuvor noch nicht aufgefallen war. Sie saß an den warmen Stein gelehnt, der eindeutig wärmer war als die Luft der Umgebung, und blickte über den Almgrund hinweg zu den felsigen Gipfeln, die ihn im Westen überragten. Über ihnen standen kleine Quellwolken, die einen nahenden Wetterwechsel ankündigten, wie sie inzwischen wusste. Ein paar Tage noch, dann hatte der Sommer seinen Höhepunkt überschritten, ein Hauch von Herbst war bereits zu spüren.

»Die Sommer san hier heroben kürzer als wie unten im Tal«, sagte Lois Grassl, der ihre Gedanken zu erahnen schien. Er saß neben ihr, gerade so weit entfernt, dass ihre Arme sich nicht berührten, nur die Wärme seiner Haut strahlte auf Carolin ab und machte ein angenehmes Gefühl. »Aber des is koa Grund, den Sommer künstlich zu verlängern.« Er nahm den Grashalm aus dem Mund, auf dem er gekaut hatte, und deutete damit auf die grüne Mulde vor ihnen. »Des funktioniert a so, wenn ma's richtig anstellt.«

Carolin hob den Kopf vom Fels und sah ihn an. »Heißt das, ihr habt schon Pläne?«

»Allerdings.« Er grinste. »So deppert san's gar net, die Russen. Die Idee mit die Chalets is genial. Des lasst sich einfacher realisieren als wie a großes Hotel, und ma kann's nach und nach machen, wann der Bedarf größer wird. Natürlich net so kitschig wie auf dem Plan vom Rubinsky, sondern so, wie ma bei uns eben baut. Stoana von da heroben fürs Fundament und Zirbenholz für den Rest. Und da vorn, wo jetzt die alte Hütten steht, kommt des Restaurant hin.« Er lachte. »Schließlich is des Projekt sogar scho bewilligt.«

»Das ist wahr.« Carolin stimmte in sein Lachen ein.

»Die Seilbahn kann so bleiben, wie s' is«, fuhr Lois fort. Seine Augen leuchteten vor Begeisterung. »Die hat ja no der Vater neu g'macht, die is sogar für richtige Gondeln ausg'legt. Damit kommen die Gäst auffi, und die Autos bleiben drunten. Mir brauchen nur a bessere Steuerung.«

»Gute Idee.« Carolin nickte. »Aber was sagt denn dein Onkel dazu? Ist er damit einverstanden?«

»Klar.« Lois grinste. »Der Gerald hat gar nix gegen a Nutzung von der Alm. Der wollt nur net verkaufen.« Er machte eine weit ausholende Armbewegung. »Stell dir vor, er hat sogar vorg'schlagen, dass mir da heroben a Meditationszentrum bauen. Genau da, wo mir zwoa jetzt grad sitzen, mit dem Felsen in der Mitten. Und dann tät ma Yoga-Kurse und Tai-Chi anbieten. Des is grad total ang'sagt.«

Carolin nickte langsam. »Das könnte tatsächlich funktionieren. So eine Art spiritueller Alternativurlaub.«

»Genau. Der Gerald tät sei Imkerei ausbauen, und die Anna, die Frau vom Moritz, könnt des Hotel leiten. Der Moritz hat schon g'sagt, dass er im Sommer botanische Wanderungen anbieten wird, und um des Restaurant tät i mi kümmern. Dann bleibert alles in der Familie.« Er deutete erneut auf den Almboden. »Und wenn si des Konzept bewährt, kann ma des sicher a im Winter machen. Mit Schneeschuhwanderungen, Sauna und Baden in dem warmen Becken.« Er wandte sich ihr zu. »Was haltst davon, Caro?«

»Es klingt nach einem guten Plan.« Carolin erwiderte das Lächeln. »Nach einem sehr guten Plan.«

Er sah sie unverwandt an, und unwillkürlich fragte sich Carolin, ob in all diesen Plänen auch Platz für sie sein könnte. Mit nichts hatte er etwas angedeutet, das sich so interpretieren ließ, und dennoch erzählte er ihr all das und sah sie an, also ob er auf eine Antwort wartete.

Sie holte tief Luft und nahm all ihren Mut zusammen. »Was wird aus uns, Lois? Hast du da auch schon einen Plan?«

Sein Lächeln erlosch. »Ich hab mir schon denkt, dass d' mi des amal fragst.« Mit dem Grashalm in seiner Hand fuhr er ihr über den Unterarm, die kleinen Härchen auf ihrem Arm stellten sich auf. »Glaub mir, Carolin, es hat nix mit dir z'tun.«

Auf einmal fröstelte sie, trotz des warmen Steins in ihrem Rücken. Vermutlich war er doch verheiratet, oder …

»I bin seit bald dreißig Jahren mit meim Freund z'sammen, der wohnt in Zell am See.« Er sah sie um Verzeihung bittend an. »Weißt, damals war des no anders als heut. Da hätt ma des niemandem erzählen dürfen, deshalb haben mir des immer verheimlicht. Und damit koaner auf dumme Ideen kommt, hab i dafür g'sorgt, dass i an gewissen … Ruf hab in Gastein.« Er lachte freudlos. »Der ewige Junggeselle, der einsame Wolf. Hat ja gut funktioniert die ganze Zeit, alle haben's 'glaubt. Weil die Frauen am Schmäh halten, is ja in Ordnung für an Mann. Nur an andern Mann lieben, des is net erlaubt.« Er blinzelte, dann nahm er die Schultern zurück und setzte sich aufrecht hin. »Aber vielleicht is Zeit, reinen Tisch z'machen. Weil i hab des doch g'merkt, wies d' mi ang'schaut hast. Und wann i mi vielleicht amal in a Frau verliebt hätt, dann wär's bestimmt eine wie du g'wesen.« Er hob die Schultern. »Aber so …« Er hielt ihr die Hand hin. »Vielleicht können mir einfach gute Freund werden.«

Carolin schluckte. Waren das nicht genau ihre Worte gegenüber Bruno gewesen? Offenbar hatte sie wirklich ein Talent dafür, sich immer in die falschen Männer zu verlieben. Aber immerhin hatte sie die Sache nun geklärt, bevor sie sich ernsthaft in etwas hineinsteigerte. Das, was gerade schmerzte, war eher verletzter Stolz, wie sie mit Erstaunen feststellte.

Sie rang sich ein Lächeln ab und schlug ein. »Aber gern, Lois. Ein guter Freund ist genau das, was ich im Augenblick brauche.«

Danksagung

Die Alm, um die sich diese Geschichte dreht, hat für mich eine ganz besondere Bedeutung: Wie im Buch beschrieben, wurde früher auf der Hochalm Milchvieh gehalten, und ich durfte dort einen Sommer lang als Sennerin arbeiten. Es ist tatsächlich ein magischer Ort, auch wenn die Kelten vermutlich nie an dieser Stelle gesiedelt haben. Wer ein wenig ortskundig ist, wird sie vielleicht erkennen, sie liegt in Wahrheit nicht ganz, aber fast im Gasteinertal. Lasst das nur bitte keinen Pinzgauer hören. Steigt hinauf und seht es euch an, seht euch vor allem den Gletscher an, solange es ihn noch gibt.

Die Personen rund um diese Alm haben nichts mit den echten Almbesitzern zu tun und sind wie alle Figuren im Buch frei erfunden. Ähnlichkeiten mit tatsächlich lebenden Menschen sind zufällig und (bis auf eine Ausnahme) nicht beabsichtigt.

Das Kulturzentrum mit seiner Bücherei und dem Eventsaal ist vom leer stehenden Kongresshaus im Ortszentrum von Bad Gastein inspiriert, die im Buch beschriebene Nutzung entspricht ebenfalls nicht der Realität.

An dieser Stelle möchte ich mich bei einigen echten Menschen bedanken, die in mehr oder weniger großem Umfang zu diesem Buch beigetragen haben:

Zu allererst sei hier mein Agent Niclas Schmoll (Meller Agency) genannt. Von ihm stammt die Idee zu den Bad-

Gastein-Krimis, und er hat mich darin bestärkt, sie zu verwirklichen.

Von meinen Testlesern sind insbesondere Floh Grün und Karen Aydin zu erwähnen, die sich inzwischen perfekt ergänzen. Wo der eine akribisch auf schlüssige Zusammenhänge achtet, geht es der anderen um eine »fluffige« Geschichte – ich hoffe, ich bin beiden gerecht geworden. Danke euch hiermit noch mal herzlich!

Martin Broscheid (Mediamotion) stand mir wieder mit seinem Rat zur Seite, als es um die Abläufe rund um das Livekonzert ging. Neu hinzugekommen ist Silvia Geringer und ihr Wissen um Waffen und deren Kaliber, das war wirklich hilfreich. Keinesfalls vergessen sei noch Bernard »Börns« Emich, der mich in Sachen Netzwerktechnik beriet, sowie Sven Möller, von dem ich mich zur gleichnamigen Figur inspirieren ließ und der mir die Nutzung seines Namens erlaubte. Und natürlich sei hier Polizistenfreund Wolfgang erwähnt, der die Arbeit der Polizei wie immer mit aufmerksamem Auge verfolgte. Ein herzliches Dankeschön an euch alle!

Zuletzt – last, but not least – noch Du, lieber Stephan, Ingolf, Ferdinand: Unter all den eigenartigen Menschen, denen man so begegnet, bist Du die zentrale Ausnahme. Und ohne Dich wäre das hier ein ganz anderes Buch geworden.